U0605426

1946-1950
国共生死决战全纪录

桂恒彬◎著

喋血四平

长城出版社

图书在版编目（CIP）数据

喋血四平 / 桂恒彬著. －北京：长城出版社，2011.4
(国共生死决战全纪录丛书)
ISBN 978-7-5483-0067-0
Ⅰ. ①喋… Ⅱ. ①桂… Ⅲ. ①四平保卫战（1946）－史料 Ⅳ. ① E297.4

中国版本图书馆 CIP 数据核字（2011）第 058759 号

责任编辑 / 徐 华 箫 笛

喋血四平

著　　者 / 桂恒彬
图　　片 / 解放军画报社授权出版 gettyimages 授权出版
资深档案专家王铭石先生供稿
出　　版 / 长城出版社
地　　址 / 北京甘家口三里河路 40 号
邮　　编 / 100037
电　　话 /（010）66817982　66817587
开　　本 / 720 × 1000mm　1/16
字　　数 / 240 千字
印　　张 / 20 印张
印　　刷 / 北京龙跃印务有限公司
版　　次 / 2011 年 4 月第 1 版
印　　次 / 2014 年 3 月第 2 次印刷

标准书号 / ISBN 978-7-5483-0067-0/E · 998
定　　价 / 49.80 元

解读国共生死大较量的历史
重温先辈们激情燃烧的岁月

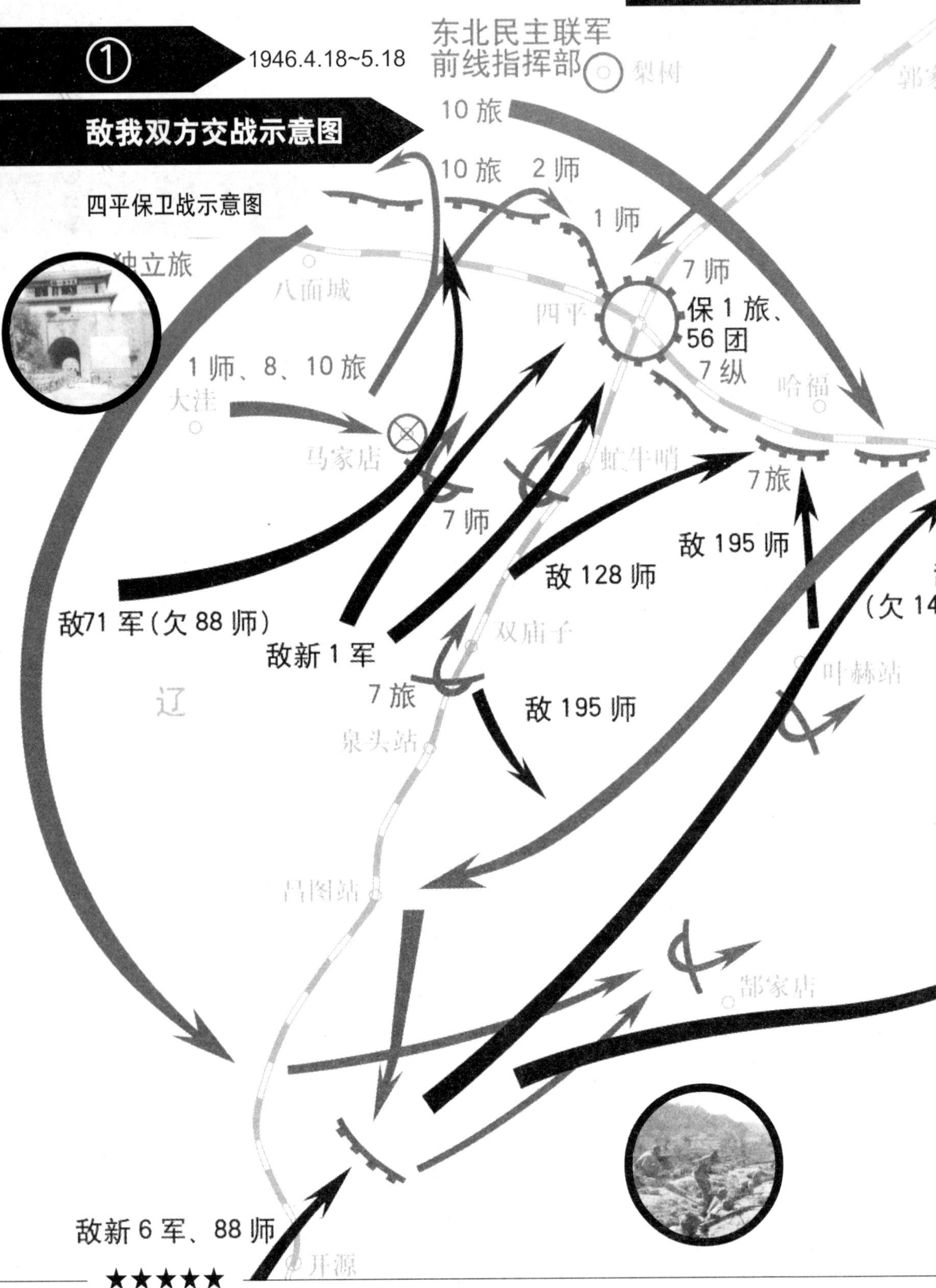
①
1946.4.18~5.18
敌我双方交战示意图
四平保卫战示意图
东北民主联军
前线指挥部
梨树
郭家
10 旅
10 旅
2 师
1 师
独立旅
八面城
四平
7 师
保 1 旅、
56 团
7 纵
哈福
1 师、8、10 旅
大洼
马家店
虻牛哨
7 旅
7 师
敌 195 师
敌 128 师
敌71 军（欠 88 师）
敌新 1 军
双庙子
叶赫站
7 旅
敌 195 师
辽
泉头站
昌图站
郜家店
敌新 6 军、88 师
开源

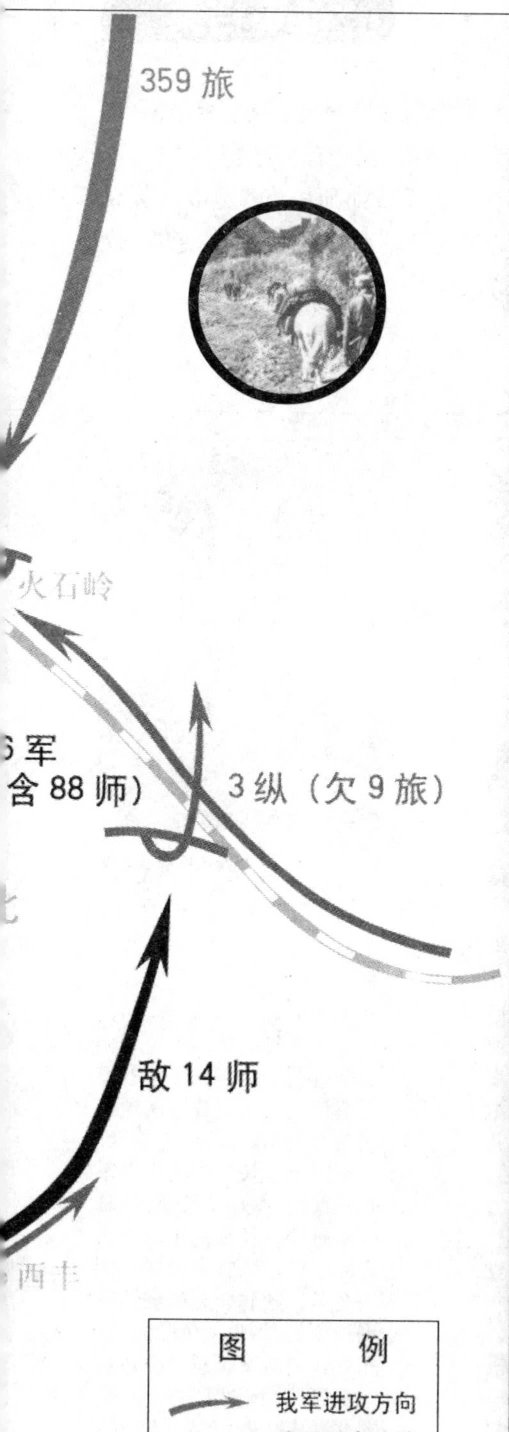

② 作战时间

1946 年 4 月 8 日～5 月 18 日

③ 作战地点

东北中部平原的四平地区

④ 敌我双方参战兵力

我军：

东北民主联军保安第 1 旅，万毅纵队，第 1 师、第 2 师和第 3 师第 7、8、9 旅，第 7 师第 20、21 旅，第 359 旅，第 7 师炮兵旅，总兵力为 14 个师（旅）。

敌军：

国民党军新 1 军、新 6 军、第 71 军，总兵力计 10 个师。余人。

⑤ 作战结果及意义

历时 31 天，以东北民主联军主动撤离而告结束。国民党军被毙伤 1 万余人，东北民主联军伤亡 8,000 余人。

四平保卫战是中共中央从全国的战略全局出发，为配合国共谈判斗争而进行的一次较大规模的城市防御作战，我军以劣势装备抵御装备精良的国民党大规模进攻达一月之久迟滞了其北进计划。

我军主要指挥官

东北民主联军总司令林彪，政治委员彭真，副总司令萧劲光、吕正操、周保中，第二参谋长伍修权，第3师师长兼政治委员黄克诚，东北野战军第4纵队司令员吴克华、政治委员莫文骅。

林　彪

1925年入黄埔军校学习并转入中国共产党，曾参加北伐战争、南昌起义、湘南起义，任连长、营长。井冈山斗争时期任团长、纵队司令、红4军军长、红一军团军团长，指挥所部参与历次反“围剿”作战。红军长征后，参与了湘江战役、突破乌江战役，指挥了飞夺泸定桥、攻克腊子口等役。抗战初期，指挥了著名的平型关战斗，后赴苏联养伤。解放战争初期任东北民主联军总司令。1955年被授予元帅军衔。

彭　真

山西曲沃人。1923年加入中国共产党，1924年后任共青团太原地委书记、中共太原特支书记、中共天津地委组织部部长。1927年大革命失败后，出任中共顺直省委组织部部长。1935年秋任中共天津市委书记。抗战爆发后，任中共中央北方局组织部长，中共晋察冀中央分局书记。1941年到延安任中共中央党校教育长、副校长。1944年任中共中央城市工作部部长，中共中央组织部代理部长、部长。1945年在中央七届一中全会上当选为中央政治局委员。解放战争时期，赴东北任中共中央东北局书记并先后兼任东北人民自治军、东北民主联军政治委员。1947年任中共中央组织部部长。

萧劲光

湖南长沙人。1921年赴苏联学习。1924年回国后，任国民革命军第2军6师党代表。参加了北伐战争。土地革命战争时期，历任红军第五军团政治委员，闽赣军区司令员兼红七军团政治委员，红三军团参谋长，中共中央军委参谋长。参加了长征。抗日战争时期，任八路军后方留守处主任，陕甘宁留守兵团司令员，陕甘宁晋绥联防军副司令员。解放战争时期，任东北民主联军副总司令兼第一参谋长，南满军区司令员，东北野战军第1兵团司令员，第四野战军副司令员兼第12兵团司令员、政治委员。1955年被授予大将军衔。

吕正操

辽宁海城人。1923年入东北讲武堂学习。毕业后历任东北军第53军116师参谋处长，647团、691团团长。1937年加入中国共产党。抗日战争时期，任冀中人民自卫军司令员，八路军第3纵队司令员兼冀中军区司令员，晋绥军区司令员，中共中央晋绥分局委员。解放战争时期，任东北民主联军副总司令员兼西满军区司令员，东北军区副司令员兼东北铁路总局局长，中共中央东北局委员，军委铁道部副部长兼铁道兵团副司令员。1955年被授予上将军衔。

周保中

东北民主联军副总司令。

伍修权

东北民主联军第二参谋长。

黄克诚

东北民主联军第3师师长兼政治委员。1955年被授予大将军衔。

吴克华

时任东北野战军第4纵队司令员。1955年被授予中将军衔。

莫文骅

时任东北野战军第4纵队政治委员。1955年被授予中将军衔。

敌军主要指挥官

国民党徐州“剿总”副总司令杜聿明，东北“剿总”副总司令郑洞国，东北保安司令部副司令长官孙立人。

杜聿明

陕西米脂人。国民党陆军中将。1924年入黄埔军校。毕业后历任军校教导团副排长，武汉分校学兵团连长，中央陆军军官学校中队长，教导第2师营长、团长，第17军第25师旅长、副师长等职，曾参加北伐战争、长城抗战。1937年5月，首任装甲兵团团长。8月率部参加淞沪会战。1938年7月任第200师师长。翌年11月任第5军军长，率部参加桂南会战，获昆仑关大捷。1942年3月任中国远征军第一路副司令长官，率部参加滇缅作战。1945年10月任东北保安司令长官，指挥所部进攻东北解放区。1948年8月任徐州“剿总”副总司令，率部参加淮海战役。

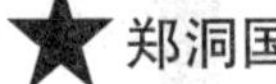
郑洞国

湖南石门人。国民党陆军中将。黄埔军校一期毕业。北伐时期，任国民革命军第3师第8团团长。抗战时期，任第2师师长，第98军军长，第5军副军长兼荣1师师长，中国驻印军新1军军长，驻印军副总指挥，第三方面军副司令官。1946年3月任国民党东北保安副司令长官、代司令长官，1948年任东北“剿总”副总司令兼第1兵团司令官。1948年10月，辽沈战役中向解放军投诚。

孙立人

安徽舒城人。国民党二级陆军上将。先后毕业于清华大学土木工程系和美国印第安纳州普渡大学土木工程系。1927年毕业于美国西点军校。1928年回国后，任陆海空军总司令部侍卫总队副总队长，税务警察总团第2支队上校司令兼第4团团长。抗战时期，历任新38师师长，远征印缅作战，后升任第1军军长。1946年8月，任东北“绥靖”副司令兼新1军军长及长春警备司令。1947年4月，任东北保安司令部副司令长官，8月，任陆军副总司令。1949年8月，任国民党东南军政长官公署副长官兼台湾防卫司令。

★★★★★

目 录

目 录

第九章 > 苏军撤出东北后 / 244

苏军撤离，民主联军填补四平“真空”。

保卫战略要地与抢占战略要点，中共决心不惜一战。保卫四平，决一死战前的交锋。蒋介石命令东北行营加紧进兵，东北国民党军不顾大雨和道路泥泞疯狂向北推进。

第十章 > 惊涛拍岸时 / 260

林彪移驻梨树，亲临一线指挥四平作战。

“老八路”英勇无畏，“王牌军”为之胆寒。

双方再战，国共两军形成对峙状态。塔子山失守，林总临机撤离。

第十一章 > 蒋介石演尽和平阴谋 / 286

“国军攻占四平！”，孙立人得意，廖耀湘怒吼。

鞍海战役，为北撤以有力援助。林彪拍案而起，敌方孤军深入，伺机将其歼灭。

毛泽东说，他再也不想看蒋介石演任何和平戏了。

第一章

化四平为马德里

∧ 驰骋在松花江畔的东北民主联军骑兵部队。

四平、本溪两个中等城市，演绎了现代战争史上的一场血拼。
东北民主联军解放长春、齐齐哈尔、哈尔滨三市。
毛泽东电令林彪：化四平街为马德里。
林彪站在四平城头，举起望远镜仔细地观察着敌人的部署，不禁眉头越皱越紧。

1."国军"中计，"联军"顺利缴械

鲜红的太阳照在四平街被炮火硝烟洗礼过的城墙上，双庙子的白雪还一窝一窝地残留在山疙瘩里，辽河边的柳枝赤裸裸地在风中摇曳，河水淙淙，梨树镇东一位中学教员的普通书房——东北民主联军统帅的作战室兼卧室，曾经铺展过苏式军用地图和手摇电话机的方桌，已不见了主人，却依然像一座坚固的堡垒，冷峻而又顽强地注视着敌人的又一轮进攻。

这是1946年的初春，大地在冰封雪冻中还没有完全苏醒。黎明时分，敌人的飞机炸弹向四平街倾泻而下，弹坑里的碎石和瓦块像蝗虫般飞舞，在猛烈的火力袭击之后，一支美械装备的国民党军士兵，尾随坦克的胴体，鬼祟地攻进了四平城，此时的街道却死一样沉寂，没有了抗击，他们便放大了胆子，端着美式卡宾枪，爬上城头，冲进宅门，不费力气就占领了一个月来鲜血淋漓的四平城。这时候他们才恍然大悟，"共军"已经撤离，留下了一座空城！

解放战争史上极其壮烈的"四平保卫战"在弥漫的战火中结束了。

我军部队已经向北满转移，敌人仍然紧追不舍。思想敏锐的东北民主联军总司令兼政治委员林彪，一面命令部队抗敌追击，一面进行他的独立思考。

太阳照在黑土地上，林彪坐在一辆缴获的日式汽车驾驶楼里，戴一顶灰布军帽，穿一身日本呢军用大氅，双眼微闭，似睡非睡。直到部队转移到松花江畔后，才逐渐摆脱了敌人的追击。

一个月前，他是接到党中央毛主席的命令，带领他的轻便指挥班底，连夜赶到了四平。当晚他便给从苏北辗转到东北的新四军3师师长黄克诚发电。他说，此刻我已到四平，对情况尚不了解，明天前去侦察地形。此次我集中近6个旅的兵力，拟坚决

与敌决一死战。望以种种方法振奋军心，一定要争取胜利，以奠定东北局面。请你将此报即转东北局与中央。

黄师长收到林彪的电报后，立即转报党中央和东北局，同时通知全师部队，告知大家,林总已到四平街，决心在四平地区与顽军决一死战，打垮顽军进攻，以奠定东北局面。因此，四平地区的战斗，是决定现在和将来局势变化的关键，必须动员部队在林总的决心下，以高度的勇气和牺牲精神来进行作战，要不惜一切代价来达成争取决战胜利的光荣任务。

部队听说林总来了，战斗精神更加旺盛！

1946年4月5日,初春的早晨,阳光照进四平城，林彪走出户外，带着望远镜，绕四平详细察看地形，他的严肃表情虽然没有流露什么,但他的内心却充满激情。他在给党中央和东北局的报告中说：原定情况许可，则利用双庙子以南山地歼敌，如果兵力来不及反击时，则决心死守四平，主力突击侧后，此间已在进行守城布置。

此刻，毛泽东在延安，身体不适，收到林彪的电报后，考虑了一夜，便于翌日凌晨给他回电，强调指出：集中6个旅在四平地区歼灭敌人，非常正确。党内如有动摇情绪，哪怕是微小的，均须坚决克服。希望你们在四平方面，能以多日反复肉搏战斗，歼敌北进部队的全部或大部，我军即有数千伤亡，亦在所不惜。如我能在三个月至半年内组织多次得力战斗，歼灭进攻之敌兵至9个师，即可锻炼自己，挫折敌人，开辟光明前途。为达此目的，必须准备数万人伤亡。要有决心付出

< 抗战时期，时任国民党新1军军长的孙立人在缅印作战中战功显赫，获英国政府所授帝国司令勋章。

∧ 国民党军队正向战略要地开进途中。

此项代价，才能打得出新局面。而在当前数日内，争取四平、本溪两个胜仗，则是关键。

毛泽东的来电，极大地鼓舞了东北民主联军前线将士。四平、本溪这两个现代中等城市，在地图上并不起眼，却演绎了现代战争史上惊人的一场血拼！

其实，林彪心里明白，部队自进入东北以来，一路后撤，没有打上一个振奋人心的胜仗，上上下下气都不顺。即使是秀水河子一仗，也打的那么费劲，伤亡了不少老战士、老骨干，大家都心疼。因此都想在四平摆开架势，要与老蒋的美械部队大干一场，让他们也尝尝“老八路”的精气神。

四平街炊烟缭绕，林彪坐镇梨树镇。他在地图旁深思熟虑，对防御部队进行了周密部署，对四平外围作战部队也作出适当调整。他命令从山东调来的万毅纵队、第1师及第3师第8旅主力迅速到达昌图西北地区集结。一个新的战术思想在他的大脑中反复酝酿……

1946年4月7日，占领昌图的国民党新1军在东北保安副司令长官梁华盛的指挥下，沿中长铁路向东北进攻。这个军是国民党“五

∧ 1946 年，大连。中国百姓与撤离的苏联军官握手告别。

大主力”之一。新 1 军军长孙立人在远征缅甸作战中，担任新 38 师师长，亲率小部人马将英军数千人从日军重围中救出。后在反攻缅北的作战中，大量歼灭日军精锐，被英美军方称之为“东方隆美尔”，名气很大。他们和新 6 军共为国民党军装备最精良的部队，军官和士兵中有不少是青年学生，文化程度较高，全军上下都是由美国人在印度训练出来的，部队战斗力很强，打起仗来不仅火力较猛，而且个个能征善战。在缅印作战中，素有“常胜军”的美称。此时，军长孙立人还在英国接受女王的授勋，军中公务主要由梁华盛代理。

4 月 8 日夜晚，民主联军集中 12 个团，向已深入到兴隆泉、柳条沟、兴隆岭的敌新 38 师猛烈进击，战斗打了一夜，歼敌 4 个整连。同时，我 7 旅一部在朝阳堡攻击敌新 50 师 1 个团，歼其一部。两次战斗共歼敌 1,200 余人，俘敌营长以下 350 人，敌新 1 军遭到重创后，梁华盛向他的上司郑洞国报告：要我 4 月 8 日占领四平街是根本行不通的，“越前进越感到兵力不足”，请求援兵巩固我侧翼安全。

就在这时，敌新 1 军第 50 师向泉头车站猛烈攻击，遭到我第 7 旅的顽强阻击，连攻 7

天7夜未能得手，8日晚又遭我第7旅连续反击，伤亡惨重，不得不停下来在我外围阵地构筑工事，形成对第7旅半圆形包围态势。4月11日，敌新50师兵分5路，每路以1个营兵力，在猛烈炮火掩护下发起强攻。我第20团顽强抗击敌人，他们在泉头车站完成守备任务后，坚决阻击新50师并削弱其锐气，傍晚时分主动撤离泉头阵地，按预定计划向北转移，另以第19团在红牛哨以南沿线阻击国民党军进攻。

就在两军交战血火相拼的4月13日，中共中央致电林彪、彭真指出：马歇尔已于12日动身来华。马到华后东北可能停战，我方必于数日内尽力攻夺四平、本溪以利谈判……

林彪接到电报后,按中央指示立即对坚守四平、本溪做了更加严密的防御部署。

而在敌新1军沿中长路向四平以南进攻的同时，其北犯的敌第71军第87、第91师，企图绕道八面城迂回四平。71军的装备在国民党军中也属上乘。然而，民主联军已在此张开了“口袋”。4月9日，林彪令独立旅第3团与配属的第13团及1个大队从康平迅速赶往金家屯截击。10日，歼其230人。然后，独立旅第3团、第24旅第70团等部队，沿金家屯以北公路节节抗击，诱敌深入。11日，第10旅和独立旅特务1团投入战斗，独立旅第3团则迂回敌后，东北民主联军主力在兴隆泉歼灭敌新38师一部后，已在大洼、金山堡一带设伏待敌。

4月15日，国民党第71军87师一部行进至大洼的金山堡、秦家窝棚地区，中了民主联军的化装埋伏，未及发挥美式装备的威力，就被民主联军缴械。紧接着，民主联军第1师，第3师的第10旅、第8旅、万毅纵队3个团、独立旅第3团，辽西工人教导团等14个团的兵力，向敌第87师展开猛攻。经过一夜激战，第87师大部被歼。增援来的敌91师一部被独立旅第3团等部击溃。此役，歼灭敌71军4,400余人，缴获汽车30余辆，各种火炮31门，机枪136挺，步枪1,241支及大量军用物资。

这次战斗，是民主联军后退条件下打的又一个胜仗，是运动中歼敌的典型战例。在作战中，林彪的战术原则“一点两面”战术得到了充分运用。此战伤亡少，缴获大，部队受到林彪的通令嘉奖。

大洼、金山堡战斗后，东北民主联军又于4月21日在四平西南的马家店歼灭敌91师一个营。

< 曾任苏联远东军总司令的马林诺夫斯基元帅。

马林诺夫斯基

苏军元帅。第一次世界大战时，参加过赴法远征军。1930年毕业于伏龙芝军事学院。1937年～1938年参加国际纵队，协助西班牙共和国作战。苏德战争时期，任近卫集团军司令，南方面军司令，西南方面军司令，乌克兰第二方面军司令外贝加尔方面军司令等职。苏日战争期间获“苏联英雄”称号。战后任外贝加尔－阿穆尔军区司令，苏联远东军总司令，远东军区司令，国防部第一副部长兼陆军总司令等职。

正当上述地区国共双方激战正酣之时，苏军马林诺夫斯基元帅和苏军总部已撤离长春市。苏军撤走之前，与东北局达成默契，要民主联军乘机进占长春，苏军还下令所有的工矿企业放假一周，并通知在长春的大批日侨待在家中不要外出。

长春到底占不占呢？在当时的情势下，并不是一个简单就能回答的问题，东北局在如此重大的问题上理所当然地要请示中共中央，而林彪和他的部队对攻占长春也有不同的看法……

2. 蒋介石大肆叫嚣：不拿下四平，不商谈和平

鉴于蒋介石继续增兵东北的实际，林彪在4月11日致东北局和中共中央的电报中说："我固守四平和夺取长春的可能性和东北和平迅速实现的可能性均不大。因此我的方针应以消灭敌人为主，而不是保卫城市，以免被迫作战。"

∧ 国民党政府用美军飞机向东北源源不断地运送国民党军。

毛泽东也于12日复电同意林彪这一意见。但是其间接到了周恩来从重庆的来电，报告了国民党谈判代表陈诚，改变了原来所坚持的东北不属于和谈范围的态度，开始赞成东北停战维持现状的情况，建议我军夺取长春以利于和谈。对此，毛泽东又开始考虑能否攻占长春等大城市的问题。于是，他向林彪、彭真转达了周恩来的电报，并询问攻打长春、哈尔滨有无把握。

林彪和彭真领会了毛泽东的意图，即于14日电示吉林军区司令员周保中，对进攻长春市作了新的部署。

长春当时为伪满洲国的政治、经济中心。1946年1月，国民党政府依据《中苏友好同盟条约》接管了长春，并将东北行营设于长春，委派大批官员到长春任职。同时还将冀东的原伪满靖安军铁石部队的姜鹏飞所部空运到长春。他们搜罗伪满军、警、宪、特及股匪，鱼肉百姓，与进入东北的国民党军遥相呼应，不断蚕食解放区，哈尔滨、齐齐哈尔也为敌伪盘踞，等待国民党军北上接收。

按照中共中央关于保卫北满的指示，东北民主联军第7师、第359旅、第3师第8旅一部，在东、北、西、南满地方部队配合下，在四平保卫战的同时，于4月18日至28日，连续解放了长春、齐齐哈尔、哈尔滨三座城市。

当时，长春守军有伪保安第2、第4总队500人，吉林省15个保安支队及1个骑兵大队8,000人，伪警察2,500人，及由战败日军残部组织的一支部队，共2万余人。其人数虽多，但系拼凑而成，散漫无斗志，内部矛盾极大。主力为姜鹏飞所率的保安第2总队。市内除以建筑物构成主要据点外，重要路口均设有工事。守卫要点为中央银行、飞机场及南岭等。

东满军区司令员周保中、政治委员林枫按照东北民主联军总指挥部的要求，以杨国夫的第7师担任主攻。计第20、第21旅5个团及第8旅配属4个营，约11万人，由杨国夫、刘其人指挥；北面及东北以曹里怀支队及第23旅两个团担任，计6,000人，由曹里怀、谭甫仁指挥；南面及东南则由永吉、敦化、延吉各抽调一个团担任，共4,000余人，由贺庆积、邓飞指挥。

经数日激战，长春解放。此役，共毙伤敌伪军2,000余人，俘伪保安第4总队司令兼长春卫戍司令陈家桃、市长赵君迈等1万余人，其中日军200余人。缴获飞机1架，各种火炮56门，机枪432挺，

∧ 1945年6月，时任国民政府“行政院长”的宋子文（前排右二）抵苏，与苏联政府外交部长莫洛托夫（前排右三）签订了《中苏友好同盟条约》

《中苏友好同盟条约》 

1945年2月雅尔塔会议期间，苏美英三国秘密签订了《雅尔塔秘密协定》，以牺牲中国主权和利益为代价，取得苏联同意于欧洲战争结束后三个月左右对日作战。在美国支持下，蒋介石派宋子文两赴莫斯科谈判，于1945年8月14日同苏联签订了《中苏友好同盟条约》。其条约规定：双方共同对日作战，不得单独与日本停战媾和；对日作战终止后两国共同采取措施，以防止日本再事侵略；双方不参加反对另一方的任何集团。

长短枪1.157万支，子弹110万发。东北民主联军亦伤亡1,700余人。

长春之战，东北民主联军摧毁了国民党在东北的重要堡垒，解放了长春80万市民，极大地鼓舞了四平前线东北民主联军指战员，震撼了国民党军。

占领长春，使民主联军收获不小。黄克诚曾说过：“国民党当局本以为苏军撤出东北会对他们有利，却未料到会促成我军得以进占大城市的局面，我军进占大城市后，装备得到很大改善，给养也不成问题了，给了部队以非常有利的休整、补充的时机。”

毛泽东得知民主联军占领长春的消息后，也十分欣慰，于4月19日连发两电给东北局，指出：长春占领，对东北及全国大局有极大影响，望对有功将士传令嘉奖。并指示“东北局应迁长春。”“考虑于短期内召集东北人民代表会议成立东北自治政府问题。”彭真也回电报告：“对于长春，我们决定采取巩固与确保方针，争取成为我们的首都。”

< 时任国民党东北行营主任的熊式辉。

国民党东北行营主任熊式辉 

江西安义人，国民党陆军中将加上将衔。日本陆军大学毕业。曾任国民革命军第5师师长。1927年任淞沪卫戍司令。1931年任江西省政府主席兼南昌行营办公厅主任。1941年任国民党“中央设计局”秘书长、代局长。1945年以国民政府高级代表团副团长身份访苏，同苏联缔结了“中苏互不侵犯条约”。同年8月，任国民政府军事委员会委员长东北行营主任。

4月20日，毛泽东又一次致电东北局，指示说：“长春防御工事一概保留，准备于必要时把长春变为马德里。现在就要做此准备。”

东北民主联军解放长春后，于4月24日以嫩江军区部队及第3师特务团进击齐齐哈尔。25日晨，东北民主联军解放该市。俘匪首袁大衡、张伯全及伪市长以下1,500余人，缴获坦克5辆，机枪11挺，步、手枪1,000余支。向东北及南面逃窜的1,500余人亦被堵击歼灭。

4月28日，东北民主联军又集中第359旅、第7师第19旅及龙江军区警卫第3旅、松江军区独立第5、第7团等部攻克了哈尔滨。是役，共歼灭土匪、伪军5,000余人。

东北民主联军解放长春、齐齐哈尔、哈尔滨三市，消除了北满腹地隐患，巩固了后方，配合和支援了四平前线作战，同时也促进了发动群众，建立巩固根据地工作的迅速开展。

在苏军从东北撤军，国民党军向东北大举进兵中，蒋介石占了一点便宜。但是在其攻占战略要地四平时，又让民主联军占了先，而且又丢失了长春。这使得蒋介石十分恼怒："熊式辉，无能！"

蒋介石背着手在屋子里踱来踱去，愤愤地骂道。

蒋介石不能不恼火。十几天前，他还大肆叫嚷：不拿下四平，不停止战争，不打到长春，不商谈和平。而如今却是两处受挫，四平总攻迟迟不能开始，本溪又久攻不下，而长春却转而落入共产党之手。这让他的老脸往何处搁？

熊式辉军事上无能，范汉杰在东北国民党军将领中又没有威信，"收拾东北，必须得有一个有才能的人。"他自言自语，"看来，还得杜聿明来东北才能使人放心。"想到此，蒋介石令手下人立即电告杜聿明：速回东北，收复主权。

而此时杜聿明已经切掉了一只肾，术后尚未痊愈。然而蒋介石顾不了这么多了，急忙指示这位爱将返回东北主持军务。

在北平医院里，杜聿明正躺在病床上，等待着肾切除手术的痊愈。在这个寂寞的春

V 为了建立巩固的东北根据地，东北民主联军在牡丹江一带的林海雪原中剿灭国民党土

天，他看着来自东北的战报，不禁自叹，不知自己是否还有机会重返东北。正在此时，忽接到蒋介石的电报，杜聿明欣喜若狂，一跃而起，早忘了身体尚未康复的现实，星夜北上，赶回沈阳。

杜聿明堪称“忠勇”之将，不顾大手术未愈之苦，在仓促中赶到东北，犹如在未熄的灰烬里加了一把柴，烽烟更浓了。

“立即进攻四平！”这是杜聿明到东北后下的第一道命令。

军令如山倒。何况是杜聿明的军令！国民党军各部不敢怠慢，全力前进。4月18日，新1军率先到了四平的西郊。

四平城内外的战火一触即发。

< 时任国民党东北保安司令长官的杜聿明。

> 东北民主联军某部，在四平前沿阵地抵御国民党军的疯狂进攻。

林彪站在四平城头，举起望远镜仔细地观察着敌人的部署，不禁眉头越皱越紧。虽然已调集梁兴初、黄克诚、万毅等向四平靠拢，但他仍觉得实力不足。走下城头，林彪只扔下一句：“急电长春部队南下增援。”

这个时候，陈明仁率领的第71军与由郑洞国暂时指挥的新1军已从西面和南面两侧对四平形成了半月形包围圈。

陈明仁因第71军已遭到林彪重创，不敢分散，一直紧跟在新1军左右。而新1军由于前一阵一直由东北保安副司令梁华盛指挥，连遭民主联军打击后，杜聿明对这个“王牌军”的表现极为不满。此时，原军长孙立人在英国尚未回来，杜聿明撤换梁华盛后，决定暂将该军交给郑洞国指挥。郑洞国接手后，正想凭借这支装备精良的部队一展自己的雄风。所以，在杜聿明要求力克四平的命令下达后，新1军进攻速度最快。

4月18日，郑洞国令新1军的新30师、新38师和第50师轮番轰炸四平外围的民主联军阵地。在飞机、坦克支援下，国民党军首先对四平南郊展开重击。

炮弹如冰雹一样落在民主联军的阵地上，平均每分钟30多发，各种工事堑壕瞬间被夷为平地。到处弹痕累累，每五六米就有一个弹坑。国民党步兵紧跟其后，潮水一般冲入民主联军的阵地纵深之处，虽然各部民主联军奋力抵抗，但仍是处于下风。

到21日，新38师突然离开南郊，转而向四平西北的三道林子北山方向迂回，企图

占领北山制高点，与新30师形成南北夹攻之势。

“必须死守三道林子！”林彪命令，“附近部队立即增援，丢了三道林子等于丢了四平。”原来这三道林子距四平城的中心四平街只有1公里，在地势上居高临下，可俯瞰大半个四平城，是关系到整个四平城安危的重要支撑点，一旦失守，后果不堪设想。

一个要攻，一个要守，三道林子立即成了四平之战的新焦点。双方兵力潮水一样迅速向三道林子涌去。枪炮声如暴风骤雨一般又急又密，山坡上的大小树木跳动着烈焰，嘎嘎作响。新38师连续四次冲锋，不到半天就抢去了民主联军的一块阵地。

守卫在这里的民主联军保1团知道此地关乎大局，以死力夺。牺牲一批，冲上一批，

/\ 杨国夫，1955 年被授予中将军衔。

杨国夫 

安徽霍丘人。土地革命战争时期，任红 30 军第 90 师 269 团副团长、270 团团长，红一军团第 4 师 11 团副团长、12 团团长等职。抗日战争时期，任八路军山东人民抗日游击第三支队副司令员、司令员，山东纵队第 3 旅副旅长，清河军区司令员，渤海军区司令员兼第 7 师师长。解放战争时期，任东北民主联军第 7 师师长，第 6 纵队副司令员，第四野战军 43 军副军长，江西军区副司令员。

鲜血将山坡上的黑土染成一片殷红，终于夺回了失地。

危急关头，长春来的援军到了。杨国夫带着第7师赶在了第一批，见了林彪，林彪只说了4个字："立即战斗！"

杨国夫转身就冲到三道林子最前线去了。

北线枪声不断，南线更是炮火隆隆。新1军第50师于20日起狂击民主联军万毅纵队的第56团，与北线遥相呼应，在猛烈的炮火配合下，突破了56团的鸭湖泡阵地，直攻泊罗林子。

林彪立即调动刚刚赶来的王东保第7旅所属的21团前往支援。保1团的一部也速来救急。但敌50师炮火凶猛，民主联军被迫后撤到下一道防线。

从4月18日至26日这短短的9天时间里，国民党新1军先后向四平南郊、西郊、西北及东南各处阵地发起无数次进攻，双方你来我往，进进退退。阵地上已是尸积如山，却都没有大的进展。此时，双方皆有筋疲力尽之象，故转而开始大修工事，进入对峙阶段。

这是惨烈无比的一仗，国民党军受到重创，民主联军同样也元气大伤。

时远时近、时疏时密的枪声仍在阵阵传来。如血的残阳铺在如铁的阵地上，满面烟尘的民主联军战士静静地守在战壕里，准备着新一轮的厮杀。伤员越来越多，弹药越来越少。然而，这场战斗却远远没有结束。

黄克诚在战壕里走来走去，眼泛红光，他眼睁睁地看着身经百战的红军老战士一个个倒入血泊中，急得连连跺脚：不能再这样打了，排一级的干部在短短9天内换了好几批，战前的排以下干部几乎全部阵亡了。他急匆匆地给林彪发了一封电报：四平城丢了，可以再来夺取嘛；可我们的骨干力量倒下了，却再也起不来了啊。难道我们一定要拼光我们的所有主力吗？

3. 塔子山失守

林彪看着黄克诚的电报，无话可说。他也同样心急如焚呀。可是这一仗却不能停下来，毛泽东已多次下达命令，四平绝不能丢，因为东北战场的形势时时刻刻都在左右着国共双方正在进行的和平谈判。

马歇尔从美国返回重庆后，国共和谈继续进行，但谈判桌上的双方

< 时任东北人民自治军第二政治委员的罗荣桓。正在大连养病的他，密切关注着北面的战事。

条件随时都在因为东北战局的结果而变化。1月10日东北停战令刚下时，国民党根本不承认东北民主联军的存在；长春解放后，国民党转而同意共产党可在东北留有1个师；待到国民党军攻打本溪和四平毫无进展之时，双方开始争执在沈阳、长春和哈尔滨中以哪个城市作为东北共管的分界区。

所以，想要在谈判桌上取得胜利，必须先在战场上取得胜利。战场上不可能得到的，在谈判桌上同样不可能得到。

三道林子战斗刚刚结束，毛泽东电令林彪：要死守四平，挫敌锐气，争取战局好转，可增加一部分守军，化四平街为马德里。

马德里是西班牙的首都。1936年10月，西班牙人民在那里为反对德、意法西斯支持的佛朗哥叛乱，坚持了两年半的守卫战争，成为二战前最著名的保卫战。

化四平街为马德里！简简单单的8个字包含着多么沉重的使命！

林彪已觉得自己难以承载身上的负荷了：要死守四平，谈何容易？现在我军元气已伤，几仗之后，弹药短缺，地位日趋被动，四平前线的局势已是愈发严峻了。

战场上的林彪在着急，远离硝烟的罗荣桓同样在着急。

身患肾病的罗荣桓正在大连养病。他每天都在密切关注着北面的战事。得知四平军队弹药短缺，罗荣桓设法找到了苏联方面的支持，争取了足足八列火车的武器

马德里保卫战

西班牙内战时期，共和国政府军同佛朗哥军队围绕争夺首都马德里所展开的军事行动。1936年7月17日，佛朗哥发动反对共和国的叛乱，11月17日佛朗哥的军队在德意飞机支援下首次向马德里发动进攻，共和国政府军顽强抵抗，迫使佛朗哥军队停止进攻。1937年初，佛朗哥军队又对马德里发动了三次进攻，均被共和国政府军击退。1939年3月26日，佛朗哥军队乘西班牙共和国政府内部分裂，军事上各条战线相继失利，外交上陷于孤立之际再次对马德里发动猛攻。3月28日，佛朗哥的军队进入马德里。至此，马德里会战结束。

弹药和医药，经海路运到朝鲜，再由铁路转到梅河口。然而，此时适值东北局机关由梅河口向长春搬迁，辎重繁多，火车头紧缺。已装车厢的大批弹药只得暂时停留在站台上。

4月28日，国民党获知这个情况，派飞机轰炸了梅河口车站，有260多节车厢当即报废于火海之中。

情况报告给林彪后，林彪一言未发，目露凶光，愤愤地一拳砸在桌子上。不知他在愤恨国民党的飞机，还是埋怨东北局机关的拖拉。但可以明确的是，他对四平的担忧之情又加深了一层。

当日，林彪急调南满地区第3纵队的主力两个旅由程世才率领迅速北上，开往四平右翼昌图、开原一带，构筑工事，以阻止国民党为继续攻打四平即将增派的援兵。

杜聿明坐镇沈阳，心忧如火。四平久攻不下，必须增兵，然又恐增调南部兵力北上，南满的民主联军乘虚进攻。

这时国民党军在向北进犯的同时，集中新6军最精锐的新22师及第14师、第71军第88师、第94军第5师、第52军第2师、第25师共6个师兵力向沈阳以南大举进攻。三四月间，先后占领了辽阳、抚顺、鞍山、海城、营口、大石桥等地。

“好！”杜聿明喜形于色，又令廖耀湘新6军第14师和第52军军长赵公武指挥其第25师及第60军第182师第545团，于4月29日出发，兵分三路，攻取本溪。

本溪距沈阳东南62公里，是东北的重要工业基地之一，南满的煤钢之都，沈阳的东南门户，战略位置十分重要。驻守本溪的为东北民主联军辽东军区程世才、萧华部。

为了保卫本溪、配合四平地区作战，辽东军区决定以第3、第4纵队和保安第3旅等部队防守本溪。

4月1日后，国民党军第52军、新6军等部分别由抚顺和辽阳向本溪进攻。先后遭我第7、第8、第9旅所部的坚决反击，共伤亡1,700余人。

4月7日，国民党军向本溪发起第二次进攻。我民主联军第3纵队集中第7、第9两个旅。于黄昏迂回包围了敌第25师一个团。激战4昼夜，共歼灭1,800余人。我第10旅主力协同第8旅在本溪西北之姚千户屯、大英守屯、苏家屯东南长岭子地区，毙敌第14师副师长以下1,380余人，俘600余人。国民党军第二次进攻本溪计划再告失败。为

∧ 坚守在塔子山的东北民主联军与国民党军展开了殊死搏杀，因寡不敌众被迫撤退。

增援四平作战，林彪令辽东军区程世才率第3纵队第7、第8旅于4月20日北进四平。

4月27日，国民党军对本溪发动了第三次进攻。辽东军区部队经顽强抵抗击退了国民党军多路进攻。

由于当时3纵已经北上，守护本溪的只有萧华4纵的三个主力团，即27、30、31团。城大兵少，每个团的正面防线宽达10公里，所有人员只能一线摆开，却没有纵深和预备队。

5月2日，廖耀湘和赵公武带领5个师的兵力聚集于本溪城下，以师为单位，集中所有炮火，向4纵部队发起进攻。7架国民党飞机也在空中往来盘旋，轰炸扫射。

4纵部队死守不动，以3个团对5个师，不顾伤亡，拼死抗击，最后双方展开白刃战。

但萧华由于己方部队伤亡过大，所筑工事已在国民党的轰炸中大部坍塌，附近又找不到任何军事支援，防线逐渐被突破，眼见敌我双方力量悬殊，只得于5月4日凌晨率部退出本溪。此后，萧华带领4纵转向凤城地区，在南满各地展开游击战争。

5月3日，国民党军占领本溪。

∧ 抗战时期，毛泽东、朱德在时任359旅旅长王震（右一）的陪同下检阅359旅南下支队。

本溪保卫战，共毙伤俘国民党军4,000余人，减弱了其对四平进攻的力量；同时为东北民主联军向四平战场集结兵力争取了宝贵的时间……

对杜聿明来说，夺下本溪即意味着南满地区的威胁基本解除。随后，他命令廖耀湘率新6军及留在南满地区跟随新6军作战的71军88师马上动身北上，开向四平。

林彪立即电令正在北上途中的程世才率3纵速至昌图、开原一线阻止新6军进入四平。

东北战场风起云涌，双方人马在这片大平原上四处纵横。布局瞬息万变，战况阴晴难料。小小的四平城如同深渊漩涡，将越来越多的人马吸了进去。

本溪战役刚一结束，杜聿明便抽调了所有力量，集结6个军10个师的兵力，在坦克、重炮、飞机配合下，由东北“剿总”副司令郑洞国亲自指挥，分左、中、右三路于5月14日向四平发起了新一轮的全面进攻。

双方展开的战场之庞大，运用的火力之凶猛，连远离战斗数千里的蒋介石都感到了震动。他害怕杜聿明有闪失，更确切地说，他害怕输了这场战争，所以特别派出足智多谋人称“小诸葛”的白崇禧飞抵东北，督师助战。

四平地区再次硝烟弥漫。方圆数十里内，炮声连连，震耳欲聋。四平近郊梨树村中的棵棵梨树前几天还花香四溢，迎风轻摇，这几天竟然在炮声的震颤中，将瓣瓣梨花撒满了焦土。

< 国民党一级陆军上将白崇禧。

国民党政府国防部部长白崇禧 —— ▲ —

广西桂林人，国民党一级陆军上将。1926年北伐时任国民革命军副参谋总长、东路军前敌总指挥。1927年任淞沪卫戍司令，1932年任广西“绥靖”公署副主任。抗日战争时期，任国民党军事委员会副参谋总长。抗战胜利后，任国民党政府国防部部长。1948年任华中军政长官，后去台湾。

林彪的指挥所里一片繁忙，电话声、发报声、跑步声、报告声交杂一片，沸沸扬扬。林彪坐在一张木椅上，死死地盯着作战地图，一言不发，头脑中在周密地计算着自己将采取的每一步策略，耳朵中却在不断地听取来自各方的战情汇报。

激烈的战斗已在左、中、右三条战线上同时打响，其中战报最频繁的则是右路。程世才的3纵与一路急速北上的廖耀湘新6军已在威远堡门一带展开厮杀。

程世才自本溪率3纵北上后，一路奔波，途中接到林彪电报转而向南回防，根本没有休整时间，正在疲惫不堪之时，其前面部队7旅一部忽与新6军新22师的先锋团65团相遇在威远堡门地区，双方立即进入战斗。

65团首先派出一个连冲锋，结果未遂，连长被打死。该团团长一怒之下，集中全团所有重炮、山炮，向民主联军狂轰不止。无奈3纵部队只有机枪、步枪，还未来得及建立阵地，在国民党军强力冲锋下，只好北撤。

而在3纵未撤之前，廖耀湘为加快进军速度，已令65团0竭力拖住民主联军。其余的大部队却悄悄地用600辆汽车装运，很快就冲破了3纵防线。

廖耀湘本人随后赶到威远堡门，巡视战场，在一名阵亡者身上发现一份文件，以为刚刚打跑的就是民主联军3纵的主力，不禁信心倍增。既然3纵主力对一个团的进攻都不能阻止，那么以新6军的实力，进攻四平应该没什么问题。这个错误的判断立即给廖耀湘带来了嚣张狂妄的气焰。他下令新6军全力推进，夺取前方的叶赫和哈福。

> 程世才，1955年被授予中将军衔。

程世才

湖北大悟人。土地革命战争时期，任第30军90师政治委员，第30军副军长、军长等职。抗日战争时期，任晋察冀平西挺进军参谋长兼第十二支队司令员，中国人民抗日军政大学分校校长，延安中央党校第四部副主任。解放战争时期，任辽南军区司令员，东北军区第3纵队司令员，辽东军区副司令员，安东军区司令员，辽西军区司令员。

程世才率3纵主力全部赶到威远堡门后，一声令下，奋起反攻，全歼新22师65团。待程世才登上山顶，举起望远镜远眺之时，新6军主力早已不见踪影。

林彪闻知战情，紧咬嘴唇，面无表情地说："告359旅，火速南下，增援3纵，必须将廖耀湘阻止在昌图、开原一线。事关全局。"

359旅接到命令后，长途急行，向林彪指定的地点飞奔。刚出四平，即于16日与新6军主力相遇于叶赫车站。359旅由于仓促应战、实力相距甚远，只坚持了一天战斗，即被迫退出叶赫。

廖耀湘争分夺秒，率新6军于17日又推进到哈福屯，与从中路冲来的新1军第50师相会，两大国民党"王牌军"构成了对民主联军塔子山阵地的三面包围。

塔子山位于四平东北方，距四平只有10余公里，是这一带的最高峰。站立山顶，可清楚地俯瞰四平东北的全部阵地，比三道林子更具战略意义。失去塔子山，则四平危在旦夕！

新6军速度之快，实出林彪的意料。一向冷静无言的林彪此时也显得沉不住气了。他"腾"地一下站了起来："请黄克诚派3师7旅轻装疾进，速至塔子山！"此时是5月17日的黄昏。

然而，事情越是紧急越容易发生意外。民主联军的3师7旅未能如期抵达战场。当黄克诚星夜赶到辽河岸边时，只找到两只船，待全旅过河后，战机不再，为时已晚。

事后才知，当时的辽河根本不用船只，完全可以泅渡。

就在黄克诚焦急万分地渡河之时，新6军已集中兵力，用强大的炮火向塔子山方圆不过七八十米的山头展开暴雨般的轰击，几分钟内就倾泻下了500多发炮弹，炸得山上乱石横飞。随之而来的双方拼杀一波接一波，尸横遍野。

好在此时左路新1军在三道林子的进展不大，林彪得以集中精力指挥塔子山战斗。但随着时间的流逝，塔子山越来越不利，几乎走到了防线崩溃的边缘。

17日晚，林彪电令塔子山守军："无论如何，要尽可能再支持一天。"

"我们人员伤亡惨重，弹药极度缺乏，恐难当重任。"塔子山守军迅速回电。

林彪枯坐无语，咬了咬牙，再次电令："最少明天要顶半天，不惜一切牺牲。"

电令发出了，但林彪心里清楚，塔子山的失守已成必然。一旦失守，廖耀湘将四面封城，到那时民主联军将被困四平，毫无出路。

18日天还没亮，林彪紧急向毛泽东请示："四平以东阵地失守数处，此刻敌正猛攻，情况危急。"

但未等毛泽东回电，塔子山失守的消息已经传来。林彪不能再犹豫了。他果断决定："7师于三道林子北山、7旅于四平东南高地负责掩护，其余部队全线撤退。"

18日夜20时30分开始，各部队在黑夜的掩护下，穿过国民党未来得及封闭的缺口，分头撤向后方。由于组织严密，保密好，国民党军虽然近在眼前，却毫无察觉。

在这场历时一个月的四平保卫战中，民主联军伤亡总数高达8,000人以上，部队元气大伤。林彪满怀着战败的沮丧，越过公主岭，开往长春方向。脑子里反复思索着毛泽东得知四平失守后刚刚发来的电报："望坚守公主岭，如公主岭不能守，则应坚守长春，以利谈判。即使公主岭能守一星期，长春能守三星期，即对大局有利。"

他望着身后逶迤行进的部队，暗自摇头。这些元气大伤、弹尽粮绝的战士们，还有多大的能力守住公主岭、长春？现在惟一的出路只能是北撤，撤到一个敌军打不着的地方养精蓄锐，以图再起。

夜是黑暗的，但漫天的星斗仍在闪烁不停。林彪带着这支疲惫的部队，乘着夜风，一路奔走。

❶ 我军某部占领有利地形消灭敌人。

❷ 我军向大别山进军。
❸ 战斗开始前，我炮兵进入射击阵地。
❹ 我军战士们在打草鞋。
❺ 我军正在涉渡淮河。

彭　真

(时任东北民主联军第一政治委员)

1946年3月4日，中央电示林彪、彭真并李富春、黄克诚……“不论四平能否保住，对顽军进攻，均须给以打击，比不战而退要好”。

3月10日，李富春、黄克诚请示东北局，提出“即派队进占四平”的意见。

3月16日，彭真电告中央，“同意李、黄夺取四平”。

3月17日，我军进占四平街。

同日，中央电示彭真、林彪，“国民党还不停战，沈阳以北长春路沿线之苏军撤退区同意你们派兵进驻以为将来谈判之条件，时间愈快愈好。”

3月24日，中央指示东北局，“我党方针是用全力控制长哈两市及中东路全线，不惜任何牺牲，反对蒋军进占长哈及中东路”。

——摘自：彭真《东北解放战争的头九个月》

郑洞国

（时任国民党东北保安副司令）

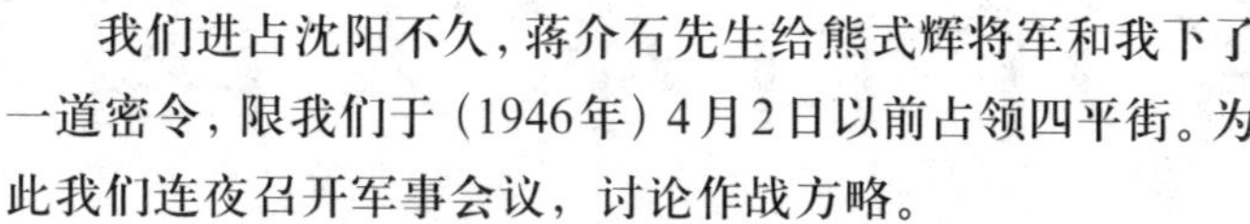

我们进占沈阳不久，蒋介石先生给熊式辉将军和我下了一道密令，限我们于（1946年）4月2日以前占领四平街。为此我们连夜召开军事会议，讨论作战方略。

会上，大多数将领认为位于沈阳东南的本溪是解放军的重要据点，地形险要，易守难攻，又集结有十万重兵，对沈阳是个严重威胁，必须首先拔除。但蒋先生限定4月2日前攻占四平街的命令又不能违背，所以会议最后决定：……第1军和第71军先行向四平街方向发动进攻；稍后……于4月7日向本溪进攻。

——摘自：郑洞国《我的戎马生涯——郑洞国回忆录》

第二章

蒋介石永失国都

∧ 抗战时期，毛泽东与林彪（前排左一）等人在延安。

中共中央军事大调动，大批中央委员闯关东。“向北发展，向南防御”，八路军、新四军海陆并进。

一切为了东北，毛泽东调整改行“集中”方针。一支人民自己的武装，出现在白山黑水之间。

1. 踏上千里征途

部队撤到辽河边上，林彪仍然在想他的问题，四平一战，留在那里的八千壮士，他们当中有数千名是从井冈山走下来的红军战士，历经万里长征、八年抗战，最终却捐躯在这片黑土地上。

他的面部表情十分严峻，心里却难受极了！

他林彪从来不怕打仗，不打仗来东北干什么？当时，中共中央政治局提出与形成了“向北发展，向南防御”这一战略方针，为了建立东北大根据地，中共中央急需派出赴东北的最高负责干部去进行领导工作。

延安下达了战斗的号令，从各个解放区抽调的部队和干部像潮水一般涌向东北，形成了有史以来少见的10万大军闯关东的壮观景象。

在闯关东中，走在头里并起着领导作用的是那些中共中央委员、候补委员们，林彪就是其中的一员。

继中共中央政治局委员、中央书记处候补书记彭真、陈云等首先飞往东北后，许多奉命赴东北的中共中央委员、候补委员纷纷行动起来，运用各种方式迅速进入东北。

然而，东北战场上的军事统帅还没有明确。1945年9月19日，他和萧劲光一行抵达河南，此时中共中央及刘少奇并没有考虑让他俩去东北。从延安出发时，毛泽东原准备先让他俩分别担任山东军区的司令员和副司令员的，原因是山东军区的老底子是八路军115师发展起来的，而他则是这支大部队的指挥员。大家都知道的原因，他因抗战初期遭国民党军阎锡山所部用枪误伤后，健康受到很大损害，后到苏联养病，健康仍难以恢复，动辄便头晕，面色苍白。

1942年10月，林彪由苏联至重庆返回延安。毛泽东得悉后特地起了个大早，亲自下山迎接。而毛泽东以往甚至连周恩来、朱德、任弼时远途归来时，也不曾有过如此举动。

这一次毛泽东把山东军区交给他管，他当然十分满意，当在晋南与刘伯承、邓小平握别后，便与萧劲光昼夜兼程地向山东进发。就在9月19日这一天，他才收到中共中央令他转赴冀东负责冀热辽军事工作的指示。

林彪没有二话，9月25日即率部北上冀东，10月17日才奉命开赴东北，于10月28日到锦州，29日到达沈阳。

实际上真正能打硬仗的要数中共中央候补委员黄克诚的新四军第3师。因为和老百姓的关系密切，苏北人民亲切称为“黄3师”。这支老部队，原为徐海东领导的红15军团老底子，改编时为八路军115师344旅，血战过平型关，后为八路军第2纵队，司令员是左权，抗日

< 抗战时期的徐海东。

徐海东 

湖北黄陂人。土地革命战争时期，任红四方面军独立第4师、第27师师长，红27军第79师师长，红25军军长，红28军军长，中共鄂豫陕省委委员，红十五军团军团长，西北革命军事委员会委员，中央革命军事委员会委员等。抗日战争时期，任八路军115师344旅旅长，新四军江北指挥部副指挥兼第四支队司令员，中共中央中原局委员，中共中央华中局委员。

战争时期挺进苏皖，成为扬威江淮的新四军第3师，是进军东北部队中人数最多，战斗力最强的一支，也是闯关东的过程中，最辛苦的一支了。

黄克诚是湖南永兴县人，生于1902年。1925年，他加入了中国共产党。第二年，他又参加北伐战争，从此开始了戎马生涯。1928年，黄克诚参加了湘南起义。红军时期，他的最高职务是军政治部主任和红军总政治部组织部长。

长征结束、抗战开始后，他担任八路军115师344旅政委。不久，为支援华中抗战，黄克诚奉命率领所部南下，转战江苏北部地区。1940年，他配合新四军陈毅的部队打开了苏北的抗日局面，创建了苏北抗日根据地。

> “皖南事变”前驻扎在安徽泾县云岭的新四军部队。

皖南事变后，新四军在盐城重建军部。华中各地的抗日武装统一整编，当时，黄克诚率领的八路军第5纵队被改编为新四军第3师，他被任命为师长兼政委。以后，他又兼任中共苏北区党委书记、苏北军区司令员兼政委。他是井冈山时期朱德、陈毅的部下，与彭德怀共事多年。极善独立思考，为人刚正不阿，敢说真话，好办实事。当他于9月初闻讯八路军先头部队已进入东北后，立即向中共中央华中局书记、新四军政治委员饶漱石建议，给中央发报。要求派大部队去东北。饶漱石则不以为然，认为这不属于新四军和华中局管辖范围的事，不同意发电。为阐明自己的观点，黄克诚以个人名义，于13日向中共中央发出了那份著名的建立东北总根据地的电报。9月23日，黄克诚接到中共中央命令，要他率新四军第3师4个主力旅、3个特务团共3.5万人开赴东北。黄克诚首先想到了几万人长途跋涉，不是一件简单的事，必须做好充分准备。为此，他作了周密的考虑。

他后来回忆说：“当时曾有个说法，要我们把武器留下来交给地方，说是到了东北就可以拿到新的。我历来考虑问题，总是把不利因素尽量想得多一些，以便有备无患。我想，目前情况瞬息万变，部队到东北后万一拿不到武器，将怎么打仗。所以，我坚持部队武器不能留下，要全副武装去东北。同时我还考虑到，到东北之后，即进入冬季，首先将遇到与苏北迥然不同的寒冷气候，解决部队的棉衣问题，亦是当务之急。

皖南事变

1941年1月4日，新四军皖南部队离开泾县云岭，向北转移。6日行至皖南泾县茂林地区时，突遭国民党7个师8万余人包围袭击。新四军战士英勇抗击，血战7昼夜，终因寡不敌众，弹尽粮绝，除2,000余人突围外，大部壮烈牺牲。军长叶挺被扣押，副军长项英等遇难。17日，蒋介石宣布取消新四军番号，下令进攻新四军江北部队。20日，中共中央军委发出命令，重建新四军军部，以陈毅为代理军长，刘少奇为政治委员。

当时尽管受到一些责难，我还是坚持这两条，一是要部队带上棉衣，二是要全副武装，多余的武器可以留下来，这样，我一边安排先头部队及后勤人员由第一副师长刘震率领，即刻出发，一边抓紧筹集棉花。”

黄克诚用最短的时间做好了北上准备后，便与副师长兼参谋长洪学智、政治部主任吴法宪暨全师大部踏上了千里征途。由于临行前，黄克诚坚持部队要全副武装，因为他实在放不下心来，不太情愿按照中共中央通报办理，由此招来一些非议。当3师经过山东时，新四军军部又要求他协助山东部队作战，黄克诚又一次“抗命”。理由很简单，并直接获得中央军委的批准，未在山东担负战斗任务。全师以减员3,000人的代价，历尽千辛万苦，由苏北淮阴，经山东、承德，出冷口，于1945年11月10日到达河北玉田境内，11月25日到达锦州附近地区。

当时统率山东各支部队的总指挥，是中共中央委员、时任中共山东分局书记、八路军第115师代师长、山东军区司令员兼政治委员的罗荣桓。1963年罗帅因病逝世的时候，毛泽东专门写了一首悼词，题目是《七律：吊罗荣桓同志》。诗曰：记得当年草上飞，红军队里每相违。长征不是难堪日，战锦方为大问题。斥鹊每闻欺大鸟，昆鸡长笑老鹰非。君今不幸离人世，国有疑难可问谁？

毛泽东一生，除了为自己的夫人杨开慧和青年时期的战友李淑一的丈夫柳直荀，写过悼念性的诗词外，为之写悼诗的，就只有罗荣桓了，足见罗荣桓与毛泽东的情谊非同一般。

罗荣桓和毛泽东也是同乡，湖南衡山人。大革命失败前夕，他先后加入了共青团和共产党。1927年9月，他参加了毛泽东领导的湘鄂边界秋收起义，失败后即跟随毛泽东上了井冈山。三湾改编时，毛泽东首倡将支部建在连上，并在连一级设党代表，罗荣桓被分配到一个连里担任党代表，从此开始了他在革命军队里做政治工作的漫长生涯。

此后，罗荣桓历任营、纵队、军、军团的党代表、政委或政治部主任。抗战开始后，又担任过115师政治部主任、政委兼代师长。总之，做政治工作，他是出了名的。

> 时任新四军第3师师长的黄克诚。

1939年，罗荣桓奉命率领八路军115师开到山东后，对山东根据地的建设作出了不小的贡献。在山东工作期间，他独当一面，把山东这块重要的敌后解放区搞得有声有色，因而受到中共中央和毛泽东的赞赏。

这一次，延安既然下了决心要大力经营东北，当然需要得力干部，而罗荣桓又最熟悉这些部队，中央理所当然地选中了他，让他率领山东主力挺进东北。

中共中央原定罗荣桓到延安治病，由林彪来山东接替他，因为他们原来就是这支部队的师长政委。但是林彪在路过淮阳时，情况有了变化，中央改令他去冀东。罗荣桓去延安的计划，中央也取消了。罗荣桓此时身体已经很差，为了组织部队渡海以及山东的各项工作，他常常一夜只睡几个小时。他委托许世友组织海运指挥部，动员了30多艘汽艇，140余艘帆船，分别在荣城、龙口两港运送部队。

罗荣桓于10月24日收到中共中央令其“率轻便指挥机关日内去东北”的电令后，当日便带领参谋处长李作鹏、情报处长苏静、供给处长何敬之、卫生部长黄农以及国

∧ 日夜兼程向东北进军的新四军第3师部队。

> 苏静，1955 年被授予中将军衔。

苏　静

福建龙海人。土地革命战争时期，任红一军团司令部作战参谋、侦察科科长等职。抗日战争时期，任东进支队司令部秘书长，115 师政治部保卫部部长、战时工作委员会公安处副处长，山东军区政治部秘书长。解放战争时期，任山东军区司令部参谋处副处长，东北民主联军总司令部情报处处长、作战处处长兼情报处处长，中南军区司令部作战处处长等职。

∧ 时任山东军区司令员兼政治委员的罗荣桓。

际友人罗生特医生，还有部分机关人员和特务团1个营，从山东临沂出发。一路上，肾病十分严重的罗荣桓一直在尿血，但以惊人的毅力坚持前进。11月5日，他们到达山东龙口，罗荣桓化装成商人，与随行人员登上了一艘小汽船。

罗荣桓渡海途经大连海面时，被苏军的巡逻艇拦住检查。苏军舰长问："您是八路军山东军区司令员吗？"看着罗荣桓一身长袍马褂，而且还戴着一副深度眼镜，苏军舰长不敢相信这就是大名鼎鼎的罗司令。

罗荣桓解释了半天，苏军舰长还是不相信。为了证明身份，罗荣桓让警卫员拿来一张他和毛泽东的合影。苏军舰长认出了毛泽东，也认出了照片上的罗荣桓，马上立正敬了一个军礼，并说："司令员同志，对不起了，请您原谅，我不得不履行职责。"

当罗荣桓提出能否从大连登岸时，苏舰长坚决不允许。

经数十个小时与风浪的搏击，终于在一个叫做貔子窝，就是今天的新金县皮口靠岸。随后改乘火车前往沈阳与彭真等会合。

罗荣桓在路上辗转之时，中央委员李富春、中央政治局委员张闻天、高岗等也从延安出发，乘飞机到邯郸，后经承德去东北，于11月20日前后到达沈阳。

从1945年8月以后，陆续被派往东北的就有中央委员和候补书记彭真、陈云；政治局委员高岗、张闻天；中央委员林彪、罗荣桓、李富春、李立三、蔡畅（女）、林枫；候补中央委员黄克诚、王首道、谭政、程子华、王稼祥、萧劲光、万毅、吕正操、古大存、陈郁等我党军政领导干部20余名。

中共中央、中央军委调动大批党政军高级干部进入东北，加强了东北的力量，为开辟东北总根据地，迎击国民党即将发动的全面内战准备了坚强的领导力量，打下了良好的组织基础。

2. 进军东北

中共中央为使八路军、新四军部队尽早进入东北是不遗余力的，以"向北发展，向南防御"为战略方针，指示文电一个接一个下达到各中央局、分局、区党委各个“山头”，布置各部日夜兼程向大东北挺进。

9月17日，中央指示萧华立即率干部数十人穿便衣经大连到沈阳与东北局接洽，不得迟误。

同日，中央书记处致电刘伯承、邓小平，决定原准备去湖南及新四军第5师工作的文年生、张启龙部速去东北工作，部队愈快出发愈好。

9月18日，彭真和陈云就关于海路情况的报告致中共中央并转万毅、罗荣桓、黎玉、许世友、林浩。电文指出：“……胶东北庄河途中，在威海方向发现美潜艇以探照灯向海面照射，并闻确有美舰13艘进入渤海……如万一遇美舰武装部队可坚称为冀热辽与乐亭山海关部队，另一半以上可坚称难民，回东北求生。”

为掩护闯关东的各解放区干部和部队，阻止国民党军进入东北，晋冀鲁豫军区竭力阻滞并打击国民党军北上部队。9月下旬，中共中央即调山东6万兵力到冀东和进入东北发展；新四军主力从江南转移到江北；江北新四军主力撤到山东。

9月20日，彭真在关于迅速派干部及部队来东北致电中央。聂、程、罗、梁、许、林、万电中指出：“此间发展条件甚好，已接收两座省政府，有三个省政府正派人去接收锦州及沈阳两市的政府，望迅速派干部及部队兼程前来……。”

同日，中共中央指示彭真、陈云：你们应依靠山东力量，在两个半月之内在东北组织20万至30万能作战的军队才能完成任务。

中央1945年9月20日按照中共中央和中央军委的战略部署，八路军、新四军主力各一部和大批干部向东北进发。

山东是中共中央这次调兵的重点。这是由于山东地理位置靠近东北，可以从海道北上，有利于争取时间；此外，还由于东北人口中由山东迁移过去的比例大，山东部队进入东北容易同当地人民打成一片。为此，中央在8月下旬曾命令山东军区万毅部渡海北上，后因为没有部队接防，拖延了一些日子。中共中央为此不满意，几次批评山东方面行动迟缓。

9月19日，中共中央明确指示山东要准备承担进军东北的主要任务。随后的9月20日，刘少奇致电山东分局，指示：“发展东北，控制冀东、热河，进而控制东北的任务，除开各地派去的部队和干部外，中央完全依靠你们及山东的部队和干部。原则上要以山东的全部力量来完成，必须全力执行，越快越好。”并要求罗荣桓及萧华能很快到东

> 1945年时的萧华。

萧　华 ———————————————

江西兴国人。土地革命战争时期，任红一军团政治部青年部部长，红军总政治部青年部部长，少共国际师政治委员，红一军团政治部组织部部长等职。抗日战争时期，任八路军115师343旅政治委员，八路军东进抗日挺进纵队司令员，鲁西军区政治委员，115师政治部主任等职。解放战争时期，任辽东军区司令员，中共辽东省委书记，南满军区副司令员，东北野战军第1兵团政治委员，第四野战军特种兵司令员。

北。山东军区司令员兼政治委员罗荣桓根据中央的要求，迅速调兵遣将。主力部队第1、第2、第3、第6、第7师及第5师一部，警备第3旅，另两个支队，共6万余人分批开往东北。

为执行中共中央9月20日电指示精神，罗荣桓、黎玉9月24日作出快调东北的部队及干部的决定。该决定指出：罗、萧并报中央转彭真：（一）山东决定调赴东北及冀东之部队胶东6个团，万毅两个团，由胶东经海上赴东北，万毅、吴克华已于22日起程，萧即可于数日内赶到海岸。（二）渤海3个团刘其人率领已由渤海经海上进到冀东……滨海主力两个师走此路线准备参加冀东作战……（三）其余抽调之14个团的干部将不断运胶东出口……

此时主持山东大局的罗荣桓无法立即动身，因为接替他工作的陈毅还在途中。为执行中央命令，罗荣桓忍着巨大痛苦，带病指挥，令萧华所部渡海先行，其他部分部队过黄河由陆路北上，将胶东军区司令员许世友等留在山东坚持斗争以便下一步接陈毅指挥。直到10月上旬，陈毅进入山东后，罗荣桓才松了口气。

9月25日这一天，毛泽东向陈毅、罗荣桓等下达了严厉的渡海命令，指出：渡海与野战并重，而渡海最急……请罗、黎精密组织渡海，务使每日不断，源源北运。

山东应出万兵，请分别陆行、海运，下月必须出完，并全部到达辽宁省，那边需用至急，愈快愈好。其实，罗荣桓等一点也未敢怠慢，而且抓得相当紧。

9月28日，中共中央再一次电告罗荣桓：向东北和冀东进兵及运送干部是目前关系全国大局的战略行动，对我党及中国人民今后的斗争，有决定性的作用。在目前是时间决定一切，迟延一天即有一天的损失。

9月29日，中共中央第三次下达严厉的命令，指出：必须在20天里至一月内渡过二三万部队和干部，否则绝不能完成你们的战略任务……必须全力迅速组织渡海，再不能容许片刻迟缓。

中共中央对山东的要求越来越紧。

10月18日，中共中央又电华中局及罗荣桓、陈毅、黎玉等并告东北局，指出：山东除留武装两个师作基干不调动外，第二批去东北部队（华中叶飞纵队不在内）竭力争取出足5万（包括已动身地方武装部队及武工队在内，这些部队到东北能起大作用）和分别海运、陆行，争取于11月全部到达东北，愈快愈好。

11月10日，毛泽东致电陈毅、黎玉指示："请令罗舜初所部20万人火速北进渡海，不得片刻迟误，沿途鼓励士气，力争时间，其他北上各部亦然，各部情形速告。"并询问叶飞部北进情况。

这次调兵，对于山东军区而言，可谓是一次大搬家，规模是从未有过的，也是中国共产党与国民党争夺东北战略上具有决定性意义的一步。此步棋走得好坏，关系到整个东北的最终命运。

据史料统计，山东军区先后到达东北的部队有：滨海军区副司令员兼滨海支队支队长万毅率领的东北挺进纵队（由滨海支队改称）3,500人，分别从山东蓬莱县的滦家口和黄县的龙口渡海，先后在辽东半岛的子窝、庄河、小孤山一带登陆，10月中旬到达磐石、海龙、西丰一带；山东军区政治部主任萧华，率领山东军区司、政、后机关部分干部和部队1,000余人，从蓬莱县滦家口出发，渡海到大连登陆。月底，萧华到东北局报到。部队于10月初全部到达安东地区；胶东军区第5师师长吴克华、政治委员彭嘉庆率领第5师2个团、第6师3个团，共6,000人，从海路踏上了辽东半岛，于10月24日全部抵达营口地区。

渤海军区第7师1.2万人，由第7师师长杨国夫和渤海军区副政委刘其人各率3个团，分批陆行，于10月先后到达山海关、古北口地区；

V 时任胶东军区司令员的许世友。

∧ 山东部队向东北进军途中受到沿途百姓的欢迎。

∧ 新四军第 3 师 8 旅进军东北途中。

第2师师长罗华生、政治委员刘兴元率所部7,500人，从海路进入东北，10月30日登陆庄河，于11月上旬到达沈阳以西地区；山东军区支队长田松率领的支队1,000人从海路登辽东半岛，于11月中旬到达牡丹江地区；山东军区直属机关、警卫部队和独立营共4,000人，渡海到东北，于11月上旬到达安东、沈阳地区。

此外，第1师师长梁兴初、政治委员梁必业率所部7,500人，先渡海到冀东，又从陆路进军，于11月21日进入锦州以西地区；鲁中军区政治委员罗舜初率领的第3师和警备第3旅共30,000人，至12月初到达辽阳、鞍山地区；罗荣桓率山东军区机关直属部队约4,000人，从海路到辽东，于11月到达沈阳地区。

上述山东八路军部队，总计兵力约6万人，在1945年的东北大进军的10万部队中约占60%。由此可见，山东军区是挺进东北的主要力量，由其构成了东北中共军队的基础。此外，新四军3师3万余众，在进军东北部队中也占有30%左右的比重，其实力不可等闲视之。

新四军第3师师长兼政治委员黄克诚，于9月23日接到中央军委命令该师主力开赴东北的电报，即刻部署部队北进。先头部队第10旅由第3师副师长刘震率领先行出发。随后，黄克诚和副师长兼参谋长洪学智率第7旅、第8旅、独立旅和3个团，总共3.5万人，9月28日从苏北淮阴出发，经山东、河北承德，出冷口，部队有3.2万人于10月25日到达锦州附近的江家屯地区。

进军东北，这是全党全军的整体行动，一切为了东北，一切部署、调动、作战也是为了东北，因此派往东北的部队来自全国各大战略区及其延安总部。其中，陕甘晋绥边防军教导第2旅旅长黄永胜率领该旅第1团和教导第1旅第1团共3,350人，延安抗日军政大学1,000人和由中央军委副总参谋长、延安炮兵学校校长朱瑞和政委邱创成率领的炮校1,069人，也奉命于9月初分批奔赴东北，经晋北、察热地区，于11月12日到达辽宁的阜新、沈阳地区。一些原执行“向南发展”任务兼程南下的八路军部队也掉头向北进发了。如著名的第359旅自1944年王震率部分人马组成南下支队深入湘赣边界地区后，其余部3,300余人于1944年6月在刘传连、晏福生率领下，组成南下第二支队，另有原陕甘、晋绥联防军警备第一旅旅长文年生率领的警一旅，两部合计6,300余人也风尘仆仆向南疾进，计划与王震会合。9月中旬，当刘、晏、文所部行进至河南林县时，突然收到晋冀鲁豫军区司令员和政治委员刘伯承、邓小平的命令，要他们掉头北上去东北。并指示放下重武器，轻装北进。9月中旬，刘、晏部3,300人从河南林县出发，向东北挺进，10月底到达本溪、抚顺地区。10月下旬，文年生部3,000人到达锦州地区。

晋察冀军区派往东北的部队有11个团和两个支队，共1.04万人。除冀热辽军区的第11、第12、第13、第16、第18、第46团和2个支队先期出关进入东北地区外，沙克率领的冀中第31团，周仁杰率领的冀中第62团、第71团，也于10月到达东北地区。李运昌到达沈阳后，又调冀东第15团到沈阳，担任东北局警卫任务。

派往东北的部队，还有吕正操率领的晋绥军区第32团600人，早在10月中旬到达沈阳；邓克明率领晋冀鲁豫军区之第24团1,500人，经冀中北进，于10月下旬到达沈阳以西地区；周桓率领的太岳支队600人，也按照中共中央的要求，于10月到达东北地区。

各解放区调往东北的主力部队，都克服了时间紧迫、路途遥远、时近寒冬、衣单被薄、水土不服、医药匮乏、供给不足等种种艰难困苦，胜利到达东北指定地区，总计达10.8万人。

V 我军晋察冀部队沿铁路北上东北。

> 叶飞，1955 年被授予上将军衔。

叶　飞

福建南安人。土地革命战争时期，任共青团福建省委宣传部部长，福州中心市委书记，中共闽东特委书记，闽东军政委员会主席等职。抗日战争时期，任新四军苏北指挥部第1纵队司令员，新四军第1师1旅旅长，第1师副师长，苏中军区司令员，苏浙军区副司令员等职。解放战争时期，任华东野战军第1纵队司令员，第三野战军10兵团司令员等职。

除此之外，中共中央原决定派遣陈赓和叶飞纵队以及中央党校、延安大学也去东北，到12月2日才改变计划不去东北的。

各部队出发前，部队普遍进行北上动员，抓紧时间进行了形势和任务教育，以克服部队中程度不同地产生“革命到头”要过太平日子的思想。部队中有些则对国民党的反动本质认识不清，对其抱有幻想；有的还存在地域观念，不愿离开老区，不愿远离家乡。这些观念是部队北上执行战略任务的严重思想障碍。对此，各部队有针对性地进行了教育。山东军区所部、新四军3师在闯关东中边组织干部学习动员，边紧急收拢部队。在很短的时间内顺利将部队收拢归建，从而确保了北上行动。

晋冀鲁豫军区、晋绥军区和陕甘宁边区的北上东进部队，在指战员们的思想感情上，对远征也一时转不过弯来。通过教育，部队的思想认识有了很大提高。延安炮校师生绝大多数没有到过东北，他们是消除了东北冬天“一擦鼻涕鼻子就掉了，一搓耳朵耳朵就掉了，甚至连小便还要用小棍往下敲”等顾虑后上路的。

新四军3师在远征中，不畏严寒、饥饿和极度疲惫，在部队严重减员、气候水土不服的条件下赶赴指定位置。山东、苏北等地方党政军领导和人民群众对主力部队战略转移给予了大力支持。

山东军区司令员兼政委罗荣桓、新四军3师师长兼政委黄克诚等领导，在率部北进前，对当地党政军工作做了周密安排，充实加强了地方的各级组织领导，调整了部分领导骨干，扩充部队，留下一批武器，加强了坚持原地斗争部队的战斗力。

在主力北进的同时，我党中央还派遣大批干部随军队进入东北，开辟这一总根据地。

冀热辽军区部队向东北进军时，从地方抽调地委书记、行署主任以下的25个团架子的1,000多名干部随军进入东北。9月2日，由张秀山率干部800余人，从延安出发，后到晋西与林枫干部团汇合，组成1,500人的干部团，在武装部队护送下，于10月上旬到达东北地区。9月17日，中央又决定抽调400多名干部分批开往东北指定地

∨ 我军晋察冀部队跨过桑干河，向古北口进发。

区。随南下二支队行动的延安五干队、九干队2,000多名干部，也在中途奉中央之命，随军进入东北。山东军区组成30个团架子的6,000名干部，分批从海路和陆路随部队进入东北。按照中央军委1945年10月8日指示，原拟回山东的华中干部3,000人，作为20个团架子的干部配备从华中地区转赴东北。晋冀鲁豫军区组织25个团架子1,000名干部，按中共中央指示，集中一批走一批，由武装部队掩护，分期到达东北。

在中共中央东北局的统一领导下，从各解放区调来的军事、政治、技术和地方干部共2万多人按照中共中央实行分散的方针分赴北满、南满、东满、西满广大地区，发动群众，建立政权，扩大地方武装。

在如此短促的时间里，对八路军、新四军部队和中共中央党政机关进行如此规模的大调动，这在我党历史上是空前的。十余万军队和干部，由南向北在数千里战线上移动着。这种移动有两个方面：一是"向南防御"是公开进行的，从浙东、苏南、皖南和皖中解放区向苏北及皖东后撤；而原在苏北和皖东的主力则迅速向山东开进。二是"向北发展"，也就是向山东和东北运动的我党武装力量则是在秘密的状态下迅速向东

∧ 1945 年重庆谈判期间，毛泽东与蒋介石合影。

重庆谈判

抗战结束后，蒋介石为了争取政治上的主动，缓和国内广大民众的和平要求及部署兵力的时间，于 1945 年 8 月，连发三电邀请毛泽东赴重庆谈判。为了尽可能地争取民主和平，中共中央决定派毛泽东等赴渝谈判。8 月 28 日，毛泽东、周恩来、王若飞在美国驻华大使赫尔利和国民党政府代表张治中的陪同下飞抵重庆。经过长达43天的谈判，国民党政府与中国共产党双方签署了《政府与中共代表会谈纪要》(即《双十协定》)。

北进军的。这二者在当时都是为了保卫抗战成果，建立一定的能与蒋介石集团相抗衡的实力，以争取在相对平等的条件下，实现国内和平，使抗战后的中国能够走上一条和平发展的民主之路。

林彪就是在中央赋予他这样一种历史使命中指挥四平之战的。

3."分散""集中"

1945年10月11日，毛主席由重庆返回延安。我党的总谈判代表周恩来仍留在重庆谈判。

周恩来和王若飞陪同毛泽东回延安后又返回重庆，此时的任务是继续同国民党代表谈判，解决《双十协定》没有解决的问题。

根据中央关于"分散"的指示，东北局认真地进行了一系列"分散"的布置。他们坚信抓军事建设在战争年代是头等重要的大事。不论是"集中"还是"分散"，抓军事建设没有错。

彭真、陈云等依据中共中央、中央军委的指示，组建了军事和行政领导机构，并对进入东北的部队进行整编、扩编。

1945年10月9日，中央同意组建东北临时性军事指挥机关，并指示东北局：这一临时性军事指挥机关，定名为东北军区司令部，对外不公开，暂以程子华为司令员，彭真为政委，伍修权为参谋长，东北军区司令部受东北局指挥。东北军区司令部成立后，程子华、彭真、伍修权为加强先期抵达东北各部队的协调工作，对老部队进行整编和扩编。此外，在此期间，还以萧华率领的山东军区部分机关人员为基础，在安东成立东满临时指挥部，统一领导由山东挺进东北的部队。

我党在踏上这片黑土地之初，力量的确太小了，因此只得在东北招兵买马以迅速扩大武装力量。然而这不仅直接刺激了国民党，而且也引起了苏军的不安。因为有约在先，他们认为不仅向蒋介石方面难以交代，对美国人亦不好交代。为了这一缘故，苏军代表甚至通知彭真，要中共军队退出沈阳。在不得已的情况下，李运昌所部于10月6日撤出沈阳，将司令部移至锦州。但东北局机关最终留在了沈阳。

中苏条约对中共的限制太大了。八路军先期进入关东的部队，大多驻扎于南满地区，就是今天的辽宁省境内。中东铁路为苏军控制，中共不能使用。由此形成北满广大地区中共仅有少量干部活动的局面。彭真等为打

∧ **我军在东北发动群众，扩大地方武装的同时，展开了清剿土匪的工作。图为民兵配合部队抓获的国民党土匪。**

开局面，经中央同意，决定组织人民代表会议形式，以图将地方的行政权力纳入中共领导范围。而此间东北局只是一个空架子，八路军、新四军主力尚未到达，彭真手里既缺武将，又缺文官。为解决东北局急需大批干部的困难，延安把所有能够派出的干部都给派出了。在林枫、陶铸等带领下，800名干部千里转战，于10月23日到达沈阳，同时到达的还有张平化、倪志亮、程世才、袁任远、刘澜波、雷经天等人。这些干部一到沈阳，即马不停蹄地奔赴各地开展工作。不仅如此，我党中央派出的由李富春率队的第二批延安干部也正在赴东北的途中。毛主席在给彭真的电报中还专门询问彭真："10月底止已到东北及热河之干部，计有山东2,000，林枫1,900，晋察冀500，太行、太岳600，冀鲁豫350，黄永胜1,500，万毅80，共计6,980，张启龙、倪志亮、伍晋南等批尚不在内，是否均收到？"

为了争得这片黑土地，毛泽东从长计议抽空了陕北和其他一些根据地的军政力量，并把大批得力的部队和干部派到这里，展现了毛泽东战略运筹上的远见卓识。

先期进入东北的八路军、新四军和抗日联军部队，为阻止秦皇岛等地国民党军进占东北，根据中央军委指示和形势的变化，在军事部署上做了几度调整。

从1945年8月到10月，共产党进入东北的部队共约4万人，除冀热辽军区先期到达8个团外，还有晋绥第32团，晋察冀第31团，晋冀鲁豫第24团，山东军区第6、第7师，第5师一部及两个支队，另有党政干部7,000人。按照中央实行“分散”的方针，东北局将部队部署在靠近苏联、朝鲜、蒙古地区，实行有依托、有重点的分散配置，以建立持久斗争的基地，收编改造伪军，迅速发展壮大队伍，进而夺取和控制交通干线和各大城市。

10月9日东北军区司令部成立后，合理调度各方，迅速实行初步的新老部队合编，配合各级党组织建立民主政权，肃清敌伪残余势力，发动群众，扩大地方武装，展开清剿土匪等项纷繁复杂工作。并抢先占领安东、营口、葫芦岛等处重要港口，从陆上扼守了连接关内外的咽喉要道——山海关及中间地带冀东、热河。同时华北、华东解放区也相应地控制着通往东北的几条交通干线，从战略上予以配合，由此造成了阻隔国民党军运兵东北的陆路通道，迫使国民党只能从西南大后方及越南、缅甸、九龙经海上和空中运兵东北的形势。依据这一良好的客观局面，中共“独占东北”，即全部控制东北的设想在毛泽东头脑中占了主导地位。

> 时任东北民主联军政治委员的彭真。

彭　真

山西曲沃人。土地革命战争时期，任中共顺直省委工人部、组织部部长，代理省委书记，中共天津市委书记等职。抗日战争时期，任中共中央北方局组织部部长，中共晋察冀中央分局书记，中共中央党校教育长，中共中央组织部代理部长、部长。解放战争时期，任中共中央东北局书记兼任东北人民自治军、东北民主联军政治委员，中共中央组织部部长等职。

∧ 冀热辽部队向锦西挺进时，军区司令员李运昌（站立者）作动员报告。

美国政府一直没有忘记帮助蒋介石调兵遣将，其驻华海军、空军在支援蒋介石运兵方面是十分称职的。如果没有美国“盟友”的全力相助，蒋介石的正规军将不可能染指东北。随着形势的变化，尤其是美军不断帮助国民党军海运北上，争夺东北的战争迫在眉睫。毛泽东由重庆返回延安后，10月16日，便决心调整刘少奇所提出的东北现行的“分散”方针，改行“集中”方针。于是，指示彭真：蒋军从秦皇岛登陆，向山海关、锦州攻击前进，是必然的。除令在途各部兼程急进，胶东方面星夜海运，并令林彪急至沈阳助你指挥作战外，望你就现有力量加强训练，并动员民众坚决阻止登陆，争取时间。

就在10月16日这一天，中共中央又电示彭真、陈云、程子华等。电文曰：蒋军在东北登陆及从任何方面进入东北之蒋军，须坚决全面消灭之。凡我到东北之曾克林、万毅、萧华等部，须迅速集中加以补整，全力消灭蒋军。除早已分散者外，不要再分散。此刻我军须集中作战，暂时不能分散。如能消灭蒋军先头部队，即可使蒋军后续部队

程子华 

山西解县（今运城）人。土地革命战争时期，任独立第3师师长，红五军团第40师师长，红14军第41师师长，红25军军长，红十五军团政治委员等职。抗日战争时期，任冀中军区政治委员，中共晋察冀分局代理书记，晋察冀军区代理司令员等职。解放战争时期，任中共冀察热辽分局书记，军区政治委员、司令员，北平警备司令员，第13兵团司令员等职。

有所畏惧，方可争取时间……万毅、吕正操、萧华、李运昌应暂留辽宁，指挥作战；整训部队，战胜蒋军登陆，是目前中心一环，其他一切均为此服务。

中共中央发出以上两电后，还不放心，10月19日毛泽东和中共中央再次指示东北局。指出：我党方针是集中主力于锦州、营口、沈阳之线，次要力量于庄河、安东之线，坚决阻止蒋军登陆及歼灭其一切可能的进攻，首先保卫辽宁、安东，然后掌握全东北，改变过去分散的方针。

目前我在东北工作的部署，应该是全力加强辽宁、安东两省的工作，守住东北的大门，争取时间，以便开展全东北的工作。

毛泽东及中共中央的以上指示，将原来"分散"发展的方针一下子改为"集中"方针，而且决心相当之大，正如毛泽东在10月23日给东北局的电示中所述："总之，竭尽全力霸占全东北，万一不成，亦造成对抗力量，以利将来谈判。"

其间，苏联红军按中苏条约规定已经撤离了热河的承德、平泉两地区。八路军黄永胜部进入该地区后根据中央指示进驻下来，未再北上。毛泽东分析了东北整个情况后认为，我军在东北力量薄弱，又是新到，立足未稳，如果苏军按期于1945年底全部撤离东北，面对蒋军在东北的登陆，我军将难以对付。因此特别需要得到苏联的配合和帮助。为了得到援助，毛泽东于10月27日，代表中共中央致电斯大林。电曰：（一）推延撤退时间至明年1月或2月，热河友军则请留至12月底才撤。（二）在上述期间请求友军拒绝蒋军登陆及接收政权。（三）允许我方接收政权，民选地方政府及组织武装力量。

中共中央的三条请求中尤以阻止国民党军在大连登陆最为重要。当彭真等向苏方转达了中共中央的这一请求时，得到了苏方的允诺。彭真将以上情况报告毛泽东后，毛泽东感到"甚为欣慰"。当时，苏联红军也确实给了中共以很大支持。首先是允许我军在不使用共产党和八路军名义的情况下，可以进入东北地区；其次是要求中共迅速接防东北各城市以及内蒙地区，并在以上地区先入为主，遍地开花。这一切，都离不开当时的苏联。对此，重庆谈判结束后，毛泽东曾经不无感激地说过："对我们帮助最大的是苏联，开始蒋介石以为中苏条约对我们不利，但后来我党并不如此。"

国民党军在大连登陆问题解决后，东北现存的当务之急的问题就是如何阻止国民党军在华北出海口秦皇岛登陆。对此，毛泽东对李运昌的冀热辽八路军部队寄予了很大的希望。

10月25日，毛泽东电示彭真、程子华、李运昌指出，将李运昌的冀东部队抽出有战斗力的1.5万至2万人，编为7至10个团，总称冀东纵队。由"运昌亲率位于机动地区"，准备迎战来自海上和承德方面的国民党军。毛泽东此时过于乐观，认为如果照冀热辽军区部队的发展速度，到年底有望组成160万地方军，加上苏方暗地里帮助，在两个月内阻止国民党军登陆是有把握的。

毛泽东调给彭真的文臣武将其数量已相当可观，但是还有一位统帅全东北军事工作的大将尚未登场。他就是四平之战的总指挥林彪。

对于林彪的使用和安排，毛泽东早已心中有数，眼下最令毛泽东焦急的是林彪自10月中旬中央电令其速去沈阳以来，已经有十多天没有音信了。

直到10月30日，中共中央还在连发两电追问林彪下落。一是毛泽东问彭真："林彪等现在何处？"二是刘少奇致电林彪、萧劲光，指出："你们现在何处？中央前电要你们即速赶到沈阳，收到否？你们意见如何？久未得复，甚为焦念。现美蒋军急于在营口、葫芦岛登陆，苏军恐难以拒绝，我军必须坚决抵抗，以阻止蒋军进入东北。在此情况下，冀东战略地位，已不如沈阳重要。望你们星夜赶去沈阳，指挥作战。"

林彪等不是没有收到中央的电示，而是苦于没带电台，他后来到了东北仍无大功率电台，指挥部队也得借用下面部队的电台，所以十多日未与中共中央联络。10月29日，当林彪乘火车到达沈阳还未来得及喘口气时，山海关一线就已经打起来了。林彪遂赶往锦州指挥战斗。

东北自林彪到来后，彭真有了一位主持军事工作的大将，东北局各项军事工作就有了进展。

10月31日后，中共中央又决定，成立东北人民自治军总部，这是进入东北的我党各支武装力量的最高指挥机构。进入东北的八路军、新四军部队与抗日联军统一组成东北人民自治军，实行统一指挥，林彪任总司令，吕正操任第一副司令，李运昌任第二副司令，周保中任第三副司令，萧劲光任第四副司令兼任参谋长，彭真任第一政治委员，罗荣桓任第二政治委员，程子华任副政治委员，伍修权任第二参谋长，陈正人任政治部主任，周桓任政治部副主任，叶季壮任后勤部部长，吴溉之任后勤部政治委员。

东北人民自治军，一支人民自己的武装，出现在白山黑水之间。

伍修权 

湖北武昌人。土地革命战争时期，任红一军团第3师政治委员，汀（州）连（城）军分区司令员，红三军团副参谋长，陕甘支队司令部作战科科长，红十五军团73师参谋长，陕甘宁边区政府秘书长。抗日战争时期，任八路军驻兰州办事处处长，中央军委总参谋部一局局长，作战部副部长。解放战争时期，任东北民主联军参谋长，东北军区参谋长。

∧ 东北人民自治军主要领导人如下:

1.总司令：林彪
2.第一政治委员：彭真
3.第二政治委员：罗荣桓
4.第一副总司令：吕正操
5.第二副司令：李运昌
6.第三副司令：周保中
7.第四副司令兼参谋长：萧劲光
8.第二参谋长：伍修权
9.政治部主任：陈正人

1	2	3
4	5	6
7	8	9

❶ 我军在沙漠地带设伏，阻击敌军。

❷ 我军搭人梯攻上敌军城墙。
❸ 我军向前挺进。
❹ 我军在大沙漠上行军。
❺ 我军沿长城行军。

萧 华

(时任八路军 115 师政治部主任)

秋季里，正当我军向济南之敌进逼时，突然接到山东军区司令员兼政委罗荣桓的电报，要我火速赶回山东军区机关。在这个重要关头要我回军区，显然是有更紧迫的任务。我感到有些突然，当前的山东，还有什么急事能比反攻作战更吃紧呢？……我骑上马，带上一个班警卫，星夜兼程，赶回了军区机关所在地——莒县南的大店，见到了身患重病，仍然躺在床上坚持工作的罗荣桓。我向他汇报了鲁中军区、渤海军区大反攻的进展情况后，急切地问道："组织上催我赶回来，有什么急事么？"罗荣桓用深沉的目光凝望着我，顺手交给我一份党中央**9**月**11**日发给山东分局的电报。电报中有这样一段话："为利用目前国民党及其军队尚未到达东北（估计短时间内不能到达）的时机，迅速发展我之力量，争取我在东北之巩固地位。中央决定从山东抽调**4**个师**12**个团共**25,000**至**30,000**人，分散经海道进入东北活动，并派萧华前去统一指挥。"

……此次渡海北上，共历时两个月，除损失一只船，渤海军区第**5**军分区副司令员石潇江等**30**余人不幸在狂风巨浪中翻了船，为解放东北而壮烈牺牲外，其他人分别在安东（今丹东）以南，大连以北之皮口、庄河、孤山登陆，全部安全地到达了目的地。胜利地完成了由海路进军东北的任务。

——摘自：萧华《横跨渤海 进军东北》

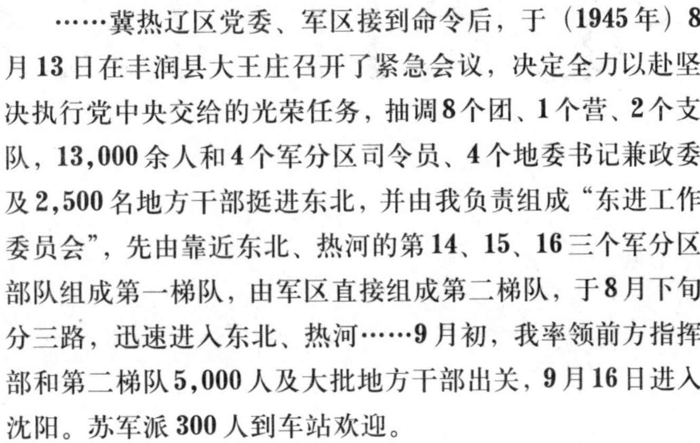

李运昌

(时任八路军冀热辽军区司令员)

……冀热辽区党委、军区接到命令后，于（1945年）8月13日在丰润县大王庄召开了紧急会议，决定全力以赴坚决执行党中央交给的光荣任务，抽调8个团、1个营、2个支队，13,000余人和4个军分区司令员、4个地委书记兼政委及2,500名地方干部挺进东北，并由我负责组成“东进工作委员会”，先由靠近东北、热河的第14、15、16三个军分区部队组成第一梯队，由军区直接组成第二梯队，于8月下旬分三路，迅速进入东北、热河……9月初，我率领前方指挥部和第二梯队5,000人及大批地方干部出关，9月16日进入沈阳。苏军派300人到车站欢迎。

——摘自：李运昌《忆冀热辽部队挺进东北》

第三章

一定要打到关东去

★★★★★

∧ 抗战后期大反攻中，为防止敌人调兵遣将，我军民协同拆毁陇海路徐州至蚌埠间的铁路。

蒋介石企图垄断抗战胜利果实，不料摘“桃子”容易路难行。幻想破灭，蒋介石任命杜聿明为东北保安司令长官。
重庆在与延安的较量中，先失一着。
关东大角逐，民主联军节节抗击踏上黑土地的国民党军。

1. 蒋介石疯狂摘“桃子”

中国经历了八年抗战的苦难，无论是沦陷区或者是大后方到处是一片荒凉破败的景象，这次战争对于社会生产力的破坏程度是中国现代历史上最为严重的。后来有个美国驻重庆的情报官员向其政府的报告中说：中国的情况，无论在哪个方面都很糟。与外部世界的贸易全部停顿。通货急剧膨胀；学生、职员和士兵都感到生计难以维持。中国的铁路70%陷于瘫痪。全部车辆都被砸烂焚毁，隧道和桥梁被破坏，中国曾极为依赖的内河航船几乎全部毁坏，或因拮据而无法经营，在大多数地区，公路破烂不堪，各种货运车辆都为数极少。

蜀道难，难于上青天。陪都重庆，老蒋待在这里到是安全，日本人进不来，可是中国人也出不去。鬼子投降的8月，江南连续暴雨使江水水位猛涨，当时大后方为数不多的几条旧轮船，想运送成千上万的乘客，犹如杯水车薪。许多人只得乘汽车沿着艰险的盘山蜀道，转至贵州、广西，最后从越南走海路辗转广州、上海。

抗战胜利了，如果说整个中国像是一棵结满果实的桃树的话，按捺不住的蒋介石想下山摘桃子子。而南京、上海、北平、广州、青岛等大城市便是这棵树上的桃子。为了抢夺胜利果实，蒋介石在调用了大后方全部的运输工具之外，主要是依赖美国的空军。然而，有限的交通工具不仅要运送军人和老百姓，还需要将100余万名侵华日军和几百万日本侨民遣返回国，这对于已经十分脆弱的中国交通运输业来说，其压力之沉重是可想而知的。

由于蒋介石有美国政府的支持，在其接收华中和华东的大中城市的港口时，比较顺利，京沪一带和长江以南大多数地区的“桃子”，几乎没费吹灰之力就摘到了手。

但是，到山东和华北地区摘“桃子”就没有那么容易了。当时，通向北方的道路，无论是铁路还是公路，都被人民及其武装扒得破破烂烂的。从10月下旬开始，有十多天津浦和陇海两大铁路干线无法通车。蒋介石急得如热锅上的蚂蚁，急令国民政府交通部次长凌鸿勋视察津浦路，只见“大多数路轨枕木，均被移走。路基亦有被掘断者。桥梁之破坏，已残破不堪。钢骨水泥建造的坚固桥墩，均被炸毁，电线杆也被从平地锯去。从现场查看，这是有计划有目的利用新式工具破坏的。”

为保证解放区人民的利益，争取部分受降并配合抢占东北工作的开展，中共中央先后下达了许多有关破路、破袭的指示。原因很简单，蒋介石不给我党应有的民主地位，不承认人民抗战的现实，不许我党参加抗战受降，我党就有力争民主和受降权的权力。正是基于这一点，中共中央当然也不会坐视国民党军自由进入华北，进入解放区。10月15日，中共中央关于在铁路线上消灭和阻止北进敌军的方针部署给各局、各区党委的指示中指出：“目前华北、华中解放区作战的重心，应放在铁路线上，作战的主要目的是消灭和阻止北进之顽军。”

在破路实施中，解放区军民是按照各军区、军分区所在位置分片负责实施的。主要破坏了津浦、陇海、平汉、正太、同蒲、平绥等铁路线。其目的有两个，一是阻挡国民党军北上；二是防止阎锡山、傅作义部对解放区的进攻。这个指示强调：“必须发动广大群众和民兵去进行破坏。群众在破路时，所获得的一切铁料、枕木、电杆、电线及其他东西，均归群众所有，由公家定价收买。其破坏桥梁、道基、水塔、机车及车辆者，则由公家定价奖赏。对于铁路工人和路警，应十分注意联合和解释，其失业者，须加救济，使其参加破路，不反对我军破路。”“凡为我控制之线路及在可能时，对于高出地面用土垫起之路基，及车站、月台等，均须彻底破坏。所有机车及车辆、行车用具均须彻底毁坏。”

中共中央的指示一旦下达，各解放区军民群起响应。仅几天时间，就将几条国内铁路扒了个稀烂。解放区军民称这种战术为“铁路大翻身”。由于南北交通大动脉的中断，火车无法通行，国民党军下山“摘桃子”的步伐被大大延迟了。相反的是，10万八路军、新四军和各解放区的数万名干部则硬是靠两条腿走在了蒋军的前头。如果不破路，这个先机是得不到的，可见破路对于装备落后处于劣势的我军来说意义多么重大。

蒋介石对此恨之入骨，国民政府也开动舆论工具大肆攻击我党领导的人民军队是什么“八路扒路，就是专扒铁路”。不管你政府怎么说，中国共产党的态度是，只要你蒋介石一天不给人民的民主，我们就一天不停地同你斗。要你知道“摘桃子”容易，这路可是不怎么好走的。

曾任蒋介石的东北保安总司令的杜聿明后来说过，在中共解放长春的那天午后2时，蒋介石在北平的官邸召集我和傅作义、卫立煌开会。蒋介石举着拳头狠狠地说，抗战胜利后，我决定军队到锦州后不再向东北前进，美国人却一定要接收东北，把我们的精锐部队都调了去，连守南京的部队也没有了。

∧ 抗战时期，时任驻华美军司令的魏德迈（中）与国民党高级将领陈诚（右）、俞大维（左）在重庆合影。

蒋介石当时的心态很难断定，但是蒋介石垂涎东北却是不争的事实。

"八一五"后，当我党的干部和武装向东北开进的时候，蒋介石并没有闲着，他及其支持者美国深知东北地区的重要地位。1945年上半年，驻华美军司令魏德迈就曾经向蒋介石建议过派傅作义进攻共产党绥南解放区，企图建立一个所谓"绥察热防共隔绝地带"。日本投降后，美、英等国政府官员又向国民党提出："如果此时共产党控制张家口、承德、山海关一线，并利用苏联掩护控制满洲，则英、美在将来和平会议上对中共问题不能不采取折中办法。如果中共此时没有实行此着，则中

魏德迈 

1918年毕业于西点陆军军官学校。1943年任盟军东南亚战区司令部副参谋长。1944年任中国战区司令部参谋长、驻华美军司令及蒋介石的参谋长。1946年返美就任第2军军长。1947年以杜鲁门总统特使身份来华考察，1947年任计划和作战处处长。1948年任负责计划和作战的陆军副参谋长，1949年任第6军军长。1951年退役。

V 时任国民革命军陆军第八路军总指挥的朱德（右）与副总指挥彭德怀，在王家峪八路军总部。

八路军 

中国共产党领导的抗日人民军队。抗日民族统一战线形成后，1937年8月将西北红军主力改名为国民革命军陆军第八路军，朱德任总指挥，彭德怀任副总指挥，辖第115、120、129师3个师，全军45,000余人。随即先后开赴抗日前线，开展游击战争，创建抗日根据地。八年抗战中，对敌作战10万多次，共歼敌137万人，为抗战胜利做出了卓越贡献，部队发展到100余万人。解放战争时期改称中国人民解放军。

共问题不难解决。”此后，蒋介石在一次秘密军事会议上宣称：“国民党命运在东北。盖东北之矿产、铁路、物产均甲冠全国，如东北为共产党所有，则华北亦不保。”

此时的蒋介石太忙了，忙得超过了抗战时期。他的当务之急是要把大后方的嫡系部队尽快运出去抢占关内的大城市，以防八路军、新四军与他平分秋色。因此到了10月底，仅仅一个多月工夫，蒋介石就在美国帮助下，空运出了数十万美式装备的精锐部队。此时的蒋介石，已控制着全中国大部分大城市和绝大部分铁路线。他接收了100余万侵华日军的武器装备，军队达到了430万。这样一支庞大的军队，不仅在中国，而且在亚洲也是首屈一指的。

由于蒋介石的对内政策是假和平真备战，企图垄断全部抗战胜利果实。其实行的方针是：集中全力，先接收关内，再接收关外。所以在执行以上政策时，总是将重点放在关内，关于东北问题蒋介石在战略考虑上一开始就犯了错误。按照蒋介石的部署，首先要把南京、上海、北平、武汉、广州这些大城市接收过来，然后再举兵北上，收复华北、华东，最后从苏联人手里把东北完整地接收过来。对于蒋介石的部署，起初国民党政府上下都认为接收东北不会存在问题。蒋介石就曾对“东北行营”主任熊式辉说过：“签订了中苏条约，中国可以很快的收复东北。东北沦陷区将比华北、华中、华南收复得早。”“在东北只要同苏联处好，一切都没有问题。”这是因为东北有他和苏联

∧ 蒋介石在美国帮助下，将嫡系部队从大后方运往关内的大城市。

政府的友好条约作保障，他自信苏联早晚会将整个大东北放在他手上的。

熊式辉到重庆后即运用他的政治手腕，开始进行东北党政军各方人事上的选择和安排。东北是土地肥沃、物产丰富、工业建设又比内地发达的一个地区，许多国民党政权内部的文官武将都想在苏军击败日军之后，分到一碗现成饭。僧多粥少，争食者众，各方奔走活动要官的几乎无法应付。为了豢养更多的官僚政客，瓜分东北人民胜利的果实，国民党政府官僚机构中提出许多划分东北行政区的方案。当日本投降、举国欢庆胜利之际，蒋介石反而忧心忡忡，张皇失措，连中苏条约中规定应派到驻苏军总部的“军事代表团”也无法派出。只是连夜召开紧急会议，于10月发布了几个命令。

其概略要点是通令各省市政府、各战区司令长官：“日本投降确期，应由我国与盟国同时宣布，在政府未公告前，全国军民工作一如战时，不得稍有松懈”；并命令他的嫡系部队：“加紧作战，一切努力依照既定军事计划与命令，积极推进勿稍疏懈”；

V 抗战胜利后，国民党积极抢夺地盘，这是1946年4月22日国民党军进驻沈阳时的场景。

> 国民党陆军中将关麟征。

国民党陆军总司令关麟征 

陕西户县人。国民党陆军中将。黄埔军校第一期毕业。曾任国民党新编第5师师长，第25师师长。抗日战争时期，任国民党第52军军长，第三十二军团军团长，第15集团军、第9集团军总司令。抗战胜利后，任云南省警备司令，陆军军官学校校长，陆军副总司令、总司令。1948年辞职，退出军界。

命令沦陷区各色伪军："应就现在驻地，安谧地方，乘机赎罪，努力自救。非经本委员长许可，不得擅自迁移"。

因为国民党军在美国大力支持下，正忙于在关内各地接收，无兵可调，亦无法运往东北；蒋介石、熊式辉对于东北军事人选各有成见。蒋介石曾一度属意于关麟征，并召关麟征到重庆商谈，决定成立东北保安司令长官司令部，于10月8日任命关麟征为东北保安司令长官。熊式辉则对关的自高自大、目中无人极表不满，可是又不能提出反对。事有凑巧，由于云南的龙云被逼下台，到了重庆后，逢人大骂杜聿明，并说，一定要惩办杜聿明，同时欢迎关麟征去云南，关个人亦表示同意。对此，蒋介石采取将计就计的办法，施用权诈手段，于16日发表命令，将杜聿明"撤职查办"，调关麟征为云南警备总司令，以息龙云之愤。时隔不久的10月26日，任命杜聿明为东北保安司令长官。蒋介石集团内部对东北的人事安排，至此水落石出。

然而，进入9月以后，蒋介石的情报机关不断送来情报，说中共的军队正在秘密地向东北开进。但是到底出关了多少，分布在哪些地区，则全然不清楚。这一下，急坏了蒋介石，他立即命令东北接收官员飞赴长春，与苏方进行交涉。

1945年10月9日，第一架飞入东北的国民党飞机在长春降落。40余名国民党军政官吏作为先遣人员进入东北。10月13日，国民党东北行营主任熊式辉，外交特派员蒋经国、经济委员会主任张嘉傲等国民党接收大员也飞抵长春。

熊式辉和蒋经国等立即与苏军总司令马林诺夫斯基元帅进行了第一次会谈。

在会谈中，熊式辉声明：

此次来东北的任务是根据中苏友好同盟条约，办理接收东北事宜，希望能得到苏军的帮助。并提出四点要求：协助我方建立政权，并接收各省市行政机构；协助我方接收日本及伪满在东北之工业机构及其设备；我方决定由海上船运军队到东北接防，请指示适宜登陆地点，并予协助。又，我方拟船运军队在大连港登陆，请将该港口现状见告；我方欲在苏军撤退以前，保有相当兵力以维持各大城市之治安，并准备空运少量部队到沈阳、长春各地，请予协助。

苏军元帅马林诺夫斯基对熊式辉等的要求早有准备，立即答复道：

行政接收事务，苏方可以协助；经济接收事务将指定专人与张主任委员嘉傲商洽；根据中苏友好同盟条约，大连为自由港，中国军队不能由大连港登陆；空运中国军队至东北各大城市一节，应由两国政府商量而决定之。

熊式辉考虑到运力缺乏等困难，又向马帅提出苏方能否提供若干火车车辆和轮船，借给国民党政府运输军队。马林诺夫斯基元帅根本不予考虑，答复说：东北铁路车辆已在战争期间毁坏，或转到朝鲜境内，无法借给。轮船也没有剩余。

> 蒋介石 与其长子蒋经国在家乡奉化溪口。

蒋经国 

蒋介石长子。1925年赴苏联，先后入莫斯科中山大学、列宁格勒红军军政大学学习。1937年任江西第四行政区督察专员兼保安司令。1938年任国民党第四区（赣南）行政专员。1944年任青年军总政治部主任。1945年任东北外交特派员。1947年任国民党政府国防部预备干部局局长。1948年任上海区经济管制督导员办公处副督导员。1949年到台湾。

∧ 1946 年，时任国民党东北行营主任的熊式辉在一次集会上讲话。

总之，苏军尽管态度友善，但在一切问题上都不想向蒋方提供协助，其实际上是在拒绝蒋军进入东北。

熊式辉面对这位“狡猾”的苏军元帅无计可施，只得飞回重庆，当面向蒋介石汇报情况。蒋介石闻后憋了一肚子火，既怕东北落入中共手里，又怕得罪苏联人以影响他接收大东北。无奈，只好耐着性子，继续寻求外交接收途径。

2. 垂涎东北不惜派心腹爱将

1945年10月18日，被蒋介石任命为东北保安司令长官的杜聿明走马上阵。

这位出身于陕西米脂县的国民党将军，1924年6月投笔从戎，考取了黄埔军校第一期，从此开始了他的戎马生涯，当时他刚满20岁。

同大革命时入伍的许多热血青年一样，杜聿明也受过革命思想的影响，有爱国心。但是，后来随着革命队伍的分化，他选择了另一条道路。为了升官发财，出人头地，他投靠了蒋介石。由于他聪明好学，肯干，能吃苦，对蒋介石又特别忠心，蒋介石越来越信任他，他的官运也就自然十分亨通，不到40岁，便当上了集团军总司令。

杜聿明也曾为国家和民族做过好事。在艰苦的长城决战时，在反击日军的昆仑关大捷中，在远征缅甸的高山密林里，他都留下了自己的足迹，并且是中国第一次远征缅甸的远征军司令官。

这一次，蒋介石又委他以重任，把打开东北大门的艰巨任务交给了他。杜聿明在国民党的高级军官中算是比较能干的一个，也是很受蒋介石赏识的一个。他也很自信，下决心要在东北“建功立业”，报效“领袖”的知遇之恩。

10月22日，蒋介石指示杜聿明：你到长春去与苏军接洽，要他们根据中苏条约，掩护我军在东北的旅大、营口、葫芦岛等港口登陆，接收领土主权。可先在长春去会见马林诺夫斯基元帅。根据条约规定，他们一定要对中国负掩护接收的责任。此外，可问问南京何总司令的意见，再到上海会见美军第7舰队司令金凯德，看他一次能运输多少军队，能否掩护我军登陆，然后到长春去见熊式辉、蒋经国，同苏军交涉掩护我军登陆事宜。

依照蒋介石指令，11月24日，杜聿明在南京接受了国民党陆军总司令何应钦的指示，并在上海会见了美国第7舰队司令金凯德，代表蒋介石请求美舰支援，运送国民党军在东北登陆。

28日，杜聿明飞抵长春，当晚在苏军总司令部，原日本关东军司令部驻址，会见了马林诺夫斯基元帅，东北保安司令部参谋长赵家骧及东北外交特派员蒋经国也一同随行。外交方面十分老练的马林诺夫斯基元帅，对杜聿明的到来采取了在外交辞令上满足其要求，而在实际行动上根本不予合作的策略。

当马帅一见远征过缅甸的国民党名将杜聿明后，就像老朋友一样地对他说，我们苏联始终要同中国人民友好的，苏中友好关系，我深信是永久的，因为我们早就有了杰出的孙中山和列宁他们两个的友谊。杜将军带领中国军队接收东北领土主权，苏军很欢迎，你们从海路、陆路来，我们都欢迎。他还巧妙地推托说旅顺、大连地区为苏军另一元帅指挥范围，安东、营口以北，西至山海关才属于他的指挥范围；此外还告

美军第7舰队 

1942年3月组建，第二次世界大战期间在西南太平洋战区作战。大战期间历任舰队司令为赫伯特·利里、阿瑟·卡彭特和托马斯·金凯德。该舰队参加了巴布亚—新几内亚战役、莱特湾战役等。战后，该舰队曾参加了朝鲜战争和越南战争。

> 20世纪40年代，游弋于太平洋的美军第7舰队航母编队。

金凯德 

美国海军上将。1930年毕业于海军军事学院。1937年晋升上校。1938年任驻意大利使馆海军武官，1941年晋升海军少校，任“企业”号航空母舰舰长。1943年任北太平洋地区美国海军部队司令。同年6月晋升海军中将，任第7舰队司令、西南太平洋盟军海军司令，在1944年莱特湾海战中，指挥盟军重创日本海军。1946年晋升上将，任东海岸及大西洋后备部队司令。1972年病逝于华盛顿。

知苏军解除日军武装后即准备撤退，现山海关、葫芦岛已没有苏军，只有中共抗日军队。营口尚有苏军少数部队。马林诺夫斯基元帅还同意国民党军的营口登陆，并给杜聿明画了一份苏军位置图，同时还写明苏军营口警备司令部及掩护国民党军登陆要旨。

杜聿明感动了。只要苏军允许在东北登陆，就是一大胜利。随即也谦让地说，我们不一定非从大连登陆，请苏军在营口掩护国军登陆也行。马林诺夫斯基成功地玩了一个大手腕，他的一番巧妙语言成功地迷惑了杜聿明等人，同时也掩护了已进入东北的八路军、新四军部队。苏联大使也郑重其事地转告国民党政府，同意国民党军在营口、葫芦岛登陆。

10月30日，杜聿明赴重庆向蒋介石汇报。老蒋喜形于色，继续做着坐享其成的美梦。

蒋介石告诉杜聿明，已经与美方商量好，用军舰先将13军和52军海运到营口登陆。现13军已陆续到达秦皇岛，52军正由越南海防市北上。蒋介石要杜聿明迅速去秦皇岛乘美舰到营口指挥登陆。

杜聿明是位责任心极强的将领，奉命后又急飞天津，拜会了美军第3陆战队司令洛克将军，请求他协助维持天津至秦皇岛段铁路的安全。

11月3日，当杜聿明率联络人员同美第7舰队代司令巴贝一同乘美舰"脱罗尔号"到营口与苏军联络时，才发现这时苏军已宣布自东北撤退，苏军马林诺夫斯基元帅已离去，共产党军队已接收营口。接收营口的是八路军胶东军区的吴克华部，仅6,000余人，是10月24日才抵达这里的。尚未做好战斗准备，武器也极为简陋。但杜聿明不敢贸然登岸，只得与美舰退回秦皇岛。这一次又让八路军抢先一步，致使国民党军在东北登陆的计划完全破灭了。

直到此时，一贯精明的杜聿明才恍然大悟，知道彻底上了苏军总司令的当了。

到此为止，国民党军幻想从苏军手中接收东北的计划已成泡影。其惟一的希望就是依靠美国海军第7舰队的力量从海上将第13、第52军等国民党军运至东北。

此外，东北首席长官熊式辉只能在北平落脚并筹备将北平地区的第94军一部及收编的伪满军队空运长春。东北二号长官杜聿明在此期间也只能在重庆拟定武力接收东北的意见书，其主要内容是：请蒋介石迅速抽调10个军，以美舰队掩护，由营口或葫芦岛强行登陆，先肃清东北共军，再回师关内作战；请建立东北地方武装，按9省2市收编伪军11个保安支队，准备整训后接替国民党军防务；请委派9省2市11个军事特派员，深入各省、市发动敌伪残余，在八路军、新四军后方捣乱。

11月6日，杜聿明飞赴重庆，向蒋介石汇报营口之行的见闻。结果把蒋介石气得直嚷：一定要打到关东去。杜聿明随即向他呈上了拟好的意见书，要老蒋调10个军的兵力，由美舰掩护在营口或葫芦岛登陆，以肃清东北八路军。

蒋介石却表态说，10个军是调不出的，只能用13、52军了，由陆路山海关打出去。老蒋随即指示何应钦下达命令，将该两个军交杜聿明指挥。

于是，东北战争的战火首先在山海关点燃了。

同样是争夺关东，重庆在与延安的较量中，坐收抗战成果的蒋介石，由于幻想依赖一纸协定而先失了一着棋。

> 吴克华，1955 年被授予中将军衔。

吴克华

江西弋阳人。土地革命战争时期，任军部特务大队大队长，红七军团第 20 师 60 团营长，红五军团第 13 师 37 团团长等职。抗日战争时期，任八路军山东纵队第五支队副司令员，第 2 支队司令员，第 5 旅旅长，山东军区第 5 师师长，胶东军区副司令员。解放战争时期，任东北民主联军第 4 纵队司令员，辽东军区副司令员，第四野战军 41 军军长。

∧ 1946年出任东北保安司令部参谋长的赵家骧（前排左二），在抗战后期于昆明主持中美参谋训练班时与美军教官们合影。

国民党第十一战区司令长官孙连仲

河北雄县人。国民党陆军上将。曾任国民党第2集团军第二方面军总指挥，甘肃省政府主席。抗日战争爆发后，任第2集团军总司令，第一、第五、第六、第十一战区司令长官。抗战胜利后，任保定“绥靖”公署主任、首都卫戍司令，总统府参军长。1949年去台湾。

< 国民党陆军上将孙连仲。

∨ 1945年9月底，美海军陆战队一部在塘沽登陆后进入天津市区。

3. 武力接收东北新计划

蒋介石的既定方针是以受降为名，将东北一举归为己有。为此一直幻想在苏军撤出前实现这个方针，这是他的一厢情愿。但是，由于国民党军沿平绥路、平汉路、津浦路进犯的傅作义、孙连仲、李延年、陈大庆等部沿途遭到晋绥、晋察冀、晋冀鲁豫部队和新四军部队的坚决抵制，加之路途遥远，铁路被破坏，故行动缓慢。蒋介石为在苏军1945年11月撤军前能迅速抢占东北，不得不求助于美国，使用美国的飞机、军舰，加紧向东北运兵。

其时，美国政府对蒋介石是有求必应。早在1945年8月15日，即命令第14、第10舰队开始全力空运国民党军队抢占南京、上海、北平等大城市。9月30日，从冲绳岛开来的美国海军陆战队11.8万余人开始在塘沽登陆。10月2日，美国海军陆战队1,400人在秦皇岛登陆。9月15日，美机空运国民党军第92军千余人到达北平。16日，美机空运国民党军第94军一部进占天津。此后，蒋介石又迫不及待地从九龙海运

< 滇军早期主要将领之一的蔡锷。

滇 军 

民国期间以蔡锷、唐继尧、龙云等为主要将领的云南部队的统称。其前身为清末新军陆军第十九镇。辛亥革命后，这支新军即成为新政权云南都督府掌握的武装，后一直被称为滇军。1927 年滇军被改编为国民革命军第 38 、第 39 军和独立第 8 师。1929 年滇军被编成第 38 军，下辖 6 个师，3.6 万人。抗战爆发后，滇军改编成第 60 军，卢汉为首任军长。1949 年 12 月，卢汉宣布和平起义，滇军接受人民解放军的改编。

第 13 军在秦皇岛登陆，并在美海军陆战队配合下，侵占冀东解放区的秦皇岛、北戴河、留守营等地。

国民党军是怎样轻易就取得了秦皇岛的呢？主要是美国海军的“功劳”。还在10月初，美国第7舰队的舰只满载着海军陆战部队，在渤海湾来回游弋，目的在于寻找登陆港口。当时，苏军与中共方面达成默契，以营口已为我军所占名义拒绝了美军登岸。美舰无奈最后来到秦皇岛，在此有500名日军和部分伪军防守。为了夺取这一出海口，我冀东八路军部队曾对秦皇岛进行过收复作战，但因实力不足未能取胜，未能将该出海口控制在自己手上。而美军的到来，则得到了日伪军的帮助，故顺利登岸。这次美军的登陆，为国民党军抢占东北，建立了一个前进据点。

可以说，没有美海军，国民党就拿不到秦皇岛。美军登陆后，积极抢修道路收集八路军情报，因涉及到国际争端问题，八路军亦不便贸然干涉。如此就为国民党军登陆准备了条件。

从10月下旬起，庞大的美国舰队载着国民党陆军在秦皇岛靠岸。首先登陆的是国民党第13军2万余人。该军是蒋介石的嫡系，在抗战中没打过多少硬仗，实力保存完好，一色的美式机械化装备，当然其中不少装备为美军淘汰的旧装备，但在国内战场上仍堪称一流。11月初，滇军第52军2万余人也抵达秦皇岛。该军是美舰由越南海防抢运北上的，虽然只有半数美械装备，但滇籍老兵较多，有一定的战斗力，所以战斗力并不弱于蒋系第13军。

在美国的支持下，国民党军先后还进占了天津、北平、唐山等战略要地，尤其是秦皇岛的登陆，缩短了蒋介石嫡系部队由内地向东北运送的时间。随着国民党军在秦皇岛立足已稳，便企图沿北宁路继续北进了。

为了挡住沿北宁线北上的国民党军登陆部队，10月19日，中共中央指示东北局，

V 1945年11月，美海军陆战队保护国民党抢修铁路时的情形。

∧ 1945年8月，我军与苏联红军在山海关会师。

我党方针是集中主力于锦州、营口、沈阳之线，次要力量置庄河、安东之线，坚决阻止蒋军登陆及歼灭其一切可能的进攻，首先保卫辽宁、安东，然后掌握全东北，放弃过去分散的方针。据此，东北局调整军事部署，遂将主力部队迅速集中于锦州、沈阳一线。

到了10月下旬，根据中共中央指示从各战略区调到东北的部队和干部，除少数在北满、东满地区配合东北抗日联军部队执行开辟新区工作外，主要分布于沈阳、安东、锦州为中心的南满、西满各地，并以位于锦州附近之冀热辽部队和冀中第31团，迎击国民党军从山海关或葫芦岛沿北宁路的进攻；由山东军区渡海前来的第6师、第5师两个团及部分地方武装负责营口、安东方面的防务。

陆续集结于秦皇岛的国民党第13军，在美国海军陆战队及其航空兵的掩护下，抢修通往山海关的铁路，逐步逼近山海关。

此时，山海关周围的我党武装有：冀热辽军区第19旅46团、47团；第22旅64团驻防山海关；第15军分区第17团，第52团约2,000人及3个游击队1500人，共3,500人围困遵化；16军分区2个团，系收编的讨伐队约1,800人，加3个游击队约2,000人，共约3,800人在丰润以东铁路沿线活动；17军分区第14团约1,100人活动于丰润、唐山线；第49团约600人在滦县一带活动；18军分区第56团约1,000人，另3个游击队活动于滦县以南铁路线。李运昌部虽然人数多，但多为进入东北后才扩编的新部队，战斗力很弱。另3个小团在唐山附近活动。詹才芳部6,000人由玉田调到抚宁。11月2日，经由承德增援的山东军区第7师1万余人赶到山海关。综合实力为2.7万人。担任山海关防御任务的也只有万余人，而需要防御的阵地，从东南海边到西北九门口、田家岗、黄土岭约有50余公里，因此，困难重重。

而国民党方面的兵力截至11月4日，塘沽至秦皇岛段有美海军陆战队第3师1.8万人；国民党第13军、第94军之53师、121师等部5万余人；另有日军9,500人，伪军1.7万人，总兵力达8万余人。他们占绝对优势。

蒋介石海运第13、第52军这一招着实厉害。是他在沿平绥、同蒲、平汉、津浦4条铁路线进兵受阻、行政接收东北计划受挫后，所走的第一步好棋。这一招的企图十分明显，进攻东北大门山海关，破关后再大举进兵东北，以实现其武力接收东北的新计划。

而此时，我党中央决定调往东北的大批部队和干部尚在北进途中。中共东北局、东北人民自治军遵照中共中央关于坚决拒止蒋军登陆，放弃过去分散的方针、守住东北大门、竭尽全力霸占全东北，万一不成亦造成对抗力量，以利将来谈判的指示，改变过去分散布置的部署，依靠已进入东北的部队，集中主力对北宁路榆锦段来犯之敌作战，以节节抗击踏上黑土地的国民党军。

❶ 我军机枪阵地。

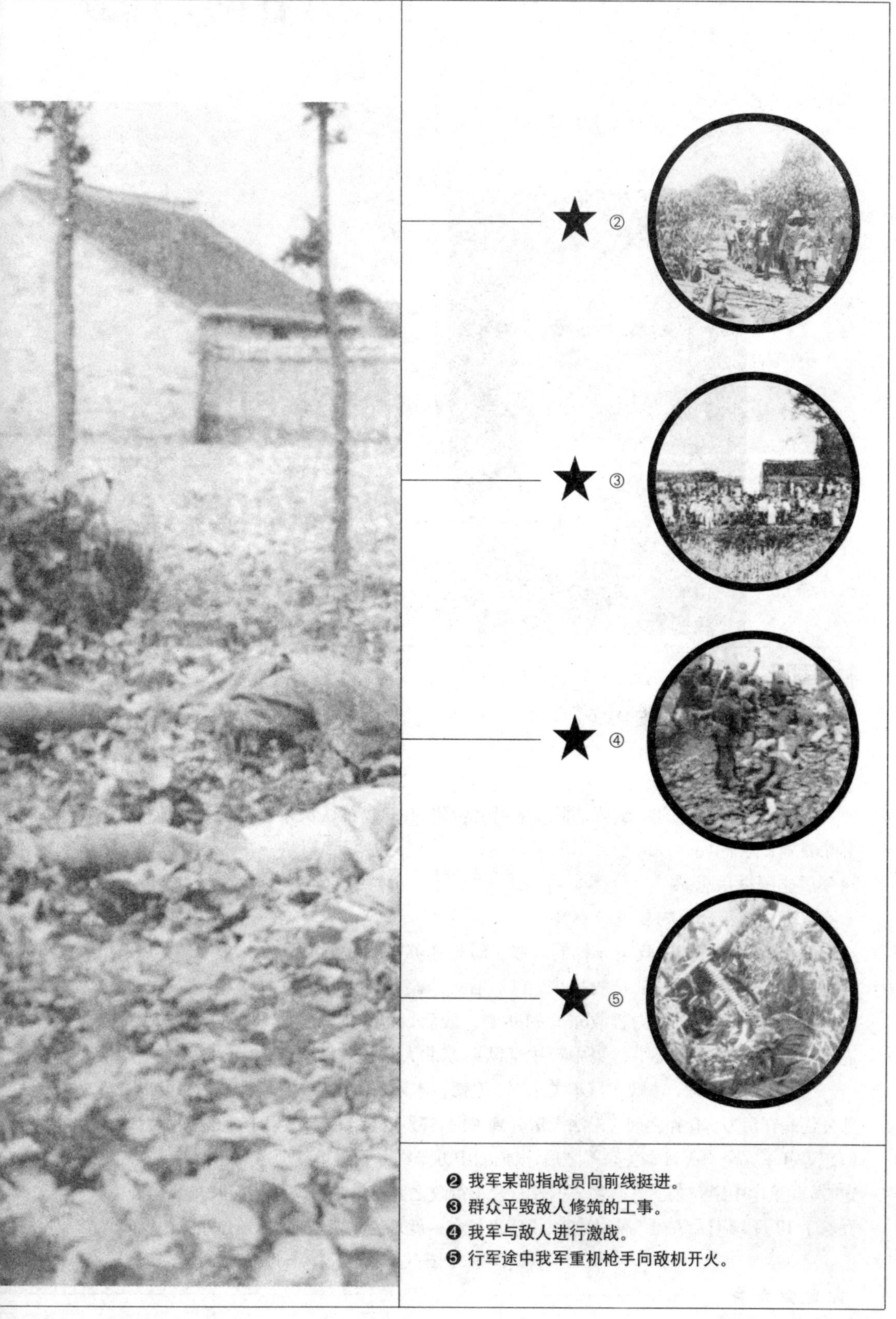

❷ 我军某部指战员向前线挺进。
❸ 群众平毁敌人修筑的工事。
❹ 我军与敌人进行激战。
❺ 行军途中我军重机枪手向敌机开火。

[亲历者的回忆]

杜聿明

(时任国民党东北保安司令)

……

我了解到蒋介石的企图后，即由昆明电蒋建议："我军这次接收敌占领区，在解除日寇武装的同时，请令大军所至各地，将共产党的武装部队一律肃清，以消除今后建国之后患。"

当即得到蒋介石的复电"嘉许"。

蒋介石在执行上述政策方针的时候，幻想在苏军完全消灭日本关东军后，从苏军手中毫不费力把东北接收过来。以后看到八路军已到东北恢复秩序，即进一步勾结美帝，采取以武力接收东北的办法。最后，以东北人民解放军声势日大，遂在马歇尔的大力撑腰下，集中精锐部队向东北大举进攻。

当苏军对日宣战，击败了日本关东军，迫使日本无条件投降时，蒋介石的军队大部分还躲在后方。仓猝之间，无法大量开到关内各敌占区，更无法运到东北去。只有幻想等苏军完全消灭日本关东军之后，根据旧中苏条约苏联对华三项声明的第二项规定"苏联重申中国在东三省之完全主权及领土行政之完整"，从苏军手中接收东北。蒋介石于**10**月**13**日命东北行营主任熊式辉去长春，就是为了实现他这一幻想的。

——摘自：杜聿明《国民党破坏和平进攻东北始末》

★★★★★

郑洞国

（时任国民党东北保安副司令）

日寇正式宣布投降后不久，国民党方面一面命令在各个敌后沦陷区坚持抗敌斗争的共产党抗日武装“就原地驻防待命”，不得向敌伪“擅自行动”；一面以政府“接收”为名，在美国海空军的大力支持下，迅速将大批精锐部队从大后方源源运往东南、中南、华北各省，并积极准备从苏联手中接收东北。

……大约10月20日左右，报纸上的一则消息引起了我的极大关切。消息说，我的挚友杜聿明将军被任命为东北保安司令长官部司令长官，即日内将赴往履新。

在这之前，我已知道蒋介石先生任命了熊式辉将军为东北行营主任，并调集第13军、第52军两个军的兵力，准备向先期占领榆关（即山海关）、锦州一带的共产党军队进攻，进而从苏军手中接收整个东北。

——摘自：郑洞国《我的戎马生涯——郑洞国回忆录》

第四章

山雨欲来风满楼

★★★★★

∧ 1945 年 8 月 23 日，我军解放了通往东北的咽喉要地——山海关。

大战在关外爆发，山海关难以拒蒋。
以利避战，·个根本性意见。
黄克诚说出“七无”的苦衷，英雄所见略同，林彪接受黄克诚的建议。

1. 杜聿明坐镇山海关

这时刚从重庆谈判回到延安的毛泽东，焦虑不安。在此前后不断接到国民党军北上的情报，凭着政治家的敏锐洞察力，他感到了一场大战将在东北爆发。

11月4日，他以中共中央名义电告东北局罗荣桓等，指出：战争中心将转入东北，必有一场恶战。同日，中央军委给林彪、彭真的指示电也提出：11月至12月中旬将是蒋与我武装争夺东北的另一次高峰，战场是在辽宁南部、锦州、热河、冀东地区。我必须集中可能的力量，争取这次战略性质的决战胜利，奠定我巩固的大根据地。

毛泽东此时把扼守山海关关门堵截蒋军的希望寄托在李运昌及其冀热辽部队身上。因为，李运昌部是最早进入东北的部队，发展又最快，两个月时间部队扩军达8万人之多，而且又是新枪新炮。直到10月上旬，李运昌还征用了不少马车运送武器，支援北上的各解放区来的八路军部队呢！再者，山海关是“天下第一关”，地势险要，长城在此依山傍海，蜿蜒而上，经义院口、九门口、角山寺形成一条防线，一夫当关，万夫莫开，易守难攻。正因为如此，10月下旬，中共中央指示东北局，将山海关、锦州一线防御任务交给李运昌负责。

11月1日，中共中央还直接致电李运昌：你即在彭真、林彪指挥下担任山海关、锦

李运昌 

河北乐亭人。黄埔军校第四期毕业。土地革命战争时期，任中共乐亭县委书记，中共京东特委书记等职。抗日战争时期，任中共冀热边特委书记，冀东抗日联军副司令员，冀东军分区司令员，晋察冀军区第13军分区司令员，冀热辽军区司令员等职。解放战争时期，任东北人民自治军副司令员，热河省主席，中共热河省委书记，热河军区司令员等职。

州地区指挥作战、整编部队、运输干部等项任务，而以作战为中心任务，坚决歼灭北进之敌，不要回冀东。詹才芳编成之野战军及在山海关、锦州地区之一切军队及地方工作统归你指挥，而你则接受彭、林指挥。而此时的李运昌心理压力是很大的。虽说现在手上兵强马壮，但兵力并不集中，大部分分散在辽西各个地区，现有的几个团目前仍在山海关至锦州一线摆开，真正守在山海关的部队仅有沙克的两个团。此外，冀东的八路军部队虽参加过八年抗战，但打游击战多，打正规的阵地防御战的机会却较少，部队能否战胜美械装备的正牌“国军”，是他所担心和焦虑的。

因此，在10月30日，李运昌电告中共中央：秦皇岛美军掩护顽军向我山海关驻军进犯，在石河发生冲突，该地情况不明。山海关只有新编……约2,300人，战斗力不强，情况危急。速告杨国夫率部到山海关增援，此间部队分散沿岸，调不动。不少部队缺武器弹药，不能应战。

10月30日上午，美军和国民党军一部进攻海阳镇。

10月31日，美军和国民党军占领北戴河。同日晚，另一部美军和国民党军向山海关以西的石河进攻，占据范家营、西富店、南李村、铁庄、东盐务、王家岭、太和寨等8个村庄。

11月1日晨7时，美军14人和国民党军300人向昌黎东北之北宁路上留守营车站进攻，该地为国民党军占领。

同日午后，国民党第13军两个连兵力进犯距海阳东北5里之缨庄、张庄，另有美军乘数辆汽车率领芦台伪军一部，向山海关前沿阵地守军作试探性进攻，被击退。

11月2日，国民党东北保安司令长官杜聿明亲自到秦皇岛督战。在这关键的时刻，为策应山海关自卫阻击战，山东军区第7师师长杨国夫率领第19、第20、第21团，以强行军进抵山海关，并立即投入战斗，接管了山海关正面防御阵地。杨7师是步行一月余从山东赶到山海关的。

杨国夫是安徽霍丘人，1929年参加红军，红军时期担任过团长，文化虽然不高，但为人精明强干，能征善战，是真正的军事指挥家。其所率领的7师是山东八路军的主力部队。当时是在长途跋涉，异常疲惫的情况下，硬凭着有限的轻武器抗击国民党军的。

山海关战役打响后，出现一个怪现象：由于国共双方彼此都缺乏了解，因此交手时都十分谨慎。当时据李运昌部估计由秦皇岛登陆之敌兵力有5万人，加上美军和伪军达8万人；国民党方面估计中共军队也有5万之众，并且装备了东北日军的武器，战斗力很强。其实是蒋军过高地估计了守军的战斗力，所以行动谨慎，不轻易发动进攻，而是加紧构筑工事，摆开了正规、持久作战的架势。

11月4日，国民党军第13军继续扩展占领北到石门寨南6里之大王庄、小王庄一带，南至海岸，西到海阳，东至山海关八里处之石河地区。

同日11时，美军7人乘汽车一辆驶进山海关47团阵地，被阻击，击伤、俘获美军7人，缴短枪7支。

> 詹才芳，1955年被授予中将军衔。

詹才芳

湖北黄安（今红安）人。土地革命战争时期，任红四方面军第4军12师政治委员，红9军政治委员，红31军政治委员，川西第5纵队司令员等职。抗日战争时期，任中国人民抗日军政大学第二分校大队长，晋察冀军区第3军分区副司令员兼参谋长，冀热辽军区副司令员。解放战争时期，任冀东军区司令员，东北野战军第9纵队司令员，第四野战军46军军长。

此后，国民党军向山海关守军送出通牒称：限6日退出山海关，撤出铁路100里，否则，其第89师将大举进攻。

11月5日晨7时，国民党军向山海关以西之娘娘庙、二郎庙的守军阵地发动大举进攻。守军发扬英勇顽强、不怕牺牲的战斗精神，奋起反攻，夺回已失之阵地，将进攻之敌赶出山海关。

11月6日，身经百战的杨国夫决定主动突击一下，于是利用是日夜暗，突袭山海关以西之孟家店和前后七里寨敌军，激战彻夜，毙、伤敌300余人，俘敌50余人。

11月7日，中央军委电示李运昌、詹才芳：美军直接向我作战，助顽向我进攻，我应坚决抵抗。所俘之美军7人，应暂扣留，并向美军抗议，将一切情形及美俘之供词公开发表，速由新华社告延安，延安亦向美军总部抗议。但不应虐待美俘，应做争取工作。

同日，中共中央军委又给李运昌、黄克诚、詹才芳等发电指示：山海关附近已发生战斗。3师部队到达冀东了解当前情况后，即取捷径向锦州前进，但是必须隐蔽，不要使顽军发现我军大部队进入锦州，可以从山海关以西以北离顽军作战地带数十里以外的地区，绕过顽军进入山海关以东的铁路线上前进。

11月8日，山东第7师又以2个营兵力出击，夺回古城、黑河庄、红瓦店村等阵地。

打了胜仗后，就有了发言权。杨国夫向上级报告说，顽军特点是射击准确，火力强，指挥灵活，通信联络极好，每个阵地都安有电话。但害怕八路军刺刀见红，只要八路军一冲，该敌就后退。

李运昌是山海关战役的总指挥员，这时其担心才一扫而光。11月9日，他向彭真、林彪致电说：目前顽军三个军已在秦皇岛登陆，数度企图进占山海关，均被我打回。应于目前固守山海关、九门口，而以助守石门寨、海阳镇，滦河镇，局限顽军于狭小范围内。并不断以夜摸袭击动作消灭其分散驻守之敌，增加其物资生活困难，消灭其士气。顽军久驻狭小范围，人地生疏，不能展开，吃烧均较困难，后兵舰撤走则等于瓮中之鳖，不难全部歼灭，东北可无大忧矣。

山海关前线的乐观情绪传到延安后，毛泽东于11月11日在给梁兴初的电报中也认为顽军火力盛，士气低。最怕冲锋，一冲即溃。并认为山海关一线如能坚持一个月两个月，于大局极有利。

然而山海关的实际战况与想像完全不是一回事。

11月8日，国民党军最骁勇善战的将领之一杜聿明来到秦皇岛，秉承蒋介石打出山海关，武力占领东北的旨意，立即召集13军将领会议。在会议中，当杜聿明听到13军军长石觉所谓“共军”火力强大，不可轻易进攻，建议加强工事，稳固防守等汇报后，十分惊讶，他根本不相信石觉等人的汇报。经实地勘测后，他召开营以上军官会议，专门布置了进攻事宜。

11月9日，国民党军继续向山海关镇和抚宁进攻。山海关守军顽强反击。第13军

国民党军第13军军长石觉 

广西桂林人，国民党陆军中将。黄埔军校第三期毕业。1939年任国民党军第4师师长。1942年3月升为第85军副军长，7月30日，又晋升为第13军军长。1948年11月，任国民党军第9兵团司令官。1949年1月，任京沪杭警备副司令兼淞沪防守司令，负责上海地区的作战指挥。1949年6月，任舟山群岛防卫司令官。1950年从舟山群岛撤回台湾。

V 沿铁路北上的晋察冀部队正通过长城重要隘口——古北口隧道。

重新调整部署，将其主力一部转向石门寨至九门口方向进攻，形成对山海关的迂回态势，但仍无大的进展。

11月10日，中共中央电示东北局：目前只争半个月，半个月内黄永胜、文年生两部5,000人，梁兴初、黄克诚两部4万多人必能到沈阳、锦州线。望令山海关我军坚持半个月，即有办法。

11月11日，在杜聿明等指挥下，凭借美军飞机掩护下，第13军再次向山海关发动猛烈进攻。守军各部队在南自海边，北至九门口、城子峪、黄土岭的百里防线上，顽强阻击，战斗异常激烈。各阵地与数倍于己的国民党军浴血苦战，打退其多次进攻。

11月12日，国民党军一个营攻占山海关南龙腰阵地。

11月14日14时，中央军委给山海关前线指挥官李运昌、沙克发电指示：山海关、绥中、兴城之线，必须坚守，掩护主力黄梁集中锦州，时间至少三星期，多则两个月，望动员民众，构筑多道防御工事。

11月15日，中央军委给林彪、彭真、罗荣桓回电：你们11月15日给黄、梁、杨国夫电已转去，并令他们依照你们电令以先头一部，配合杨国夫，打击山海关、义院口方面之顽军，主力迅速转到绥中、兴城之线。

11月30日，由越南海防海运至秦皇岛的国民党第52军赵公武部全部登陆。14日，杜聿明重新下达了进攻命令。他重申了蒋介石的“连坐法”规则，吓得各级军官谁也不敢消极怠慢了。

15日，以第13军全部及第52军主力共5个师，在炮兵和飞机配合下，猛攻守军阵地，并以第52军25师和第13军89师出九门口，经角山寺东麓对山海关守军侧背的薄弱部位进行包围。

杜聿明亲自到一线督战。由于敌我双方实力悬殊太大，杨国夫的7师尽管全力阻击，但也拦不住强大敌人的全力冲击。

杨7师顶不住了。杨国夫带领全师从山东由陆路长途行军至山海关，没经休整即投入战斗。当时设想到东北后能拿到新枪新炮，但到了山海关才发现根本不可能。战斗也与山东地区完全不同，解放区有人送饭送水，这里甚至连伤员都找不到人抬。左右配属的部队，大多是临时“扩军”凑合起来的部队，一听见炮响就四下溃散。当杨国夫得悉九门口、义院口均已失守，如再不转移，全师将有被合围的危险后，没等李运昌的命令，就于16日清早撤出山海关，沿北宁路后退，仅留下少数部队担任掩护。

16日早晨，国民党第13军向山海关正面发起总攻，然而得到的回答是一片寂静。

后来，杜聿明才知道，守卫山海关的中共主力刚刚撤出。

对于撤退的原因，战争的因素是多方面的。李运昌这样说，从11月8日至16日，敌以7万人向山海关九门口正面进攻，激战多次均被我军击退，乃以三个团出城子峪

> 沙克，1955 年被授予少将军衔。

沙　克

辽宁丹东人。土地革命战争时期，任东北军第691团连长、代营长。抗日战争时期，任冀中人民自卫军特种兵团团长，八路军第3纵队九支队兼冀中军区第3军分区司令员，冀中军区司令部参谋处处长，晋察冀军区副参谋长等职。解放战争时期，任冀热辽军区副司令员，东北民主联军第4纵队副司令员，东北野战军第3纵队副司令员，第四野战军40军副军长。

口，迂回山海关和九门口侧后，企图包围我军。我因兵力不足，无预备队阻击敌人，在敌众我寡的不利形势下，不得已于11月16日撤出山海关。是日下午，13军与52军一部在山海关以东地区会合，蒋军终于占领了山海关城，打开了陆路通向东北的大门。

2. 保存实力

山海关阻击战，前后激战半月余，迟滞了国民党军进攻，有效地掩护了新四军3师、山东解放军等主力部队进入东北，并为日后战胜国民党军积累了经验。

我军放弃山海关后，开始北上；而国民党军占领山海关后，除留第13军之54师、第52军之195师守备山海关及附近战略要点外，其主力部队也继续北进，企图趁我军兵力转移不及组织新的防御之机，夺取北宁路山海关至锦州段。

此时，杨国夫的7师因撤出山海关前，军情太急未及通报李运昌，直到第二天李运昌才获悉杨7师已撤至绥中。毛泽东主要是靠收听新闻广播得知山海关我军已失利的消息的。尽管战况很不妙，但毛泽东考虑到独霸东北的需要，山海关，绥中之线还是要坚守。为此，他致电李运昌、沙克、命令山海关、绥中、兴城之线，必须坚守。

在此电中，毛泽东指示李运昌、沙克报告所部兵力和战斗力情况。

< 梁必业，1955年被授予中将军衔。

梁必业 ———————————————————————

江西吉安人。土地革命战争时期，任红一军团政治部宣传队队长，直属政治处总支部书记，军团政治部总务处处长等职。抗日战争时期，任八路军第115师政治部总务处处长，山东军区政治部组织部部长，第1师政治委员等职。解放战争时期，任东北民主联军第1师政治委员，东北野战军第1纵队副政治委员、政治委员，第四野战军38军政治委员。

李运昌如实报告了其所掌握的军情：山海关至兴城一线共有正规部队2万人。其中山东部队杨7师有战斗力，他属下的冀东19团、22团是县大队改编的，战斗力差；还有地方武装和驻葫芦岛的36团也都没什么战斗力。电报实际上反映了靠李运昌所部坚守绥中兴城一线，恐难以胜任。

中共中央收到11月16日李运昌的电报后，决定改变计划，遂于17日致电黄克诚、程子华、李运昌等，命令李运昌、杨国夫7师在锦州地区运动防御，实行节节抗击，既不死守，又不轻易放弃阵地。同时命令黄克诚、梁兴初部迅速集结到锦西地区，待敌深入锦西、兴城线，从敌左侧后突然攻击。

但是，在中共中央的以上指示尚未及执行的时候，杜聿明已经抢在了前头。杜聿明严厉地斥责了第52军军长赵公武没有乘胜实行战场外追击的失职行为，命令各部继续北进。11 月 18 日，第 52 军之 25 师沿临（榆）锦（州）公路向绥中进犯。第 13 军以 3 个师兵力，分左右两路向绥中围攻，25 师占领沙河站。

是时，杨国夫师刚从山海关撤至绥中，部队极度疲劳，尚未喘口气，国民党军就紧紧跟上来，杨国夫只得布置部队再行抵抗。随后，由于敌强我弱，不利于再战，杨国夫即指挥 7 师继续后撤了。这样，到了 11 月 19 日前后，国民党军便占领了沙河站、绥中等地。

随着绥中的失守，兴城、锦州便暴露在国民党军的兵锋之下。东北军事形势突变后，毛泽东依据的还是山海关之战前东北局所反映的东北情况，仍希望待黄克诚和梁兴初两支主力部队到达山海关地区后，集中兵力与国民党军决战，举行反攻，最终达到独占东北的目的。毛泽东这一意图反映在 11 月 15 日给彭真和林彪的电示中。电报指出：目前山海关作战并非真面目战斗，……俟敌进至绥中地区或兴城地区业已疲劳消耗至相当程度，我则可集中最大兵力，计黄克诚 3.5 万、梁兴初 7,000，杨国夫 7,000，李运昌、沙克在盘山、锦州至山海关一带者至少 2 万，共约 7 万人，于最有利之时机地点，由林彪或罗荣桓亲去指挥，举行反击……总之，从内线作战着眼，此种方针最为有利。

毛泽东是要彭真和林彪将主力隐蔽在锦州一带地区，进行内线作战。应该说，毛泽东的设想是很好的，但由于东北实际情况变化太快，而且形势发展下去将对我军越来越不利。此时作为总司令的林彪比谁都着急，遗憾的是"强将手下无强兵"，林彪"巧妇难为无米之炊"，他也拿不出好办法。他习惯于用小指挥班子，指挥起来轻便迅速灵活。这时他离开了锦州的指挥部，前往兴城、锦西察看地形，同时等待新四军第 3 师和八路军山东梁兴初部的到来。

在兴城，林彪了解到了山东 7 师杨国夫部"伤亡失散千余人，极疲惫。无棉裤，许多无鞋，赤脚战斗"。林彪会用兵，也懂得爱兵。他认为杨 7 师不能再打了，应撤到后方休整或剿匪，暂时不参加正规作战。

11 月 21 日，山东军区 1 师师长梁兴初和政治委员梁必业带 8,000 人由山东昌邑、寿光，经河北霸县、玉田，从冷口出山赶到了兴城。梁师是一支能征善战的红军部队，但此时已是疲劳不堪，必须立即进行休整了。

林彪还仔细检查了其他部队的情况，结果他认为，依照现有条件，根本不可能打胜仗。

11 月 22 日，中共中央指示林彪、罗荣桓、李运昌、黄克诚、刘震：顽第 13 军、第 52 军向锦州急进，望集中营口、沈阳主力到锦州方面，会同已到锦州以西地区的山东第 1 师和已至冀东正向锦州方向疾进的新四军第 3 师，隐蔽集结于兴城、锦西、锦州之三角地带，俟敌进至绥中、兴城一带疲劳消耗至相当程度时，集中最大兵力，于最有利的时机、地点，举行反攻，分作几次战斗，各个歼灭进犯敌军。

但此计划因我军主力还未赶到，随着 11 月 18 日绥中失陷和 11 月 22 日兴城、锦西、葫芦岛的很快失守，计划未能实现。

至11月中旬，由于中共开往东北的部队尚未完全到达，加之新区缺少人民支援，因此，战场对东北我军不利，不具备打大仗的条件。

22日，林彪向中央军委和在沈阳的东北局彭真、罗荣桓发了个电报，汇报了此次前方调查的情况，并摆开了自己的看法，提出了一个根本性的意见。他在电报中说，连日我在兴城、锦州一带所见所闻，我部队已参加作战者皆疲惫涣散，战斗力甚弱。新兵甚多，缺乏训练。梁师刚到，黄师尚未到达，远落敌后。各部皆疲劳，武器弹药不足而未得补充；衣鞋缺乏，不惯吃高粱，缺少费用。此外，自总部起各级缺乏地图，对地理形势非常不了解。通讯联络至今混乱，未能畅通。地方群众则未发动，土匪甚多。敌迂回包围时，无从知道。敌人利用我以上弱点，向我推进，并采取包围迂回。依据以上情况，我有一个根本意见，即：目前我军应避免被敌各个击破，应避免仓皇应战。应准备放弃锦州以及以北二三百里，让敌拉长分散后，再选弱点突击。……目前黄、梁二师皆我亲自指挥，如能求待有利作战时，即进行全力寻求战机。侧面的歼灭战，此可能性仍很大，但亦不拟轻易投入战斗……

锦西彭真、罗荣桓接此电后，经研究认为符合实际情况，故同意避战，并报请中央批准。

28日，中央军委批准林彪的这一意见。同时指出：仍应力争消灭敌人一两个师，迟滞敌人前进，以打击国民党军的嚣张气焰，掩护后方有秩序地撤退。

这就是我军进入东北初期，林彪从战场实际和东北敌我武装力量状况的实际出发，从一个军事指挥员角度提出的著名的根本性意见。应当说，这个意见在当时的条件下，是清醒的、冷静的和比较符合东北地区斗争实际的。

3. 锦州烽烟正浓

林彪致电中央军委提出一个根本性意见后，亲自带领几个得力参谋人员前往锦西江家屯，在那里等候黄3师的到来。黄3师是在11月12日到达河北玉田的。刚休息几日，就接到军务命令，让全师参加山海关战斗。于是这支极度疲惫之师立即又上了路，当时他们与杜聿明的北上大军是平行前进的，所不同的是黄3师走的是小路、山区，全靠官兵两条腿。机械化装备的国民党军抢在了黄3师前头，其13军和52军则在杜聿明的督促下经长途奔袭于10月22日占领锦西，24日抵达锦州城下。

而此时东北我军在锦州西线的兵力十分薄弱。老部队仅有文年生的警1旅两个团。国民党军兵临城下时，他们尚未做好作战准备。此外，沙克所属的特务团仅5个连，布防女儿河一线，锦州城内只有李运昌所部。

锦州为辽西第一军事重镇，是东北与关内联系的交通枢纽。杜聿明这时得到情报，

> 文年生，1955年被授予中将军衔。

文年生

湖南岳阳人。土地革命战争时期，任红三军团10团副团长、11团团长，红一军团4师12团团长，红一方面军81师师长等职。抗日战争时期，任绥德警备司令部副司令员，警备第1旅旅长兼关中警备司令部副司令员，八路军南下三支队司令员等职。解放战争时期，任冀察军区代司令员，晋察冀野战军第3纵队副司令员，华北军区第6纵队司令员，第68军军长等职。

锦州城内空虚，林彪的主力部队正在运动途中尚未到达这里。为此，杜聿明决心不惜代价抢在林彪前面占领锦州。遂命第52军为右路，第13军为左路，另安排一部进攻锦州以西地区。

杜聿明大军兵临城下，锦州城里顿时紧张起来。李运昌一方面组织人力抢运物资，一方面命令烧毁机场上停放的苏军移交下来的战利品几十架日本旧飞机。此后，李运昌命令部队向黑山、阜新方向撤退。其间，沙克部有限的5个连兵力还在女儿河防线抵抗了一阵，即后退了。11月25日晨，杜聿明终于进入锦州城，东北局势更加严重。

< 1944年，时任新四军3师师长的黄克诚（左）与副师长张爱萍在一起。

就在同一天，黄克诚3师全数抵达锦西江家屯。第3师的到来，无疑是一件大喜事。

11月上、中旬，当国民党军正在准备向山海关发起攻击时，黄克诚率领的新四军第3师到了冀东的三河、玉田一线，山东军区1师梁兴初部也抵达冀东地区。东北局也许已察觉到山海关兵力不足，于是两次电令黄克诚，要他率部赶至山海关及其附近地区，并统一指挥梁师，配合在山海关的守军打击国民党军杜聿明部，守住山海关。

黄克诚接电后感到十分为难，因为新四军3师刚经过几千里的长途跋涉，极度疲劳，要赶到山海关以南之抚宁地区，与山东梁师会合，起码也要6天时间，如此仓促作战，后果是难以预料的。为此，黄克诚只好分别致电延安和沈阳，说明存在困难，请求指示。

11月14日，毛泽东复电黄克诚，同意他的意见，嘱他不要去山海关，而令其与山东梁师分路平

> 1943年冬，时任新四第3师师长兼政委的黄克诚（中排右二）于淮北。

新四军第3师

抗日战争时期，中国共产党领导的苏北盐阜、淮海地区坚持抗日斗争的主力部队。1941年“皖南事变”后，中共中央将八路军第5纵队编为新四军第3师。黄克诚任师长兼政委，彭雄任参谋长，吴法宪任政治部主任，辖第7、8、9旅，共2万余人，活动在苏北地区。1942年底，淮海、盐阜军区合并为苏北军区，第3师师部兼苏北军区机关。1945年9月，第3师主力4个旅3个独立团挺进东北。第3师在抗日战争中，歼敌6万余人。至大反攻前，主力部队发展到3万余人。

行前进，限24日左右到达锦州地区休整。第二天，毛泽东又致电东北局，告知中央对黄、梁两部行动的指示，电报说：我黄、梁两部4.2万人，远道新到，官兵疲劳，地形不熟，目前开至义院口、驻操营，必无好仗可打，即便歼敌一部，不过战术胜利而兵力暴露，不得休整，势将处于被动。应令黄、梁两师从冷口、界岭口分路隐蔽开至锦西、兴城三角地区，处于内线，休整部队，恢复疲劳，补充枪弹，熟悉地理民情，创造战场，演习夜战，准备决战。

延安比较实事求是，实际上否定了东北局急于求成，御敌于山海关之外的意见。不过，毛泽东对整个东北的形势也偏于乐观，他还是打算在锦州地区决战，而没估计到国民党军进展得那么快。

此时，中共中央和东北局盼望已久的黄3师终于来到了。但是来到东北的黄3师已非昔日纵横在苏北的黄3师了。经过近两个月的长途跋涉，部队严重减员，战士们身着破衣烂衫，缺少弹药和重

V 抗战时期，时任新四军3师师长的黄克诚在反“扫荡”作战动员大会上讲话。

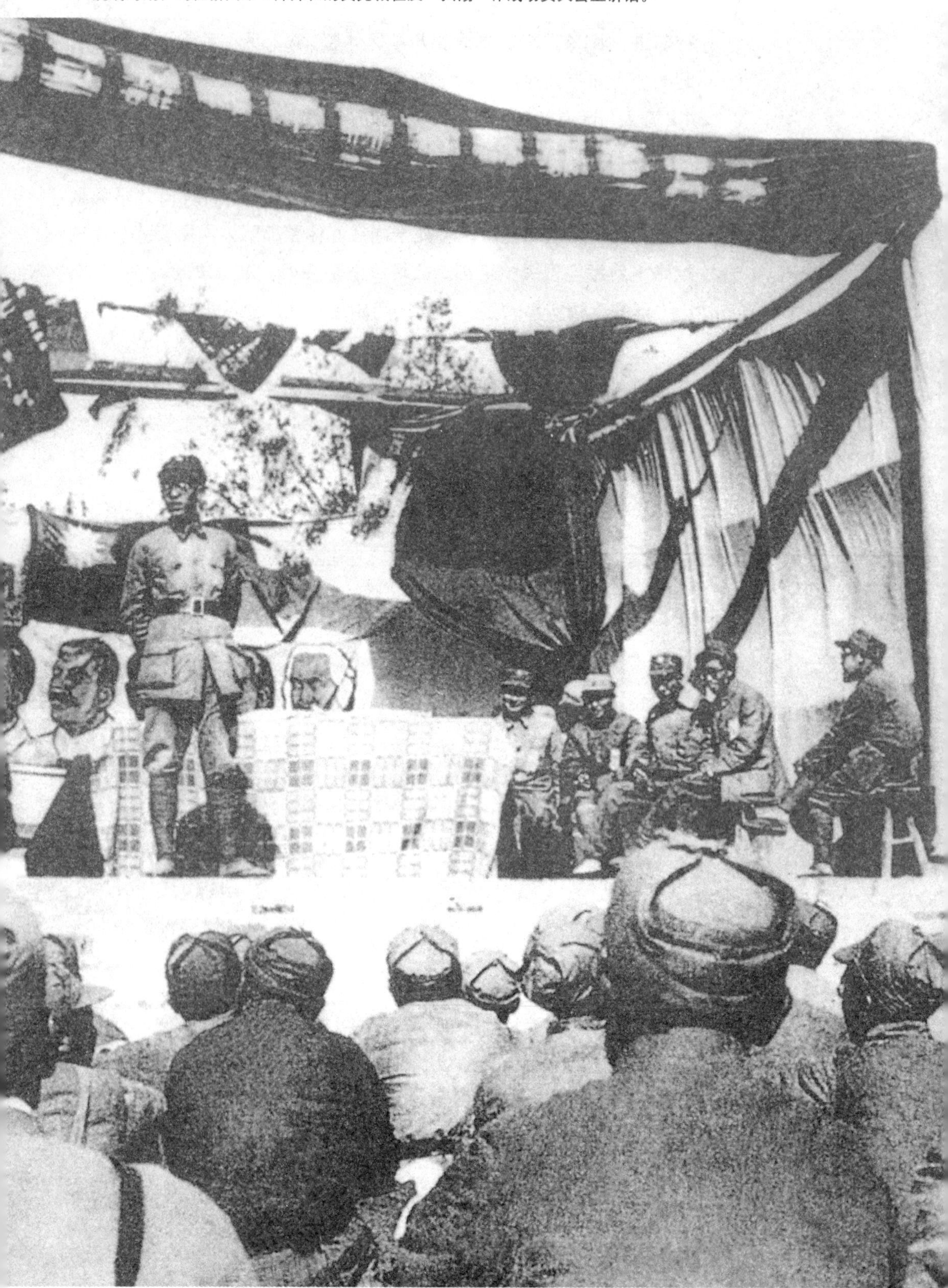

装备。按照黄克诚的设想，部队应该立即休整，补充枪弹和棉衣棉裤。谁知到这里一看，条件和形势与苏北老区差得太多，地方民主政权早已不知去向，要吃没吃的，要穿没穿的，东北气候较南方冷了许多，新四军官兵不仅穿得破旧，而且衣被单薄，无法御寒。由于东北长期处于日本帝国主义的统治下，老百姓受尽了摧残与折磨，斗志丧失，与人民军队也不曾接触，因此在经历了多年的战乱后，老百姓都茫然了。无论是哪方的军队老百姓一概不予理会。黄3师在苏北与老百姓情同手足，一看东北情形，十分不习惯，情绪也低落了下来。

丢掉了山海关、锦州，延安和东北局都不甘心。锦州失陷前后，延安屡次电令林彪，设法组织反击，把侵入北宁线锦榆段的蒋军或消灭，或赶走。

此时，黄克诚部已到达锦州附近，山东1师、2师主力也已前来报到。兵力倒是大大增加了，可现在马上打大仗，行吗？官兵疲惫、供给不足，因此黄克诚坚决反对在锦州地区同敌人硬拼消耗实力。

部队千里行军，此时急待休整；东北天气寒冷，而部队官兵普遍没有御寒衣服；武器装备严重不足；官兵士气低落。若此时与装备精良的蒋军一战，胜负且不论，我军伤亡必大。黄克诚思虑后，立刻向毛泽东发了一封电报。该电文曰：3师主力已于11月25日到江家屯，锦州亦于此日失守。部队50多天行军，极疲劳。自华中及沿途动员，均说坐火车汽车到东北背好武器等乐观心理。现在处于无党、无群众、无政权、无粮、无经费、无医药、无衣服鞋袜之困难情况，部队士气受极大影响。锦州至山海关以西地区土匪甚多，少数人无法通行，战场极坏。而顽已占锦，直起沈、长。在上述情况下，我提议我军应暂不参加主力战，进行短期休整，恢复体力，再行作战。并以一部主力占中小城市，建立乡村根据地，作长期斗争之准备。我与林彭罗初见面，特向你提议。是否有当，希考虑。

11月29日，毛泽东即复电黄克诚，要黄克诚直接向东北局请示和提出建议。中央军委也电告黄：关于你部编制、干部配备与活动地区和作战意见等，你均可与林彪坦白商谈，并由你与林向中央提出意见解决。毛泽东是最讲军事民主的，以上回电使黄克诚的担心减轻了许多。然而，此时由于通讯工具缺乏，黄克诚和林彪一下子还联络不上。

而林彪又在干什么呢？此时林彪正在指挥手头上能掌握的老部队梁兴初师前往高桥，按照毛泽东的部署准备由侧面打杜聿明一下。在此次战斗中，林彪一下子切断了蒋军13军一部的后路，击溃了其13军第89师主力。此举令杜聿明惊慌不已，林彪到底要搞什么名堂？然而，令其不解的是，林彪打了一阵子就主动撤走了。至此，杜聿明悬着的一颗心才算放了下来。蒋介石得悉后着实吃惊，他也知道林彪的厉害，于是严令没有他的手令，不得继续前进。杜聿明则考虑为避免孤军深入，就势在锦州休整了20余天。

林彪为何打了一下就停下来呢？

原来，林彪一直没有大功率的电台，因此发不出电报。在近一周的时间里，一份电报也发不出去。直到12月3日，才找到一部能用的电台，与中共中央及左右取得了联系。他在12月3日的电文中揭开了为何打了一下就停下来了的"谜底"。该电曰：敌25日攻占锦州，该日我梁师始赶到江家屯以东15公里，黄师主力到达江家屯，江家屯距锦州约50公里，其一个旅尚距江家屯三日行程。我因对敌情不明，故继续向高桥、塔山前进。于27日占高桥、塔山，却扑了个空。旋即分三路向锦州西北追击前进，于30日黄昏到达大茂堡一带，得知敌一个师在锦州以北15公里一带，当即决定次日攻击。但次日战斗，因有的部队未收到电报，故兵力未能照计划赶到参战。只有不到4个团的兵力参加了战斗，在战场上又缺乏电话联络，不能配合攻击，仅将敌给予打击，未能解决战斗。次日因顾虑锦州增援，故脱离敌人。

而黄克诚这方面，自到达江家屯地区后，与东北局和林彪都联系不上，便决定执行原命令准备与国民党军交手。他带领各旅干部视察战地时，巧遇了林彪派来与他联系的李天佑。黄、李见面后，黄克诚才得知中共中央已任命林彪为东北人民自治军总司令的消息，而且现在林彪离自己仅有10公里路程。黄克诚立即同李天佑去见林彪。

当林彪看到黄克诚后，心里自然高兴，两人立即互通了意见。黄克诚对林彪说，部队现在的状况不宜进行大规模作战，我们是疲惫之师，且无根据地作依托；而敌人是乘坐轮船来的精锐之师。"策疲乏之兵，当新羁之马"，是不可取的。当前最重要的是建立后方，以站稳脚跟，逐渐发展壮大自己，以期将来同国民党军队进行决战。

林彪立即采纳了黄克诚的意见，他与黄克诚是英雄所见略同，决定放弃锦州大反击计划，而命令部队转移到义县、阜新一线，做发动群众的工作。

后来彭真回忆说，11月12日，林彪接受黄克诚的建议，从辽西打电报给中央、东北局，提出：目前我军应避免被敌各个击破，应避免仓皇应战，应准备放弃锦州以北二三百里，让敌拉长分散后，再选弱点突击。彭真、罗荣桓等同意了这个意见，并报中央批准。

> 抗战时期，时任八路军115师政治部副主任兼343旅政委的萧华（左）与时任343旅代旅长的李天佑合影。

❶ 我军某部缴获的敌坦克。

❷ 我军跨过铁路线向前挺进。
❸ 我军某部阵地。
❹ 我军炮兵部队通过黄泛区。
❺ 敌大批官兵向我军投诚。

杜聿明

（时任国民党东北保安司令）

（1945年11月）16日拂晓，正式开始向（山海关）解放军进攻，炮火连天。

打到7时左右，第13军右翼主攻之第4师仍在原地未动。石觉（第13军军长）对我说："共军顽强异常，打到现在，阵地屹然未动。"我约石觉同到铁路以南炮兵阵地视察，见山海关以南阵地上仅有少数机枪掩体，并无火力射出，乃督促第一线部队前进。他们说，敌人机枪掩体未打毁，不能发起冲锋。我令第4师右翼之1团应不失时机抢渡沙河发起冲锋。在该团渡河时，解放军阵地上只有少数枪声，经我军掩护渡河的机枪炮火压制，解放军的机枪即停止射击。右翼团安全渡河攻进解放军阵地，这时始发现解放军主力早已撤退。

进入锦州的当晚（11月26日），解放军主力第1师、第3师已到达高桥附近，截断我军后路，北面千军寨附近，解放军也开始反攻。

我军一时仓促应战：一面令第13军（欠第54师）固守锦州，一面令第54师回师南下……南北夹击解放军。在高桥附近的解放军经过一度激战，即自行撤退。而向千军寨附近反攻的解放军已将第89师主力击溃，千军寨附近我军的主要阵地大部失守，第13军军长及第89师师长先后告急。在这千钧一发之际，北路解放军开始北撤，国民党军这才免于被歼。

——摘自：杜聿明《国民党破坏和平进攻东北始末》

★★★★★

李运昌

(时任八路军冀热辽军区司令员)

(1945年) 10月下旬，国民党军集中先遣部队13军和52军7万人，从秦皇岛（该港由美军防守），先占我海阳镇。10月25日开始，向我山海关守军发起小规模进攻。此时，我守山海关部队为冀热辽第19旅2个团和第22旅1个团。10月28日，美军数十人和国民党军官1人，分乘数辆汽车，向我山海关守军挑衅。在19旅旅长张鹤鸣指挥下，我守军坚决予以痛击……从11月8日到16日，敌以7万人的兵力向山海关九门口正面进攻，激战多次均被我军击退，乃以3个团出城子峪口，迂回山海关和九门口侧后，企图包围我军。

我因兵力不足，无预备队阻击敌人，在敌众我寡的不利形势下，不得已于11月16日撤出山海关。

——摘自：李运昌《忆冀热辽部队挺进东北》

第五章

哗变，“吃一堑长一智”

∧ 向东北进军的冀热辽部队。

山海关炮声一响，形势立即发生变化。千里马也有失蹄时，“达瓦里西”翻脸。
“招兵买马”风波，叛乱之风四起。
“新兵新枪，老兵老枪”，客观存在的实际情况。

1. 苏军阴晴不定

1945年11月山海关护关之战后，对我党在东北的全局产生了不利的连锁反应，原先有利的局面发生逆转。当国民党军占领锦州后我东北人民自治军于11月27日向锦西与锦州间的高桥、塔山一线出击。12月1日，黄3师对进至锦州以北上下齐台的国民党第13军第89师发起攻击，由于没有形成绝对优势兵力，再加敌情不清，战斗部署缺乏重点，没有切断敌军退路，结果打成击溃仗。同时，攻击队形密集，自己伤亡较大。至晚撤出战斗，向义县、阜新一带转移。之后，国民党军向北镇、黑山、义县、阜新猛扑，东北人民自治军各城守备部队经节节抗击后，全线北撤。

除此之外，来自国际和国内各方面的压力也很大，这就迫使中共中央和东北局对东北的战略方针和策略进行重新估价和全盘思考。

回顾东北9月以来的历史可以看到，1945年9至10月，中共领导的八路军、新四军一部分陆续进入东北。这时，东北广大地区尚无国民党军队，形势极为有利。这一阶段，中共中央由开始的分散配置方针转为集中配置方针的目的是控制全东北，并取得了相当乐观的成绩。来自关内各个根据地的八路军新四军部队和干部一批批进入黑土地，分散到东北一些城市和乡村开展建军、建政工作。自从彭真等领导人在沈阳建立了东北局领导机构后，苏联态度也一直良好，表面上维护中立，暗地里支持八路军活动。为此，彭真还在10月4日向中共中央专门发电告知：某方已下最后决心，大开前门，此间家务全部交我，指的就是苏军对我态度。如果照此发展，东北很快就能由中共完全掌握。然而，俗语讲得好，千里马也有失蹄的时候。在复杂多变的局势之下，有工作方面的失误，但有些突发事件也是难以预料和避免的。

中共中央从全局的高度于10月2日，告诫东北局，还要注意的问题是：在复杂情况和任务中，你们不可疏忽任何一个方面。南满是重要的，北满决不可忽视；武器资材是重要的，城市群众运动决不可忽视。望你们派人到北满去传达党的方针政策，在适当的地区，召集适应的会议，建立你们对他们的领导关系。发动和组织群众，再进而引导他们走上武装斗争，如此才能造成组织武装及和国民党进行政治斗争的广大基础。

对此，东北局执行得很好，并于10月3日提出了“在满洲之东、西、北方面，分兵去接收政权，发动群众，发展武装，创造根据地，并建设兵工厂。以便在不利形势下，能依据有利阵地、与国民党进行长期的斗争。”可以说，这一做法是相当高明的，此举如果经营得好，将为支持整个东北发挥不可估量的作用。

由于有了以上正确指导，先后到达东北的干部和军队，被派往不同的地区和大中小城市开展工作。国民党把东北划分为9个小省，东北的中共组织也是照此办理，以9省为区划，建立中共省级工作委员会。

各解放区进入东北的部队，在东北人民自治军总部的统一组织与指挥下，迅速进行了整编和扩编。

在整编和扩编中，晋察冀军区部队先后扩编成第19、第21、第22、第23、第24旅及1个支队，归冀热辽军区调进东北的第16军分区指挥。11月，第19旅调归山东进入东北的第7师指挥。后来，冀热辽军区在锦州编成的第22旅与冀中军区调入东北的1个团，陕甘宁边区调入东北的警备旅2个团，教2旅1个团，八路军总部1个团合编成第22、第27、第30旅和炮兵混成旅，统由李运昌领导的临时前线司令部指挥。由冀热辽军区、晋绥军区和陕甘宁边区调入东北的各1个团，扩编组成保安第1、第2、第3旅，归属在沈阳成立的辽宁保安司令部指挥。山东军区调入的第5师2个团、第6师3个团和警备第3旅扩编成第2、第3纵队。由黄永胜带来的教2旅第1团，编入冀热辽军区序列。山东军区机关部分干部到达沈阳后，编入东北人民自治军总部。渤海军区调入东北的刘其人部2个团另1个支队，于11月编成热河纵队第1旅。晋冀鲁豫军区调入的1个团扩编为第25旅。

12月，东满临时指挥部改编为辽东军区。其他到东北的部队，原番号保持不变。

12月3日，彭真、罗荣桓依据部队整编和扩编以及部队实力、分布，向中共中央报告东北我军实力及分布状况……3师黄克诚部2.8万人，1师梁兴初部7,000人，分布在锦州西北地区……杨国夫之7师7,000余人，位于1、3师西南地区……文年生、沙克、黄永胜各部与运昌合编后共有3万人，分布于北票、义县以南、沟帮子（广宁南60里）以西凌河之线阻击敌人。吴克华之第6师原有7,000人，现发展到1.7万人，分布于海城、营口一带。萧华所率山东第3纵队原有5,000人，现发展到5万人，分布于庄河、安东、辑安、通化一带。程世才率冀热辽16分区之21旅、23旅共2万人，分布于辽阳、鞍山、抚顺、本溪一带。359旅原有4,000人，现已发展至8,000人，及赵承金旅2,500人，现在抚顺地区。沈阳保安第3旅3,000人，在沈阳、抚顺之间剿匪。

> 刘其人，1955 年被授予少将军衔。

刘其人

山东荣城人。抗日战争时期，任山东沂蒙地区抗日游击队营政治教导员，八路军山东纵队第四支队2团政治处主任，山东纵队后方政治部主任，渤海军区副政治委员等职。解放战争时期，任东北人民自治军第 7 师政治委员，东北军政大学上级干部大队政治委员，东北军政大学政治部主任等职。

V 东北人民自治军进驻东北后，广泛发动群众，组建人民武装。图为黑龙江省阿城民兵举行检阅大会。

炮兵旅5,000余人，亦在抚顺。罗华生率山东第2师7,000人，邓克明率25旅即原冀鲁豫之21团4,000人及沈阳保安第1旅3,000人，均分布于黑山、北镇、新立屯一带。程世才16分区之24旅、马骥部5,000人及辽北军区倪志亮部5,000人，分布于四平街、铁岭以西、康平、法库、通辽一带。万毅部1万人以上分布于清原、海龙、梅河口、盘石、吉林一带。周保中建立的部队及由南面派去的基干部队共2万余人，分布于长春周围。王友、聂鹤亭部队1.3万余人，分布于哈尔滨周围。刘锡五部3,600人，分布于齐齐哈尔及其周围地区。孙光部2,000人，分布于佳木斯及周围地区。总部直属队司、政警卫团约2,400人，在本溪以南……后勤部、供给部、卫生部与炮兵学校、教导团约3,500余人……其他地方武装不明，仅据辽宁省工委报告，辽宁即有1万以上，此外海伦地区及牡丹江地区有新发展部队各2,000，延吉地区有新发展部队1万，其详情尚不明……

以上分散在东北各地的部队和干部，其中大多数分布在西满地区。由于力量的分布和各自的经营发展不平衡，有些地区还谈不上进行有效的控制。

这一时期，中共与苏军关系很好，也比较放得开，不太受中苏协定的约束，苏方日常公开支持东北局的工作，并定于11月20日撤退苏军。然而，山海关炮声一响，形势立即发生变化。11月以后，国民党一面派重兵进攻东北解放区，相继攻占山海关至锦州一线，一面向苏联政府发动外交攻势。11月10日，苏军同意国民党空运部队接收长春、沈阳、哈尔滨等城市；还同意国民党关于延缓苏军11月底撤退时间，以及苏军驻区内非法武装予以解除的要求。并立即从表面上拉开了与中共方面的距离。11月10日，苏方通知东北局：他们准备在撤退的前5天允许国民党军在沈阳、长春等大城市空降，并让国民党来接收各大城市。彭真了解到这一情况后，于11日急电中央请求向斯大林交涉。13日，毛泽东回电：11日电悉。友人方针已定，恐难改变，此间亦不好交涉。如友人方针不能改变，我们应服从总的利益，立即重新部署力量，适应新形势。

至于如何部署东北工作，中共中央11月15日给东北局的指示是：一面照顾友方信用，同时准备坚决消灭蒋的顽军在沈、长、哈三处着陆部队，夺取三大城市。其中最有决定意义的是沈阳城。

中共中央的电示并没有让东北局让出沈阳，彭真当然不能让出沈阳。于是东北局继续在沈阳城里召开东北人民代表会议。谁知仅开了一天，苏军就闯了进来，告诉正在主持会议的林枫，要东北局立刻搬出去，并令会议代表马上解散。林枫作为东北局高级领导干部，十分严肃地批评了苏军代表的粗暴做法。但大会显然不能再开下去了。

次日，彭真、伍修权亲自到苏军沈阳卫戍司令部交涉，苏军完全变了脸。据伍修权回忆说：苏联对我态度为何如同孩子脸“晴雨”多变呢？其主要原因是蒋介石政府施压的结果，此外也是斯大林出于对苏联在华利益考虑所致。自抗战胜利后，东北接收大员熊式辉、蒋经国到达长春后，接收一直不顺利。蒋军究竟是从海上还是从空中进入东北，苏军一直故意拖着不答复。

> 刘居英，1955年被授予少将军衔。

刘居英 

吉林长春人。土地革命战争时期，任中共豫西特派员，中共东北特委组织委员。抗日战争时期，任山东抗日游击队第四支队1团政治委员，中共中央山东分局社会部部长，山东省政府秘书长等职。解放战争时期，任长春市市长，吉林省政府秘书长，东北民主联军吉黑支队政治委员，东满军区兵站司令员，东北铁路总局第一副总局长等职。

至11月中旬后，共产党和八路军在长春撤换了伪满市长曹肇元，换了中共党员刘居英接替。后来还任命张庆和为市公安局局长，长春城里的守备部队也换成了八路军担任。当时就连长春国民党东北行营驻地满炭大楼周围都贴上了“国民党行营滚回去”的大字标语。国民党接收官员们一个个担心成为八路军的俘虏。当蒋经国将这些情报向蒋介石汇报后，蒋介石只有通过国民党政府外交部急电苏联政府，进行外交交涉。莫斯科继续行使外交手腕，答复国民党政府外交部的是：斯大林目前不在莫斯科，要等他回来才能处理。在无可奈何之下，蒋介石下令熊式辉将东北行营撤至山海关再说。11月16日，东北行营400余人乘飞机离开长春暂迁山海关。至此，国民党第一次接收东北草草收场了。

> 抗战时期，晋察冀军区司令员聂荣臻（左）与晋绥军区司令员吕正操合影。

蒋介石此招也算厉害，反而使斯大林大为紧张，为了苏联在东北的利益，斯大林最终向蒋介石作了让步。他复电蒋介石，请国民党政府派代表来莫斯科会谈，并通过外交途径，重申了对国民党政府的支持。正因为如此，苏军驻东北的统帅们才态度一下子转变得那么快了。

11月中旬以后，苏军开始在长春和沈阳驱逐我党机关和部队。并撤了刘居英的长春市长一职，又将伪满市长曹肇元请了回来。苏方虽然是在“演戏”，但是他们这样做却大大地伤害了我党东北局的感情。

2.“招兵买马”风波

随着国民党军加紧调兵遣将，以及东北日趋紧张的斗争形势，加之扩军中指导思想有偏差，放松了政治质量原则的要求，因此，从10月初开始新扩建的部队即不断发生哗变。

从东北局和东总的往来电报中能看出。10月8日，以彭真等人名义有个通报说，沈阳收编之两团伪军，在运昌部撤出城时，于2日哗变……

11月25日，彭真、罗荣桓、林枫等带领东北局机关撤出沈阳，移师到本溪。李富春、吕正操、张平化组成东北局西满分局至抚顺；陶铸、邓华带领辽宁省委和军区去法库。由于走得太急，甚至一些该撤的单位都没有通知到。随着中共的撤出，沈阳城里的国民党地下军和原伪满官员、军人、警察乘机大肆活动，一哄而上，冲击中共党政机关驻地，追杀中共党员和八路军干部。

暗藏的国民党特务和地下军造谣惑众，四处活动；原伪满人员和汉

吕正操 

辽宁海城人。土地革命战争时期，任东北武装抗日救亡先锋队总队长。抗日战争时期，任冀中人民自卫军司令员，八路军第3纵队司令员兼冀中行署主任，冀中区总指挥部副总指挥，晋绥军区司令员，中共中央晋绥分局委员。解放战争时期，任东北民主联军副总司令员，东北人民政府铁道部部长，中共中央东北局委员，军委铁道部副部长等。

奸也公开倒向国民党，只要是身穿八路军灰棉衣的干部便成了他们的袭击对象。他们在大白天的大路上向中共委任的辽宁省主席张学思的汽车扔手榴弹。中共在城市活动的一些公安局长、区委书记等的生命安全都受到了极大的威胁。

彭真得知这一情况后，于11月28日向我党中央作了报告。报告指出：我们25日退出沈阳，此间国特即有数处骚动，并有数处警察反叛我们。接着苏军即大举肃清潜伏反动武装，闻搜捕之人甚多。

由于苏联红军的着力维持，才平息了这股叛乱。

与此同时，长春铁路沿线的大中城市也掀起了一股叛乱浪潮。被我收编或留用的伪满人员、土匪、旧军人纷纷倒戈。各地新组建的部队和保安部队整连、整团地哗变。刚刚建立的中共省委、县委和地方政府遭受严重破坏，一些干部被叛乱分子杀害，国民党特务反共气焰十分嚣张。

11月19日，苏军强迫中共人员撤离长春，造成周保中、张启龙、伍晋南等与吉林省工委干部到处迁移，无法正常指挥下级党政军机关和部队。相反，国民党地下军却组织起了什么“吉林省党部”和“东北党务专员办事处”，与中共组织公开对抗并四处发展党员，网罗日伪，收编土匪。在几天内，桦甸、农安、德惠、榆树、舒兰等县都出现了国民党的县党部。周保中等收编的原伪满地方武装绝大部分叛变了。农安县独立团一部500人叛变。原地方武装九台数百人，怀德上千人，范家屯600人，敦化8个大队中的七个半，只有一个朝鲜族中队没出问题。榆树、舒兰、安图、蛟河等保安队，也都先后叛变。叛军多达9,000多人，拖走枪枝在5,000以上。这是我党在吉林工作的一大损失。

哈尔滨的形势也出现逆转。李兆麟等抗联干部一直在此坚持工作，同年11月16日陈云来到哈市主持工作，接着张闻天、高岗也来到这里坐镇。但是苏军于11月17日命令中共党政军机关必须于23日前退出哈市。在不得已的情况下，陈云、高岗只得撤出哈尔滨。当时，陈云手上仅掌握1,500人的老部队和60个干部，处境十分危险，县级党政机关遭受很大损失。东北局老人张秀山回忆说，为防止土匪突然袭击，当时许多同志经常是抱着枪支，轮流坐班或和衣枕戈待旦。

佳木斯、牡丹江一带的合江省范围内敌情更加严重。原抗联武装

∧ 盘踞在牡丹江地区的土匪头子谢文东被我军部队活捉。

收编的部队到了11月共达8,000人。其中土匪头目孙荣久被委任为勃、宝、林三县司令；谢文东被委任为富、绥、同3县司令，其余小股土匪被收编的为数也不少。而作为中共三江军区司令的孙景宇手中只有1个特务团、1个新兵团和两个县大队，总计才2,000人。随着形势的变化，到了12月初，谢文东被国民党特务委任为上将司令，这些被收编的部队大肆叛变，疯狂杀害我党干部。整个合江省叛变武装达5,000多人。李华堂、谢文东、孙荣久、张雨新、刘山东等大小十余股土匪很快发展到上万人，加上各地地主武装"大排队"总数约在两万左右，成为中共在合江地区的凶恶敌人。这些叛变武装有的大白天敢于冲入佳木斯政府杀害中共副市长；有的敢于攻击牡丹江军区司令部大门；有的敢于伏击八路军的列车；其猖獗程度达到了顶点。11月底，东北局为加强合江军事工作，派方强去主持大局，为进入佳木斯市区，方强只能化装成老百姓冒险通过土匪盘踞的勃利县，才到达佳木斯。

陈　光 

湖南宜章人。土地革命战争时期，任中国工农革命军第4军10师29团连长，红4军1纵队大队长、营长、第10师参谋长、师长，少共国际师师长，红一军团第2师师长，中华苏维埃共和国中央执行委员等。抗日战争时期，任八路军第115师343旅旅长、第115师代理师长等职。解放战争时期，任东北民主联军第6纵队司令员，松江军区司令员，第四野战军副参谋长等职。

此外，齐齐哈尔形势也非常严峻。该市原为中共嫩江省委和军区所在地。11月中旬，当嫩江省委、军区和警备旅撤离后，国民党组织伪满警察和各县地主武装成立"光复军"，人数竟达1.8万人，还配有装甲车、重炮等装备。该匪所到之处尽占原中共掌握的县城，杀害八路军营团干部，成为中共的凶恶敌人。

12月7日，我自治军部队部分指挥员周、张、伍电告林、彭、罗。说，20天来我部先后哗变6,000余人，约5,000枪。被匪消灭1,500人，现剩下的2.5万人中，较可靠的仅1.9万人，失掉县城三个。

12月20日，周、张、伍再报林、彭、罗，说，长春西面国匪猖狂已将我长岭、怀德、乾安占领，损失4个步兵整连，牺牲一个政委傅根深；近10天来新部队先后哗变2,600人，枪近2,000。

12月29日，陈云、高岗致电东北局并转中共中央，指出：……黑龙江、嫩江、松江、合江、牡丹江……总计北满数字上有4.4万人，枪3.9万，存枪5,000支，但可靠者只有1.1万，其余3.3万不可靠……

在这份电报中陈云、高岗还指出，这些“招兵买马”来的部队不可靠的原因是：首领与国民党勾结；许多是旧公安队改编委任派来的；新兵觉悟低，易被反动分子拖去，干部又少。据此，陈云和高岗估计：如此大量不可靠部队，将来定成后患。事情的发展证实了陈、高的预见。

自治军将领倪、郭于12月30日致电东北局并吕正操、李运昌，电文说，怀德30团于本月13日两天内全部叛变，团江政委幸免逃回。16日黑林子镇部队3个营继之叛变，叛变武装将怀德库存的轻重机枪百余挺弹药物资甚多，全部抢走殊堪痛惜。

据东北军区编辑的《东北三年解放战争军事资料》统计，1945年12月底至1946年1月初，仅10天左右，先后叛变者有：吉林1.2万人，合江5,000人，龙江约3,000余人，牡丹江3,000人，松江1万人，辽北3,000余人，嫩江3,000余人，先后叛变共约4万余人。

在血的教训面前，东北局各级领导成员先后有了清楚的认识。为此，东北局在12月13日即向东北各级党政军领导和机关发布警惕敌内奸政策的指示说,反动分子因无合法地位又怕引起外交纠纷，到处采取内奸政策，特别打入我军内部组织成部队请我收编，一面待机叛变，一面故意破坏我军纪律，破坏我与民众关系，故敌称此种政策为挖底政策。

据陈光同志电，敌占锦州后，盘山县大队沟帮子区队30旅60团两个连叛变投敌，并有一个连溃散，我军数日内则损失人枪500余。为了防止上述事件发生，对于所有武装详加检查，见不可靠者应迅速分居，与老部队合编，或由老部队或党政机关迅速予以洗刷、整理，或坚决解决之。

12月18日，北满分局领导人李运昌、吕正操在给东北局并中央的电报中，也指出了导致扩充部队叛变的内外原因，北满各省新部队，不断发生整连整营整团的哗变，证明国民党的军警特务混进部队，不少成批或合股来的首领是动摇分子，各省必须立即进行清洗坏分子，适当处理动摇分子，团结与培养新干部，纠正不择对象扩兵愈多愈好来计算成绩的想法，立即停止以委任地方武装作为我们扩兵的办法，并明令禁止野心家收编民枪，摊派款项。在新部队中则表现为军阀主义倾向，单纯的军事观点，兵多官大的坏思想，乱抓物资乱打兵，不集中，不统一，不听命令，违反政策，放松了纪律，脱离人民，脱离部队的土匪主义倾向也因之产生。

12月23日，北满分局在致东北局、中共中共的电报中，对此问题的认识也是十分深刻的。该电指出：委任地主组织武装是完全错误的。各满各县委任地主分子组织变相搭派的保安队，证明完全错误，实际上增加了许多国民党武装，增加了我们许多敌人，应立即以明令禁止野心家组织武装，私缴民枪，摊派粮款……对我们委了的，或地主已经组织的地主保安队，则给其限制，并使其不积极协助匪，又因为地主武装多，我们又是新部队，不宜简单缴枪而多树敌人，解决地主武装的根本办法，是在农民斗争中将它变成农民武装，但不能粗暴，必须精细研究办法。委任地主分子，组织保安队的根本原因，在于目前北满许多干部思想方法中存在着一种错误，不是实事求地认清现实而是把今天的东北看成抗战初期的敌后，机械地搬运经验，未认清抗战初期的敌后与今日东北带根本性质的区别，前者是日本打进来，后者是日本被赶出，再加中苏条约规定，苏军将撤，国民党将来，因此人民情绪不是斗争，而是求安，人民对国党国军不是失望而是幻想；人民对我党我军，不认为是靠山，而是冷待旁观，人民这种情绪与态度是暂时的，我们工作深入后一定会起变化的，但目前便利国民党，增加我们的困难……

总之，"招兵买马"的风波使初入东北的中共部队付出了惨痛的代价，教训是沉重的。但也使东北局各级领导成员在扩军问题上吃一堑长一智，为后来建设强大的东北人民武装摸索了经验。

3. 新兵新枪，老兵老枪

进入东北的部队一个奇怪的现象："新兵新枪，老兵老枪"。这是怎么形成的呢？

进入东北之前，由于各解放区部队均打算一到目的地即接收日伪武器装备来武装自己，因而各自出发时，并未齐装满员上路。最典型的是从陕北来东北的第359旅。由于当时部队中流传着"东北遍地是物资，枪炮要多少有多少"的说法，所以第359旅在轻装的时候，也轻到家了，将稍重一些的火器都大大方方地留给了当地的军分区部队。其中一部分轻武器在途经河北邢台时又送给了冀中军区的一些地方部队。当10月下旬，第359旅到达河北玉田时，每班只剩下一支枪，还是用来站哨用的。

故后续部队与最早出关的冀热辽部队的武器装备相比较，有一定差距。因此，当时流传着"新兵新枪，老兵老枪"的说法。即冀热辽部队在东北发展起来的新部队都使用的是新枪好枪，而后进入东北的其他解放区出关的部队都使用的是老枪或没有枪。

对此，中共中央、东北局十分重视，彭真、罗荣桓、程子华以及李运昌等做了许多工作。

∧ 抗战时期，时任冀中军区政治委员的程子华。抗战胜利后出任中共冀热辽分局书记。

为了尽快解决好这一问题，彭真、罗荣桓以及林彪于1945年11月19日电示李运昌、文年生和沙克：……应将新部队的机枪，立即动员暂时交给老部队使用，以便消灭敌人。

时隔一日，11月20日12时，林彪又致电彭真、罗荣桓，指出：……为使老部队能立即补充武器可规定陈、唐部，每连只留3挺机枪，其余的转给老部队用。

1945年11月下旬，陆续进入东北的各解放区挺进部队领导人鉴于装备的严重不足问题，开始纷纷致电东北局和中共中央反映情况。

∧ 赵尔陆，1955 年被授予上将军衔。

赵尔陆 

山西崞县（今原平县）人。土地革命战争时期，任中央苏区红 1 纵队教导队党代表、第二支队支队长，红 4 军第 29 团团长，红 4 军军需处处长，红一军团供给部部长，前敌指挥部供给部部长等职。抗日战争时期，任八路军总供给部部长，晋察冀军区第2军分区司令员兼政治委员等职。解放战争时期，任冀晋纵队司令员兼政治委员，第四野战军第二参谋长等职。

11月21日，中共中央和东北局接到反映：新入东北的黄寿发部只有1/5步枪，自动火器、掷弹筒、步炮等全无；刘其人部亦缺1/3步枪及大半轻重机枪，赵尔陆部反攻以来即无大的缴获，步枪大多破旧不能用，此次经怀来已放下许多，全部需补充上。新兵只能组织地方兵团也缺少武器，此外军区教导师一个人一条枪也没有，第2野战兵团组织以来有名无实，赵尔陆部力量不大，刘道生部抽不出来实无法担任较大的作战任务，因此请东北速送一批武器到承德或令李运昌同志将扣留送承德的武器如数发还。

11月23日，程子华也发现这一情况，致电东北局：……刘其人部枪支不足半数，且属本地造杂枪，从山东出发时，有的动员来背新武器的，故现在情绪不大好，需补充武器才能作战……

12月间，程子华再次致电东北局彭真、罗荣桓、伍修权，汇报了由各解放区至热河的部队的兵力情况，热河现有兵力：热河纵队8个团1万人，武器2、3旅较好，1旅刘其人部较差。赵尔陆部4个团约7,000人武器都是老枪，轻机枪平均每连两挺，无炮。黄寿发部5个团1万人，但大部徒手，只拿上2,400支步枪，1/3老枪、25挺机枪。杨、苏部10个团1.5万人，到冀东有1.32万人，武器较好，但出发时以北上改善装备为动员，因此步枪放下1/3，机枪放下百余挺，迫击炮放下一门，山炮全部放下。

黄3师的兵力最大，但十多天过去了，缺粮草缺枪弹的情况更加严重。

东北局拨给的伙食费，支持不了几天。更要命的是根据东北局计划拨补入关老部队的武器，黄3师只得到了很少一些，远不够装备部队。为此，12月17日，黄克诚又给中央军委发了电报，直言了目前的困难。电文说：3师、梁师全部已休息10天，除部分部队外，疲劳大体恢复。惟部队因遇各种困难不能解决，情绪不高。因持久方针未定，临时救急，干部感觉苦闷，落后分子则表现悲观。杨国夫部发生严重逃亡，且有下级干部与成班带枪逃走的现象，该师由山东出发到锦西，逃亡已达30%以上。3师与梁师则稍好，除怪话外，尚无大批逃亡。现正进行建立根据地，提高胜利信心的教育工作。3师出发到东北已一月，仅领到满洲伪币200万元，够伙食16天之用。一切经费均停发，对人民强迫使用500元、100元的大边币，造成物价飞涨，商店关门。粮食除一部分吃日本存粮外，其余到一处吃一处吃空烧尽，有如蝗虫，人民怨声载道。因整个部队情况混乱；地区未划定；火车被破坏；乡村被匪割据；各地部队各自为政，无法统一支配。故虽有粮食，仍感严重之恐慌。日侨与炭矿工人铁路工人均无粮吃，不少当乞丐和饿死。部队则到处征饷。部队武器仅补充步枪1,200支，轻重机枪44挺，山炮10门，野炮4万，尚不能补足。沿途留下之武器，且多破缺不全，为新部队丢下不用者。杨师、梁师稍多一点。干部战士对新部队装备完善，老部队破破烂烂，极不满意。

黄克诚如此尖锐地提出了东北部队中确实存在的“新兵新枪，老兵老枪”的问题后，令中共中央领导人十分为难。大敌当前，出现些偏差在所难免，需要靠细致的工作加以解决，如果处理不当，会引起东北新老部队的矛盾激化，于大局无益。因此，12月20日，刘少奇在中央关于必须注意与先去东北之部队及地方干部团结问题给黄克诚的指示中，从团结的角度谈了自己对这一问题的看法。

电文中说，你处的混乱现象是由于尚未建立统一领导中心、统一部署工作而导致。中央本日已有决定告诉你们，望迅速执行。关于建立根据地你是有经验的，望你就全盘工作提出部署的意见，并取得林彪、运昌及分局同意后执行之。来电说新

< 1945，曾克林（中）率部进军东北后，与罗荣桓（右二）、萧华（左一）等领导合影。

部队装备好，老部队破破烂烂，干部战士极不满，这是不对的。这将引起新老部队的隔膜。只有由于先到满洲的同志组织了新部队，才把这些武器拿起来，否则就被土匪或顽军拿去，因此他们对党有功；你们因为后到，暂时还少补充，以后还得补充及新老部队之武器的调剂的，这种不满必须切实解释。你必须告诫干部对先到东北工作的干部及部队和本地干部，如李运昌等，采取热情的团结的态度，在工作上引导他们，对他们少批评多建议，然后才能很好团结。

东北局对上述情况也是清楚的。12月3日，彭真、罗荣桓在向中共中央通报东北兵力部署时，也提到过李运昌部、程世才部、万毅部经我们手获得较充足步、机枪之补充。吴克华部、萧华部也得到相当数目的补充。而梁1师、黄3师、罗2师及正进入

东北之山东曾国华部第3师均未得到补充。原运热河的1.2万支步枪，拟分发1、3师，他们尚未得到。

由于黄3师等主力将承担重大作战任务的确需要补充，中央也为此连电催促东北局解决矛盾，这使得东北局没有小视这一问题。

“新兵新枪，老兵老枪”毕竟是一个客观存在的实际问题。对此彭真坚持实事求是的态度，于12月23日致电李运昌，决定在冀热辽部队抽调被服支援新四军3师部队。电文曰，运昌同志：据来的同志谈，你直属各部被服武器补充已齐并言有储存的，后

> 曾国华，1955年被授予中将军衔。

曾国华

广东五华人。土地革命战争时期，任红一军团连长，红军东渡黄河突击队队长，红一军团5团团长等职。抗日战争时期，任八路军115师685团2营营长，挺进5支队支队长，115师教导2旅旅长，滨海军区6团团长，滨海军区参谋处代处长，山东军区教导团团长等职。解放战争时期，任东北民主联军第3纵队3师、7师师长，3纵队副司令员，东北军政大学教育长等职。

到老部队迄今未得适当补充，又王元运去的大批物资，克诚所得亦甚少，因此老部队情绪颇受影响，已引起部分不满；估计先到部队较充裕、后到部队较困难是必然的，此事如不妥为解决将影响作战、影响团结、影响大局，希你抓紧时间主动地积极地坚决采取有效办法，把各部所存物资抽出并动员干部战士发扬阶级友爱捐赠慰劳，首先解决他们的被服等。他们是南方来的本来就怕冷，应当十分重视。同时两军新会合，开始关系搞好彼此印象甚好，将来自易团结；开始关系不很好，将来麻烦甚多。要教育干部照顾大局，此事希复予注意。

12月30日，为进一步协调好整军、扩军中的统筹工作，彭真、罗荣桓、萧劲光还发出关于枪弹物资统一调配问题的指示，要求李运昌等指挥检查调剂。这个电文

是这样说的，未退出沈阳前一个极短时间，一周左右，我确曾控制大批物资如机器被服弹药等，除处理这批物资有缺点须检讨外曾用极大的注意转运。应首先补给西线，根据现存不完整材料运赴锦州方面的各种子弹达80万发，另七九子弹40万发在内，手榴弹约15万，皮帽鞋子各3万，大衣1万，棉裹腿10万；另有北面运去1.2万支步枪，机枪33挺；同时10月初尚抢运去很大一批物资。上述物资如能到达西来部队手中当可解决大部分困难。这批物资究竟如何分配，望李负责检查调剂；自离开沈阳并把物资西运后，总部已空无所有。因此便无法解决各方面向总部的要求，总部穷于应付。

奉彭、罗、萧30日电后，此时已任锦热地区政治委员的李运昌即着手调查了解情况，并将西运物资损失及分发情况，于12月30日向东北局作了报告，说：冀热辽部队挺进东北因近水楼台获先机扩军与收集物资较多，对外来部队本具满腔热忱，尽量补充，但因干部缺乏，加以情况变动常转移无可靠，部队守卫物资多有损失，自己未能随时抓紧清查督促，致老部队未获充分补充，新部队多有浪费，影响老部队情绪与团结，使我内心十分内疚，成为最大的遗憾；由叶柏及马三家子充锦的械弹物资在中途已被别人取用，部队押运到锦已非原数，又未及清查，当时山海关失守，文年生、黄永胜两部因为徒手，为应付战斗情况曾发步枪2,000余支，其他物资本来准备全补充，黄梁师后以该部队未到锦州已失，大批物资有7列车又运回朝阳北票，为人偷去私拿一部分，黄梁师赶到，在情况紧迫下，各部自己到仓库去取，部队游击习气重，秩序大乱，领多报少打埋伏现象更多；各方面组织不健全，阴差阳错事态很多，运输时接收物资又无清楚手续，很多事无检查考虑，使人着急。

李运昌的报告以及后来一些史料证实，进军东北时冀热辽部队得到的武器，除发给扩编部队外，还装备了各解放区陆续到达东北的老部队。其中16军分区部队还将一批军火运往鞍山、营口、安东等地，发给了进入东北的359旅和山东鲁中部队、胶东部队以及延安来的教1旅等部队。冀热辽军区在锦州掌握的武器，先后发给进入东北的冀中31团、延安教2旅、警1旅、山东2师、7师及新四军3师。同时萧华、曾克林等还根据东北局的指示，用船向山东龙口送去了一批武器、弹药，其中有500万发子弹、炮弹。

关于这一问题，聂荣臻在回忆中说明了事情发生的原委：由于出关部队完成任务出色，苏联红军对他们的态度很好，他们进入沈阳之初，苏军曾经把关东军的武器仓库交给他们看管。仓库里存放的武器，能装备几十万人。曾克林同志带领的部队，从仓库里取出一批武器，发给了扩编的部队使用。

曾克林同志到延安汇报工作时，讲了接收武器仓库的情况。党中央听了这个汇报后，曾经向各解放区发出通知，命令调往东北地区的部队，把武器留在原地，到东北重新发给武器。可是，当各解放区的部队陆续到达东北的时候，也就是在曾克林去延

> 曾克林，1955年被授予少将军衔。

曾克林 

江西兴国人。土地革命战争时期，任红三军团4师12团连政治指导员，红28军第3团参谋长等职。抗日战争时期，任平西挺进军司令部作教科科长，冀东军分区参谋长，冀热辽军区第16军分区司令员，沈阳卫戍司令部司令员等职。解放战争时期，任辽东军区副司令员，东北民主联军第3纵队司令员，第四野战军44军副军长等职。

安之后，苏联红军收回了武器仓库，等他们从延安回来，苏军的态度发生了变化，不仅收回了武器仓库。也不让他们驻在沈阳了。

为什么会出现这个问题呢？因为苏联和国民党政府订立了中苏友好同盟条约，蒋介石要对东北进行“行政接收”，苏联受条约的约束，对我们的态度就发生了变化。

武器仓库已被苏军收回，哪里还有武器发给兄弟部队？此事，使李运昌、曾克林同志受到很大的埋怨，其实，这件事不怪他们。

关于此事，作为当年东北人民自治军参谋长的伍修权在自己的回忆录里也有记述。他说，当时彭真同志任东北局第一书记，与苏方会谈都由我为他翻译，大约是第二或第三次接触时，苏军向我们提供了一个情况，说明沈阳附近有一个存放10多万支枪的武器仓库，可以移交给我军。这真是个好消息，我们听了很高兴，便迅速将情况报告了中央。中央马上命令山东部队和新四军3师黄克诚的部队，把自己原来的武器留在关内，迅速徒手出关到沈阳接收这些批新武器。谁知那时苏联害怕美国指责他们支持中共的八路军、新四军部队，怕担引起美苏关系恶化的罪名，两周以后又临时变卦，通知我们说那批武器要另行处理，不能给我们了。由于他们害怕美国，出尔反尔，弄得我们很被动，新枪没有到手，原来的枪又留下了，部队上下都埋怨，彭真和李运昌为此受到许多指责。

由于苏联的出尔反尔，使得出关部队受到了重重困难。

❶我炮兵等候上船渡河。

❷ 我军某部突击队战士背上手榴弹，随时准备打击敌人。
❸ 战役打响前，我参战部队整装待发。
❹ 我军正向敌军发起猛攻。
❺ 我军向大别山挺进途中。

毛泽东

（时任中共中央主席）

……应向干部说明，即使大城市和交通线归于国民党，东北形势对于我们仍然是有利的。

只要我们能够将发动群众，建立根据地的思想普及到一切干部和战士中去，动员一切力量，迅速从事建立根据地的伟大斗争，我们就能在东北和热河立住脚跟，并取得确定的胜利。

必须告诉干部，对于国民党势力切不可估计太低，也不可以为国民党将向东满和北满进攻，因而产生不耐心作艰苦工作的情绪。

这样说明时，当然不要使干部觉得国民党势力大得了不得，国民党的进攻是不能粉碎的。应当指出，国民党在东北没有深厚的有组织的基础，它的进攻是可以粉碎的，这就给我党以建立根据地的可能性。

但是，国民党军队现在正向热河边境进攻，如果没有受到打击，他们不久即将向东满和北满进攻。因此，我党必须人人下决心，从事最艰苦的工作，迅速发动群众，建立根据地。

在西满和热河，坚决地有计划地粉碎国民党的进攻。在东满和北满，则是迅速准备粉碎国民党进攻的条件。干部中一切不经过自己艰苦奋斗、流血流汗，而依靠意外便利、侥幸取胜的心理，必须扫除干净。

——摘自：毛泽东《建立巩固的东北根据地》

李运昌

(时任东北人民自治军第二副司令员)

……新兵大部分是矿工、工厂工人和有爱国思想的青年学生以及被俘人员和关内被抓到东北的劳工,同时也收编和加委了一部分伪满国兵和警察队。从(1945年)8月到11月,我冀热辽出关部队迅速发展为12个旅(内有2个炮兵旅)、2个支队、10个独立团,约10万余人。此外,在热河、辽西发展地方武装1万余人。在扩军过程中,由于我们扩充部队的心情过急,对改编的伪军审查不严,对国民党“先八路后中央”的阴谋缺乏警惕,致使后来出现了部分新部队叛变事件,牺牲了一批干部。这种情况,我们在东北局的正确领导下,通过整编,及时得到了纠正。

——摘自:李运昌《忆冀热辽部队挺进东北》

第六章

调整战略部署

∧ 苏军进驻中国东北期间与当地百姓联欢。

东北初战受挫，中央新的战略思想，“让开大路，占领两厢”。
要城市还是要乡村，建立巩固的东北根据地。
“新老部队合编”，东北人民自治军的曲折发展。

1.“让开大路，占领西厢”

山海关、锦州地区失守，中共中央东北局又被迫退出了沈阳，现在是前方国民党大军步步紧逼，后方特务、伪满分子、土匪四处破坏，形势极其严峻。从全国各解放区抽调来的10万军队和2万余干部向何处发展？还能否在东北最后站住脚？这都是急待我党中央和东北局作出正确选择并拿出解决危机的办法的。

东北初战遭受挫折，使中共中央和毛泽东意识到与国民党争夺东北这场斗争的严重性和长期性，意识到由于国共在东北的力量对比已发生变化，阻止国民党军队进入东北已无可能。至此，中共中央原拟从军事方面全部控制东北的条件已不存在。当此形势突变之际，苏联在美国及中国国民党政府压力之下，也不得不在外交上有所表示，执意要求我方退出东北的各大城市及主要交通线，让与国民党政府接管。

从11月下旬起，中共中央和东北局领导人逐渐改变战略，根据条件变化而重新布置东北的工作。

11月19日，苏联方面正式通知中国共产党：长春路沿线及城市全部交蒋，有红军之处不准中共与国民党军队作战，中共要退出铁路线若干里以外，以便国民党军能接收。斯大林的态度变化显然与国民党政府施加的外交压力有关，中共中央对此也十分清楚，但为了避免与苏军发生冲突，不得不表示服从苏方决定，并重新考虑中央在东北的策略方针。

有关沈阳苏军当局与中共中央东北局交涉的情况，当时在场的伍修权曾有一个回忆，谈了不少细节。他说：就在我们在东北开始站住脚并正待开展工作时，国民党军在美国支援下，从海陆空三路也相继涌来东北。蒋介石政府向苏军要求接管东北，由他们的军队进驻接管沈阳等地。苏联出于自己的政策需要，答应了他们的请求，就于当年12月正式通知我东北局，限令我党的机关及所属部队，在指定日期内全部撤出

< 苏共领导人斯大林。

> 时任东北民主联军副总司令的周保中。

周保中 

云南大理人。土地革命战争时期，任中国国民救国军总参议、前方总指挥部总参谋长，东北反日联合军第5军军长、军党委书记，中共满洲省委书记等职。抗日战争时期，任东北抗联第二路军总指挥，中共吉东省委书记等职。解放战争时期，任东北人民自卫军总司令兼政治委员，东北民主联军副总司令兼东满军区司令，吉林省政府主席，东北军区副司令员兼吉林军区司令员等职。

沈阳，将地方让给国民党政府及其军队。出面同我们会谈此事的是苏军驻沈阳的一个少将卫戍司令，此人级别有限，年纪不大，架子却不小，自以为是个将军就很了不起。其实并不会办外交，其简单粗鲁和傲慢态度，使我们十分反感。彭真同志和我听完他的话以后，尽量抑制住心头的不满，向他陈述了我们认为不能这样做的理由，委婉地请他从我党和我国人民利益出发，重新考虑自己的意见。哪知那位少将竟根本不听我们的解释，只强调他们已与国民党政府议定了，不容许我们讨价还价，必须遵从他们的决定。彭真同志依然耐心地说明我们的立场，请他向上转达我们的意见，他讲不出什么反驳的理由，竟无礼地嚷嚷道："要你们退出沈阳，这是上级的指示，如果你们不走。我就用坦克来赶你们走！"彭真同志一听也按捺不住了，抓住他的话责问道："一个共产党的军队，用坦克来打另一个共产党的军队，这倒是从来没有的事，能允许这样做吗？"我们都指出他的说法是错误的，大家毫不客气地吵了一架，闹得不欢而散。

11月20日，彭真、林彪、罗荣桓电告毛泽东、刘少奇等，指出：苏方提出长春路沿线及大城市全部交蒋，有苏军之处不准我与国民党军作战，如我军不撤，苏军将不惜武力驱散我军。

20日，对已在预料中的这一情况，刘少奇当机立断，致电东北局：彼方既如此决定，我们只有服从，长春路沿线及大城市让给蒋军，我们应做秘密工作布置。你们应根据新情况速作布置，东北局本身及林彪应靠西满联系热河，部队主力亦靠西边，罗荣桓、萧华及山东部队靠东面，成立东南满分局，另派部队及负责人如周保中到北满佳木斯、嫩江一带组北满分局。现仍在路上到东北的干部均在承德停止。大城市让出后应力求控制次要城市，站稳脚跟，准备和蒋军斗争。

3小时后，刘少奇又为中央拟稿复电东北局，决定改变自10月以来扼阻国民党军进入东北的方针，并照顾苏联外交，同意我方迅速退出大城市及铁路线以外。随电明确提出下一步的工作方针是：从大城市退出后，我们在东北与国民党的斗争，除开竭力巩固一切可能的战略要点外，主要当决定于东北人民的动向及我党我军与东北人民的密切联系。因此，你们在一切行动中，必须注意政策，给东北各阶层人民以好的影响。从城市退出应保持良好的纪律，除开我们所需要的物资机器可以撤走外，其他一切工厂、机器、建筑均不要破坏，这些工厂在将来若干年后，仍将归于我有，不怕暂时让给别人。……你们应迅速在东满、北满、西满建立巩固的基础，并加强热河、冀东的工作。应在洮南、赤峰建立后方，作长久打算，在业已建立秩序的地方，发动群众控制汉奸及减租运动。国民党将不能满足东北人民的要求，只要我能争取广大农村及许多中小城市，紧靠着人民，我们就能争取胜利。

这份重要文电内容，体现了中共中央关于让开主要交通线及大中城市，广占次要交通线及中小城市的新的战略思想。

两天后，刘少奇把这样的战略思想概括为八个字："让开大路，占领两厢。"

22日，他在为中央起草致重庆中共代表团电中指出：彭林电，苏军友方通知他们，长春路沿线及城市全部交蒋。我们已去电要他们服从彼方决定，速从城市及铁路沿线退出，让开大路，占领两厢。

这个电报是中共中央致电重庆中共谈判代表团周恩来等的一份重要文电，东北局彭真方面未收到此指示。

28日，中共中央就此问题电示东北局，进一步指出：近两个月来我在东北虽有极大发展，但我主力初到，且甚疲劳，不能进行决战；而国民党已乘虚突入，占领锦州，且将进占沈阳等地。又东北问题已引起中美苏严重的外交纠纷，苏联由于条约限制，长春铁路沿线各大城市将交蒋介石接收，我企图独占东北无此可能，但应力争我在东北之一定地位。长春铁路沿线及东北各大城市我应力求插足之外，东满、南满、北满、西满之广大乡村及中小城市与次要铁路，我应力求控制。目前你们应以控制长春路以外之中小城市、次要铁路及广大乡村为工作重心。在长春路沿线各大城市以及营口、锦州、吉林、龙江、安东等城市，则需准备被国民党军队占驻，我需作撤退准备，目前尽可能抓一把，并布置秘密工作及群众工作的基础，但工作重心不要放在这些城市中。东北局应本上述方针速作部署。但林彪在北宁路附近，罗、萧在东满均各须组织一支野战军，作为机动突击力量。

中央最后指出：上项具体部署，由东北局及林彪决定电告。上述几电内容，集中表明了中共中央对东北工作重心转移的果断决策，并且高度概括出这一重大战略方针调整的核心任务，这就为东北局在复杂的斗争形势下指明了正确发展的方向。

∧ 抗战时期，刘少奇（左）与周恩来在延安。

在这一段时间内，部分东北局领导人认为时机有利时，还可集中兵力，消灭国民党军，夺取大城市。有两个文件体现了这种观点。

11月29日，东北局做出关于今后新方针的指示精神，提出：目前我党已无独占东北之可能，必须改变计划。强调在过去的情况下，把工作重心放在南满及长春路沿线各大城市是正确的；现在由于情况变化，必须把工作重心放在沈阳至哈尔滨一线之长春路两侧的广大地区，以中小城市及次要铁路为中心，创造强大的根据地，面

< 抗战时期的刘少奇。抗战胜利后，主持中央工作的刘少奇代表中共中央就东北工作的发展方向问题多次致电东北局予以指示。

向沈阳、长春、哈尔滨等城市，以便在苏军撤退时与国民党争夺这些大城市。

12月5日，东北局给中央的复电中，仍坚持要夺取沈阳和长春。电报认为“除北宁作战部队外，我们拟集中3万至4万主力夺取沈阳，并集中2万主力威胁长春。”“如蒋军开到后，苏军即撤走。我即坚决争取消灭顽敌，先占领沈阳，再夺长春。”

东北局是11月4日撤至本溪的。在此之后，为统一思想，刘少奇就东北工作的发展方向问题，又连续5次致电东北局，指示他们在今冬明春“应集中力量发动农民减租，解决土地问题”，确立我们对国民党的优势；其中12月7日，刘少奇同意东北局5日复电的部署并重申了中央的战略方针。刘少奇再一次指出：第一由于目前国际条件不够，第二由于我在东北还有各种缺点，我企图独占东北，特别是独占东北一切大城市已经是肯定的不可能。因为苏联为了照顾与美国的关系，不能完全拒绝蒋军进入东北和接收大城市，我亦不可阻止蒋军进入东北。即使在苏军撤退后我们消灭进入东北之蒋军占领东北大城市，美军还有可能进入东北。因此我们目前不应以争夺沈阳、长春为目标来布置一切工作，而应以控制长春路两侧地区建立根据地，利用冬季整训15万野战军，建立20万地方武装，以准备明年春天的大决战为目标来布置一切工作，这是一个工作方针问题，望你们迅速考虑成熟，加以确定，否则动摇不定，妨害工作，丧失时机。

……请你们注意目前事实：杜聿明两个军由山海关打到锦州几乎未遇严重抵抗，我东北新部队还不能作战，黄、梁、杨国夫等部因疲劳没有地方群众配合及各种困难，如不经休整准备，亦几乎不能作战；阻断北宁路及大量歼灭顽军暂时是不可能的。林彪2日电部署以旅为单位分散打土匪、做群众工作是对的。因此目前与顽军作战，我们一切条件都不够。但我们必须利用东北一切对我有利的条件，迅速准备，以便明春能够进行胜利的决战。

刘少奇提醒他们注意建立东北长期永久的根据地，加强长春铁路两边深远后方的工作。他指出：必须派必要的老部队和干部去开辟工作，建立后方，建立工业，组织与训练军队，开办学校，以便能够源源供给前线，有如汉高祖之汉中。只有这一计划的成功，我在东北的斗争才能立于不败之地，并能迟早争取胜利。你们部队和干部应该更高度地分散到内地去建立工作。看到现在，还要看到将来。看到顺利的情况，还要看到困难的情况。你们应抓住现在有利的时机以发展力量，同时建立巩固的后方根据地以准备将来。

11月29日，中共中央在致电各中央局的指示电中也要求东北局：努力控制长春铁路以外的中小城市、次要铁路及广大乡村，建立根据地，以争取我在东北之一定地位及可能的优势。

12月10日，对于中共中央对东北局有关方针问题的指示和帮助，以彭真为首的东北局成员一致表示"决遵照执行"。但实际上此时领导成员的认识仍与中央的电示存在距离。如12月13日，罗荣桓依据战场形势及时局变化问题，单独致电林彪、李运昌、吕正操的电文称，虽然提出了"放手发动群众，整训并充实野战军，建设地方军"等许多好的意见，但是仍存有"同国民党可争夺大城市和可以夺取大城市插一脚之可能"的认识。

12月15日，东北局在研究中央的指示后，对东北工作又作了新的部署，在这个长长的指示电中，分析了当前我方的不利因素，确定下一步的总方针是"为了争取在东北之一定地位以至优势，主要力量应放在控制长春线两侧的广大地区，包括中小城市及次要交通联络点，建设根据地。""目前对于沿长春线大城市的争夺，基本上应该放弃。但对个别大城市如哈尔滨或齐齐哈尔，如果国民党兵力不大，兵力不够分配，我军可能夺取的情况下，我们应不放过时机，以适当兵力争取控制之。”

刘少奇看到东北局的这个部署后，仍然不放心。他担心东北局还没有下这样大的决心，来实行工作的大幅度转变。于是在12月24日，他又给东北局书记彭真发了一份长电。该电文说，彭真同志：东北情况，我不会比你更清楚，但我对你们的部署总有些不放心，觉得是有

< 罗华生，1955 年被授予少将军衔。

罗华生

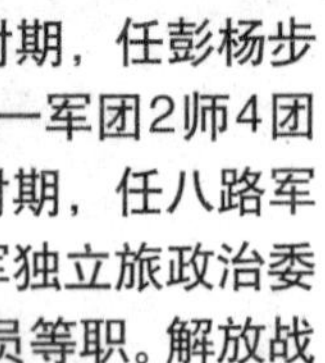

湖南湘潭人。土地革命战争时期，任彭杨步兵学校政治指导员，红一方面军第一军团2师4团政治委员、团长等职。抗日战争时期，任八路军115师教导第5旅政治委员，新四军独立旅政治委员，山东滨海军区第2军分区司令员等职。解放战争时期，任东北民主联军第2师师长，松江军区第1军分区司令员，东北野战军独立第7师师长等职。

危险性的。你们主力是部署在沈阳、长春、哈尔滨三大城市周围及南满，似乎仍有夺取三城姿势。而在东满、北满、西满许多战略要地如通化、延吉、密山、佳木斯、嫩江、挑南等，并无坚强部队和有工作能力的党的领导机关去建立可靠的根据地。屁股坐在大城市附近，背靠着很多土匪的乡村，如果顽军一旦控制大城市，你们在城市附近不能立足时，你们主力以至全局，就不得不陷于被动。“你们不要在自己立足未稳之前，去企图保持在东北的优势，你们今天在东北的中心任务，是建立可靠的根据地，站稳脚跟，然后依情况的允许去逐渐争

取在东北的优势。这应作为下一阶段的任务。在友方必须执行条约的情况下，你们只有这样才是稳当的，没有危险的、不会陷于被动的。否则，恐有一时陷入被动之危险。”现到东北的主力部队和干部，必须分散部署，应以大半分到东满、北满、西满各战略要地去建立根据地，只留一小半在三大城市附近发展，并准备随时能撤走。你应了解主力从四周向城市集中是容易的，士气是高涨的；而主力在紧张情况下从城市撤走，是困难的，必将引起混乱。你们应趁顽军尚未到达时，将主力从容移至安全地带，好好在冬季进行几个月发动群众建立根据地的工作。你们务必在今冬能建立几个可靠的根据地，明春才有办法应付。黄克诚及梁（兴初）、罗（华生）等部，必须迅速分散到全西满各地，才能过活。否则严冬一到，即使分散与剿匪亦难进行，冬季工作将不能获得很好结果。以上意见，请你们考虑。如你同意的话，请向东北局提议迅速适当地改变若干部署。

在那时，主持中央工作的刘少奇，在关于东北工作方针的调整和确定这一极为重大的问题上，考虑是周全的，所发挥的领导作用也是十分重要的。

2. 到农村去

在东北的经营问题上，究竟取何种方针，对于中国共产党能否最终控制和掌握东北是极其重要的。毛泽东自重庆谈判返回延安后不久即患重病，经苏联专家诊治后，一直未能完全病愈。而他虽然在病中，仍时刻挂念着关东的一举一动。据黄克诚回忆，为了弄准东北情况，制定切实可行的东北发展方针，12月初，毛泽东还普遍征求了东北局每一位领导成员的意见，发扬了决策民主的好风气。

林彪作为东北最高军事指挥员，于12月11日给东北局和中共中央发了电报，汇报了自己对作战和今后工作方针的看法。林彪指出了人民自治军的弱点和存在的问题是：各地皆有土匪。股匪、散匪到处皆是，许多县城被匪盘踞。我少数侦察人员皆派不出，战斗力尚不强，训练尚未成熟；老百姓说：八路军与中央军都是为老百姓的，彼此不打好了，并认为国民党是正统，旧政权、旧武装的人员皆盼望找国民党接头；我军收编的旧武装，一到与敌接近时，即叛变投敌；我军无钱，在乡村中行动时，则到处征发，老百姓恨我，与征给养人员打骂，我军驻城市时，因用边币大票子，商店关门，我新编部队纪律最坏，部队政治工作亦须大加整理；部队缺枪弹、衣服、鞋袜，现虽补充了一部，但均未补齐。仓库存的东西有的已经没有了，以后如何补充，尚无着落；战斗中我火力不强，不能压倒敌人。我冲锋时猛劲较差，这一则由于疲劳，次则未进行充分的政治动员，同时来东北的观念是进大城市，装备新武器，对打仗无精神准备；战斗中伤兵须用战斗员抬，下火线又要随军行动，甚感不便。指挥员最怕此麻烦；地图不全，致走弯路；电台不灵，致有部队调不到。电话线少，在出发与战斗中皆不能迅速动作。侦察未良好建立，对敌情了解迟缓而不正确；指挥机关不健全，锣齐鼓不齐，阴差阳错的事特别多。林彪对部队问题的观察是很细致的，指出的弱点十分到位。

考虑到人民自治军的以上问题，林彪建议对东北斗争须作长期打算。目前最重要的是坚决肃清土匪改造旧政权；建立后方基地，包括军工厂、兵站、医院；对部队进行整编训练。具体说，是将部队以团为单位，一概分散于广大乡村打匪，做群众工作，收集资料，建军与整训，准备度过整个冬天，而在明春再集中打大仗。林彪反对目前与国民党军队硬拼，他认为以我部队的现状而勉强打，则结果多不佳。在锦州以前敌集中前进时，我如真的以主力投入大仗，则很可能演成主力的退却，而损兵、损士气。

12 月 25 日，林彪再次向中共中央和东北局致电，进一步表明了自己对建立根据地的意见。他指出：凡愈靠近城市与铁路的地方，人心愈浮动，群众愈难争取；而这一带亦往往首先失掉，使群众工作的建设白费力气。距城市与铁路线北宁、长春两路愈远的地方，人心愈巩固，群众工作愈易发动，且敌来的可能少，故愈易成为巩固的后方……故我群众工作的布置，应将重心布置于边缘地区。先把那一带搞起来，然后用群众运动的影响，来向城市扩张群众运动……我绝大部分部队皆应严格离开城市，住到乡下去。

林彪的这份电报文字不长，大道理也不多，但意思却较深刻。言下之意就是要农村，到农村去，甚至是到较为远离大城市和铁路线的农村去，否则就难以取得胜利，至于城市眼前根本不要考虑它。

∧ 东北翻身农民在东北人民自治军的领导下组成自卫队，拿起武器保卫土地，保卫家乡。

∧抗战时期，陈云（左）与李富春在延安。

在此期间，东北局领导成员们也在认真研究和探索东北工作的新方针问题。

担任中共中央东北局副书记兼任北满分局书记的陈云，根据在东北工作的实践和对时局的看法，起草了对满洲工作的几点意见，以他和高岗、张闻天的名义致电东北局并转中共中央。指出，苏联要把沈阳、长春、哈尔滨三大城市及长春铁路干线交给国民党，还要我们交出已接收的政权，国民党军已占领山海关至锦州一线，正准备向沈阳推进。根据以上情况，我们必须承认，首先独占三大城市及长春铁路干线以独占满洲，这种可能性现在是没有的。因此，当前的满洲工作的基本方针，应该不是把我们的全部注意力集中于这三大城市，而是集中必要的武装力量，在锦州、沈阳前线给国民党部队以可能的打击，争取时间。同时，将其武装力量及干部，有计划地、主动地和迅速地分散到北满、东满、西满，包括广大乡村、中小城市及铁路支线的战略地区，以扫荡反动武装和土匪，肃清汉奸力量，放手发动群众，扩大部队，改造政权，以建立三大城市外围及长春铁路干线两旁的广大的巩固根据地。

陈云的这个电报是11月29日和30日分两次发往延安的，中共中央第一天收到电文的一半时，就立即回电说："看了你们未完的电报，中央完全同意。"

刚刚到达两锦地区的黄克诚，也就建立根据地的问题，于11月29日致电东北局，指出：已进入及将进入东北之主力及新组建成立之部队，数目特别巨大，但若无党政民之支持，无粮食经费的充分供给，无兵员的源源补充，将必大大削弱原有之强大力量，目前东北大城市被顽军占领，乡村则为土匪盘踞，但大都与顽有关，我则处在既无工人又无农民的中小城市。这样下去，不仅会影响作战，且有陷入不利地位之危险。因此，利用冬季不能进行大规模作战的5个月时间，发动乡村群众，肃清土匪，建立各级党与政权为当务之急，求得5个月内建立根据地的初步基础，便利明春的大规模作战。

黄克诚还根据华中地区经验，建议立即划分主力师（旅）的补充熟悉地区，作为该师的根据地，每师划3至5个县。……该师（旅）立即派遣地方工作干部前往规定地区开展工作，建立政权和党委，发动群众，建立地方武装。该师（旅）立即派出必要兵力肃清土匪，恢复社会秩序。在规定地区内，该师（旅）收集粮食资材、建立医院、工厂，扩大新兵，源源补充主力部队。……主力部队集结作战，伤病（员）则送该区休养……以免伤病（员）继续妨碍主力行动与作战。他说，我认为20多万军队没有千万以上群众支持是不堪设想的。

12月初，西满分局负责人李富春、吕正操、张平化联名将“关于形势及我们的任务”的电文告彭真、罗荣桓、林彪，认为“独霸东北目前既不可能，但力争优势仍有充分可能。中央指示既要力争控制长春路与中心城市，更要控制次要交通线、城市及广大的农村的工作方针是完全对的”。随电提议西满工作布置“是以控制从阜新、通辽、双辽、挑南到索伦的铁道，及从长春经批安到王爷庙的铁道为中心，面向长春铁道沈阳等中心城市。掌握铁道西边的城市

张平化 

湖南鄙县人。土地革命战争时期，任中共鄙县县委宣传部部长、县委书记，湘赣军区第2军分区政治委员，湘赣军区红军学校第四分校政治部主任等职。抗日战争时期，任八路军第120师政治部宣传部部长，第120师358旅政治部主任，晋绥军区政治部主任等职。解放战争时期，任东北民主联军政治部副主任，西满军区政治部主任，中共哈尔滨市委书记等职。

及广大农村，各省有重点地建立西满根据地，确立在西满、热东野战军的后方”。

这些意见，对于统一思想认识，实施工作重心转变，完善建立根据地的计划，起到了良好的作用。

毛泽东虽然远在陕北，但通过对这一份份电文的仔细研究，看出了东北的斗争一定要作长期打算的形势，感到必须使用建立巩固的根据地这个民主革命时期的老办法。建立根据地已经是东北局领导成员的共识了，但是在如何建立根据地的问题上认识差距较大。有的成员虽然同意退出大城市，但总是不愿意走得远一些，总希望找个机会再打回大城市来，因此，总是不忘马上找机会与国民党军争夺沈阳、长春等大城市。

经过深思熟虑之后，12月28日，中共中央发出了由毛泽东起草的给中共中央东北局的“建立巩固的东北根据地”的指示。

毛泽东在这个具有纲领性的指示中明确告诉东北局：目前“我党在东北地区的工作重心是群众工作”。如果不抓紧群众工作，“我们在东北就将陷于孤立，不能建立巩固根据地，不能战胜国民党的进攻，而有遭遇极大困难甚至失败的可能”。毛泽东要求中共所有的干部和军队，必须给东北人民以看得见的利益，要下决心与东北人民打成一片，要彻底扫除干部中一切不经过自己艰苦奋斗，流血流汗，而依靠意外便利，侥幸取胜的心理。

毛泽东指示的核心意图是在东北、西满建立军事政治根据地。他指出：“我党现时在东北的任务，是建立根据地，是在东满、北满、西满建立巩固的军事政治的根据地。”“建立这种根据地的地区，现在应当确定不是在国民党已占或将占的大城市和交通干线”，“也不是在国民党占领的大城市和交通干线的附近地区内”。“建立巩固根据地的地区，是距离国民党占领中心较远的城市和广大乡村。”

毛泽东并预见到东北斗争的艰苦性，要求东北全党全军放手发动群众，逐步积蓄力量，准备在将来转入反攻。还具体制定了东北人民自治军的战略部署和战斗任务，要求迅速在西满、东满、北满划分军区和军分区，将军队划分为野战军和地方军。将正规军队的相当部分，分散到各军分区去，放手发动群众，消灭土匪，建立政权，组织游击队、民兵和自卫军。以便稳固地方，配合野战军，粉碎国民党的进攻。一切军队，均须有确定的地区和任务，才能迅速和人民结合起来，建立巩固的根据地。

毛泽东关于“建立巩固的东北根据地”的指示，进一步明确了东北局和东总的工作方针和任务，指明了新形势下发展壮大人民军队在东北的力量，同国民党作长期斗争，最后夺取全面胜利的途径，对东北根据地的开创具有决定性意义。

3. 新老合编

为彻底纠正“招兵买马”的错误扩军方式，对新扩充部队进行整顿，解决组织不纯、成分不纯等问题，东北局领导人提出了实行新老部队合编的建军原则。

关于“新老合编”问题，彭真、程子华早有意识，因此，提出得最早。还在1945年10月19日即注意到了。如在“关于黄部与新部队合编等问题的电示”中他们就曾指出，运昌：……黄永胜所属教2旅第1团留锦州与新部队混编，并由你们具体商定。

此时的新老合编方式主要是采取混编的形式，即新老部队均按原建制混合编成，故“招兵买马”而来的部队因此保留了下来，这就留下了叛乱的基础。

10月23日，中共中央领导人在关于黄（永胜）、张（秀山）所率两个团留热河开展工作给林枫的指示中，因看到了新扩充部队成分太杂等问题，也提到了新老合编问题。该电说：承德、平泉之线苏军已撤，我在热河尚无主力并无人主持；国民党军队已到北平，可能很快向古北口、承德进攻，如热河被国民党控制，对我整个局势将极不利。因此，决定黄永胜、张秀山及其所率两个团，并干部200人，即留热河，迅速与新发展部队合编，并建立政权，发动群众，准备作战。

根据中共中央以上指示，热河区分委于10月26日部署了新老部队的合编工作。该

张秀山 ———————————————————————  —

陕西神木人。土地革命战争时期，任红26军连长、政治指导员、团政治委员，第42师政治委员，中共陕甘边特委书记，神府军分区司令员等职。抗日战争时期，入中共中央党校学习。解放战争时期，任中共松江省委书记兼省军区政治委员，辽宁省委书记兼省军区政治委员。

部署具体内容为：……热河主力为两个旅，共约9,000人，地方武装在外，大部是新发展起来的，老基础只1,000多人，又因干部太弱，不易掌握，不能很快执行战斗任务。……黄张带过来的两个团，均为老部队，基础很好，急需人员和武器装备。……为此，我们准备以黄张的两个团为基础，同原热河两个旅合并，以充实和加强这两个旅作为机动部队。

10月4日，承德地区的新扩部队也在积极着手整编工作。并表示："……我们同意军队整编，热河野战军加强地方军骨干的指示，……我新扩部队已有前部发生拖枪逃跑叛变事，我们现正准备迅速整编军队，加强保卫热河的动员工作"。为正确执行新老合编的有关原则和规定，11月1日，林彪、彭真发出关于整编军队与扩兵问题的指示：……战胜顽军和争取确保东北的中心一环是整编已有之兵团，成为强有力的野战军，并且继续放手地大规模地扩兵。……扩大新兵的办法有两种：一种是由老部队一个个扩来补充各连队，用这种办法来扩大是很慢的。另一种是找到工人农民学生中的群众领袖或用新兵去扩兵，扩来一班即编一班，扩来一排一连一营即编为一排一连一营等。他们的领袖即任班排连营长或副的，另由老的干部或战士任正的或副的，并派政委教导员指导员等。经验证明这样便可以极迅速地获得扩大，这些扩兵英雄，这些新的正的或副的排连营团长等也许不是党员或党龄很短，但他们是群众领袖与战士群

众与当地居民有血肉联系，其中大部分很快地可以培植为优秀的干部，老部队外来干部与他们一结合便可以很快地在当地生根。……新老部队合编是使新的兵团迅速成为有力野战兵团的主要方法之一，但合编时老部队不应过于分散或平均混编，致令合编后丧失其突击力量和倡导作用，但也不应过于集中，这样便不能迅速巩固与提高多数新的部队……例如，以一个老团与二至三个新团合编时应该以两个老的营为基础把一个最差的新的团补充进去，成为一个主力团，另以一个营作基干扩编为一个次等的主

V 东北解放区的农村青年踊跃参军入伍。

力团，再由老团中抽调干部去加强另一个新的团领导，这样来编成的旅很快即可以成为一个有突击力的野战兵团。

12月8日，东北局为与敌长期斗争，建立根据地，就合编新老部队的具体布置，发出致林彪、陈云、高岗、吕正操、彭真并报中央电，该电指出：我们独占东北目前已不可能，沿长春路各大城市将为国民党所接收。我在北宁线作战，因主力初到已不可能阻止国民党沿北宁线之进逼。因此我们同顽军的斗争应该有长期的准备，同时为了解决目前主力没有后方与广大的阵地作依托之困难，以及加强新编兵团之作战指挥能力起见，……将主力与新成立兵团合并指挥单位，组成野战兵团并成立军区基干兵团及县的武装……因此提出以下布置：

以黄克诚师与李运昌部合并指挥单位，担负山海关至锦州大凌河以西沿线之作战，由李、黄负责另组成一地方性之基干兵团以共同创造热边根据地。

暂以梁、杨、罗三师组成一纵队与李黄均直接归林指挥。以李、吕组成之后方为后方，担负由大凌河以东至奉天沿北宁线之作战，并协助创造辽西根据地。此一纵队将留作为作战重点转移之机动力量。

邓克明旅、赵承金旅与24旅直属于吕、李指挥，除参加沿北宁线作战外，首先必须集中力量解决新民、彰武、法库之土匪并负担掩护根据地工作之开展。

有近登陆之罗舜初部约1.4万人，将置于沈阳以南辽阳以西地区，包括辽阳鞍山、同程、曾、唐部合并指挥单位，担负沈阳东北、铁岭、清源线，以及沈阳以南及辽河以东广大地区……保安3旅即作为该区域之地方基干兵团。

万毅部与聂、张部合并359旅与周保中部合并，除留相当数量建立地方基干外，组成两个纵队，至少5个旅，统归高、周、陈指挥……

萧华部包括吴克华，就现划定地区创造安东沈大——山区根据地，并以适当的力量控制安东至普兰店之线确保各海口外，应加强海城至营口线之机动作战力量……

北满、西满各军区划分地方部队组成及作战重点之确立，请高、陈、李、吕作具体布置，并电告我们。

以上一类的“新老合编”措施，尽管取得了明显的效果，但仍然未从根本上解决新部队的哗变问题。

12月14日，林彪基于从10月起不断发生的新部队哗变以及不断采取的“新老合编”措施成效欠佳的实际，向中共中央及东北局发出请示电指出：

……在东北新成立之10多个旅，成分皆极坏，皆缺乏政治认识，流氓、土匪、宪兵、警察、伪军甚多，真正的工农成分亦被带坏，这些部队，则全无战斗力。对群众纪律极坏，不但不能发动群众，反而成为群众对我之不满；不但不能消灭敌人，反助长敌人之士气；不但不能打土匪，且受土匪之勾引。对此种部队如单独成为纵

> 邓克明，1955年被授予少将军衔。

邓克明

湖南安化人。土地革命战争时期，任红三军团红8军4师3团司务长、营长、4师12团团长等职。抗日战争时期，任抗日军政大学区队长，八路军115师343旅686团营长、独立团团长，东进抗日挺进纵队参谋长，黄河支队副支队长，教导第4旅旅长兼湖西军区司令员等职。解放战争时期，任吉林军区吉东军分区司令员、警备第2旅旅长，东北野战军独立第6师师长，江西军区南昌军分区司令员等职。

队及旅，皆须极长时期安定环境的训练，不断成为有力的战斗部队，我军既无此种客观条件，则此种纵队与旅将来有逐渐垮台下去的可能。我意应将此种部队以团为单位配属于华中与山东来之各旅，使每旅成为4团，而将新部队之旅以上的指挥员担任指挥老部队。

林彪的上述合编方式，已比前两类合编方式有了明显的进步。其实际上是采取了将新部队以团为单位配属于八路军和新四军的旅级部队，并限每旅只配一个新部队的团的办法，来影响改造新扩部队。12月16日，林彪对新老合编问题有了新认识，遂又致电东北局和中央，指出：鉴于中央苏区时李德成立新的师与新的军团的教训，故提议将新部队以团为单位配置各旅。我军的新部队，士兵成分远逊于江西苏区，而老的骨干亦远逊于苏区时新部队的老骨干，故必须采取取消团以上的新指挥单位。

这个将新发展的部队团以上指挥单位取消的办法，最终成为真正有效的新老合编办法，中共中央及东北局很快接受了林彪的这一建议。

11月20日，刘少奇在“关于西满分局统一领导及当前工作任务”给林彪、黄克诚、李运昌、东北局、吕正操、李富春等的指示中说：“……西满一切新老部队立即合并编制。由一个至两个老旅配两个或一个新旅编为一个纵队，然后再以一个至两个老团配两个或一个新团编为一个旅。老营与新营的配合编制亦可以采用。”

根据刘少奇的这一指示，东北新老部队的合编工作不断深入开展起来。

在部队的新老合编工作中，一条根本的任务就是各级指挥员的训练。为抓好这项工作，林彪于12月27日提出了对成批参军的连长、排长等一类干部的处理方法的建议，给彭、罗电文中说，在扩军中间有由排长、连长等成批带来者。此种排长、连长、副连长等一类人，在扩军时诚然有作用，但在同国民党斗争时，此种人没有充分的政治觉悟，在情况稍紧张时，即煽动逃跑叛变。我意最好通知各部将这一类的小干部及士兵中间的有活动能力而缺政治认识的人，一概断然集中起来加以训练，分别进行淘汰与争取，盼你们注意。

尽管东北开创之初，在军队建设上出现了这样或那样的缺点和错误，但是经过东北局和各级党政军的努力，东北人民自治军在数量上仍然有了较大的发展。

12月22日，林彪致电中央军委并东北局，再次告之各部驻地及实力。

各部驻地：梁兴初师驻阜新西20里之海州，罗华生师驻北镇，杨国夫师驻黑山，黄克诚师师部在阜新，7旅在清河边门，8旅在阜新西北40里之王府即贝子府，10旅驻义州，独立旅驻新邱，冀热辽军区军直驻北票，22旅驻北票朝阳一线，27旅驻朝阳，30旅驻锦州西北山地。

各部实力：梁师3个团3,016人；罗师3个团6,238人；杨师3个团5,127人；归杨师的39旅2,123人；黄师7旅3个团6,800人；8旅6,000人；10旅3个团6,900人；22独立旅5,716人；师直4,835人；冀热辽军区：军直2,247人；22旅3个新部队团4,500人；27旅4,500人；30旅4,200人；炮兵旅2,250人。

1945年12月25日，彭真、罗荣桓、萧劲光向林彪通报了最新统计的东北部队实力及分布情况。

∧ 1946 年，时任中共中央书记处书记、中共中央军委副主席兼总政治部主任的刘少奇。

我军实力分布：龙江军区刘锡增部8,500余人，枪3,000支，分布于龙江、嫩江、开通一带。辽北军区倪部1.2万人，枪8,400支，重机（枪）40挺、轻机（枪）115挺、各种炮10门，该部分布于黎树、西安一带。辽西军区邓陶部1万人，分布于康平、法库一带。吉林军区万周部3.8万人，枪2.4万支，分布于长春附近海龙城、梅河口一带。延吉军区罗文涛部8,000人，枪3,000支，分布于延吉周围。滨北王聂部1.4万人，分布于滨北。孙光2,000余人，分布于佳木斯。吴克华部2万人，山野炮4门，步平速射炮13门，迫击炮14门，掷弹筒120具。重机枪64挺，轻机枪120挺，步马枪8,005支，分布于海城、营口、盖平一带。萧华2,000人分布于安东、貌子窝沿海一带。359旅8,000人向北满前进中。辽宁军区程罗部4.8万人，分驻于抚顺、本溪、辽阳、鞍山。杨部2万人。总直5,000余人，分驻本溪附近。上列各部再加梁、罗、杨、黄、李、陈合计人数27.3万人。

陈正人 

江西遂川人。土地革命战争时期，任中华苏维埃共和国临时中央政府执行委员，中共江西省委代书记，江西省苏维埃政府副主席等。抗日战争时期，任陕甘宁边区政府教育厅厅长，中央军委总政治部宣传部部长，中共陕甘宁边区中央局委员、中共中央西北局常委等。解放战争时期，任东北人民自治军政治部主任，中共吉林省委书记，中共江西省委书记等职。

在部队整编扩编的基础上，为加强军区和政权建设，东北人民自治军于12月底，建立了辽宁、辽东、辽西、吉林、吉东、辽北、松江、三江、嫩江、北安、牡丹江等军区以及直辖部队，并将有关纵队、旅、军分区等分别划归有关军区建制领导。

至1945年底，东北人民自治军发展到12个军区、3个纵队、5个直辖师、17个旅，总兵力为27.49万人。比较12月25日彭、罗、萧的统计实力及分布数字还有增加。

然而此时的东北人民自治军的发展，仅仅是形式上、规模上的发展，还没有在质量上真正提高。由于没有真正提高部队建设的质量，在此后国民党军大举进攻下，出现了不少严重的问题。

为解决部队存在问题，1946年1月4日，林彪又发出成排、成连参加我军的干部应迅速集中教育的指示。

1946年1月14日，根据中央军委命令，东北人民自治军改称东北民主联军。林彪任总司令，彭真任第一政治委员，罗荣桓任第二政治委员，程子华任副政治委员，吕正操、李运昌、周保中任副总司令，萧劲光任副总司令兼第一参谋长，伍修权任第二参谋长，陈正人任政治部主任，周桓任副主任，叶季壮任总后勤部部长，杨至诚任总后勤部政治委员。同时将原来的12个军区合并为东满、南满、西满、北满4个军区，重新调整了各级军区、军分区。各主力部队除山东第1师仍归总部指挥外，其余大部划归各军区指挥，大力充实发展地方武装。北满军区司令员高岗，政治委员陈云，下辖合江、牡丹江、松江、嫩江、龙江5个军区，并指挥由冀热辽第19旅同原山东和7师合编的第7师，辖第19、第20、第21旅。还有新组建的嫩江军区警备第1、第2旅，龙江军区警备第1、第2、第3旅。西满军区司令员吕正操，后为黄克诚，政治委员李富春。辖辽西、嫩南两个军区以及新四军第3师，辖第7、第8、第10旅、独立旅和3个特务团，及原晋绥第32团一部和冀热辽第15团扩编而成的保安第1旅。南满军区司令员程世才，政治委员萧华，辖安东军区及由原山东第3师、警备第3旅与冀热辽第16军分区第21、第23旅合编组成的第3纵队；以原东北人民自治军第2、第3纵队合编为第4纵队。东满军区亦称吉辽军区，司令员周保中，政治委员林枫，辖吉东、通化、辽北3个军区及新改编的第22、第23、第24旅和由山东滨海支队扩编组成的第7纵队（辖第19、第20旅），吉黑纵队（相当旅）和警备第1、第2旅等。各部队在各军区领导下认真贯彻了东北民主联军总部要求，抓紧整训，加强"一点两面、三三制"近战夜战战术和单兵四大技术训练。组建不久的航空学校、炮兵学校、军政大学等学校，特种兵和总部后勤机关，也转移至牡丹江、佳木斯为中心的后方基地全力发展。

随着新老合编工作的开展，1946年2月17日，林彪总结了前一段合编工作的经验，向东北局提出了"新老部队合编原则"的建议。说，根据数月来的经验，在新老部队的合编问题上，绝对不可将三个老团拆散，混在新部队中，否则，必造成战斗力降低，而不能突破敌人，解决战斗。因此，你们必须保持3个老团在一个建制内，另拨一个新团成为第4个团，而在每个老团之内，给他一个补充营成为第4个营。另外对原来老的连队充实其名额，对其他新部队则集中练兵，学习政治和技术与战术。你们必须严格执行这一方针，切不可改变，否则将来战斗力上要吃大亏。

这一新的建议无疑是巩固新老合编成果的一个重要的举措。

东北局、东总在根据地创建之初，地方武装尚未巩固，干部骨干缺乏，基层领导力量薄弱的情况下，实行新老部队合编的办法，尤其是1945年底至1946年初最终实施的新老合编办法，取得了一定成绩，为下一步彻底解决扩军建军中领导不纯、干部骨干不纯、兵员不纯的问题，打下了基础。

❶ 我军某团干部在战前开会研究作战问题。

❷ 我军某部通过浮桥。
❸ 激战中的我军某部战士。
❹ 我军战士向高邮之敌发起攻击。
❺ 通过水网地带的我军部队。

刘少奇

(时任中共中央代理主席)

……在东北今天的情况下，没有大城市即没有优势。

但你们不要在自己立足未稳之前，去企图建立在东北的优势。

你们今天的中心任务，是建立可靠的根据地，站稳脚跟。

然后依情况的允许去逐渐争取在东北的优势，这应作为下一阶段的任务。

我提议你们……在东满、北满、西满等可靠地区，去建立根据地，而不使全局陷入被动。

现在东北的主力部队和干部，必须分散部署，应以大半分到东满、北满、西满各战略要地去建立根据地，只留一小半在三大城市附近发展，并准备随时能撤走。

——摘自：刘少奇《以主要力量建立东、北、西满根据地》

罗荣桓

(时任东北人民自治军第二政治委员)

……当时东北是没有群众基础的，也没有根据地作依托。

而国民党却无论在数量上还是装备上，都强过我们，依然存在的伪满的一套组织又适合于国民党而不适合于我们。我们显然处于劣势。

因此，那时讲和平根本不可能以我们为主。

只有切切实实地准备长期的战争。那当然要把中长路沿线的大城市放弃，以农村和小城市为立足点来保卫大城市。

——摘自：罗荣桓《1949 年 3 月 29 日在四野高干会议上的讲话》

第七章

重庆谈判波折丛生

∧ 1945 年 8 月 28 日，毛泽东赴重庆与国民党谈判时一行人在延安机场合影。

马歇尔紧急使华，再度开始国共和谈。
美国扶持蒋介石的政策不会改变。
停战之前，国共双方争夺的焦点是热河和承德。在和平的浓雾之下，林彪警告：和平是个阴谋。

1. 马歇尔到华始末

国共谈判宣告中断后，两党冲突愈演愈烈，内战危机日益严重。蒋介石的独裁内战政策激起了中国社会各界的普遍反对，一时间反战运动勃然兴起。

中国的内战危机也引起了大洋彼岸的美国人的严重关注。解放区军民自卫反击战的胜利和国统区人民反战运动的掀起，证明以赫尔利为代表的美国公开扶蒋反共的政策走进了死胡同。中国局势的糜烂使白宫的决策者们清醒地认识到，目前国民党"绝对没有能力用军事手段镇压共产党"，若蒋介石发动内战，其结果"可能导致共产党控制全中国"，这是充满商业头脑的美国人所无论如何不愿见到的。因为在二战期间，他们在蒋介石身上倾注了太多的感情投资，押上了太多的物质赌注，一旦共产党控制中国，他们所做的一切将付诸东流。但由于当时美国全球战略的重点在欧洲，为国力民心所限，它又不可能拿出更多的人力物力去直接帮助蒋介石打内战；再说，出于维持其与苏联在中国问题上所达成的妥协而考虑，它也不希望蒋介石这时就一意孤行地发动大规模内战。因此，美国政府不能不调整其助蒋内战的对华政策，而代之以较为温和的调处手段。11月27日，美国驻华大使赫尔利宣布辞职，在一片谴责声中"咆哮而去"。随后，美国前陆军参谋长马歇尔上将被任命为总统特使，前往中国调处国共矛盾。

中国是二次大战之后，苏美两国注视的重点地区。尽管美国一直在直接插手国共矛盾问题，但在涉及重大外交的问题上，还须征得斯大林的认可。为此，美国总统杜鲁门于12月15日就对华政策发表声明，认为一个紊乱的、分裂的中国，将是一种危及世界稳定与和平的力量，希望中国停止武装冲突，协商解决内部分歧，扩大政府基础，推进民主改革，用和平之方式实现中国的统一。同时，保证美国不会使用军事干涉的方式左右中国任何内争的发展。随后，苏美英三国外长在莫斯科举行会议，专门讨论

莫洛托夫 

1926年任苏共政治局委员。1930～1941年任苏联人民委员会主席。1941～1957年任苏联人民委员会（后称部长会议）第一副主席。1939年5月～1949年兼任外交人民委员（后称外交部长）。1941～1945年任苏联国防委员会副主席。1952～1957年任苏共中央主席团委员。1953～1956年任苏联部长会议第一副主席，并兼任外交部长。1957～1960年任苏联驻蒙古人民共和国大使。

了远东局势。其间，美国国务卿贝尔纳斯游说苏联外长莫洛托夫。

他说，马歇尔将军试图说服蒋介石与共产党达成一项专门的协定，使之成为避免大规模内战和实现中国统一的最佳途径。莫洛托夫回答说，美国处于了解蒋介石政府的意图和计划的最佳地位上。惟一的问题是，蒋介石是否确实希望解决其内部问题。当贝尔纳斯会见斯大林时，斯大林明确表示，如果有什么人能解决中国这个形势的话，那就是马歇尔将军。马歇尔是仅有的几个既是政治家又是军人中的一个。既然美苏两国在马歇尔使华问题上达成了共识，莫斯科三国外长会议在中国问题上也就很快形成了协议。12月27日，三国外长发表会议公报，一致认为"必须在国民政府之下建立一个团结而民主的中国，必须由民主分子广泛参加国民政府的所有一切部门，而且必须停止内争。并重申恪守不干涉中国内政的政策"。马歇尔在这种历史背景下赴华，一时被视为三大国赞助中国和平统一的政策的化身。

马歇尔是12月15日，由华盛顿乘坐一架美国空军"霸王"号巨型运输机离开美国的。

马歇尔是二次大战中驰名全球的美国杰出的军人。他早年毕业于弗吉尼亚军事学院，第一次世界大战时，在菲律宾服役。1932年时，已满52岁的马歇尔只不过是一个中校。然而时势造英雄，到了1939年欧战爆发时，他竟然宣誓就任美国陆军参谋长，领临时上将和永久少将军衔。1941年12月后，马歇尔成为罗斯福总统的主要军事助手和主持美国联合参谋总部工作的陆军参谋长。他出席过历

> 时任苏联外交部长的莫洛托夫。

∧ 1945 年 12 月，马歇尔充当了美国总统杜鲁门的特使前往中国斡旋。

次首脑会议，参与作出各盟国重大决策，组织和领导了二次大战的历次重大战役，为结成国际反法西斯统一战线作出了重要贡献。

1944年12月，马歇尔晋升为五星上将。恰巧马歇尔的姓与英语“元帅”一词谐音，而五星上将往往被人们视为一种相等于元帅的军衔，所以他又被人们尊称为马歇尔元帅或马帅。

当美国国会准备通过授予他美国陆军元帅这一头衔的时候，马歇尔自己却不同意。他公开指出的理由很有趣，这个理由是：如果今后把他称作马歇尔元帅，听起来叫人别扭。然而，马歇尔的海量更加得到大家赞赏。至此他在军队内的地位达到了顶峰。

更加受人赞扬的是，1945年8月20日，二次大战结束没几天，马歇尔就向杜鲁门写了辞职书。人们惊呆了，这位天才的全球战略家，竟然不干了。而马歇尔自己则说，他无意恋战了，他的爱妻凯瑟琳已在弗吉尼亚州买了一所老式住宅，准备在那里安度远离尘嚣的隐居生活。杜鲁门终于在11月26日为马歇尔举行了告别仪式，并向他许诺：将军，您已经为国家做了这么多的事，我绝不打扰您的退休生活。

可是，第二天下午，杜鲁门食言了。他打电话请马歇尔出使中国，马歇尔答应了，他是瞒着妻子答应的。此时，他满脑子都是杜鲁门的《总统对华政策声明》的内容。那个声明他都能背下来了：

美国久已信守主权国家的内部事件应该由那里的人民负责处理的原则。本世纪以来的事件，都指明了：如果任何地方的和平被破坏了，那么全世界的和平都会遭到威胁。因此，为了美国和联合国家最重大的利益，中国人民应不放过迅速的和平谈判方法解决内部分歧的机会。

为了完成全中国复归于中国的有效控制，包括立即撤退日军在内，国民政府军队与中国共产党及其他各种意见不同的武装力量间，应即设法停止敌对行动。应召开包括各主要政治力量的代表的全国会议，筹商早日解决目前的内争的办法，达成中国的团结的方法。

美国知道目前的中国国民政府是一党政府；同时相信，假如这个政府扩大其基础，容纳国内其他政治力量的分子，那么中国的和平、团结和民主的改革才能推进。所以美国坚定地主张，中国各主要政治力量的代表的全国会议，应该对于使这些政治力量在中国国民政府中，都能得到公平和有效的代表权。自主性军队

∧ 开罗会议期间，蒋介石与美国总统罗斯福（中）、英国首相丘吉尔（右）合影。

开罗会议

1943 年 11 月 22 日～26 日，美国总统罗斯福、英国首相丘吉尔、中华民国政府主席蒋介石在埃及开罗举行的讨论制定联合对日作战计划和解决远东问题的国际会议。会议讨论对日作战计划，并签署《开罗宣言》。但宣言只规定剥夺日本占领的太平洋岛屿的统治权，却不谈如何处理；关于朝鲜独立日期的规定含糊不清；对香港的地位亦未做出明确规定。

的存在，如共产党军队，不但与中国政治团结不符合，并实际上促使它不可能实现。在一个有广泛的代表性政府成立后，自主性质的军队应当取消，而全中国的武装部队应有效的编入中国的国军。

美国和其他联合国家，都承认现在的中华民国国民政府是中国的惟一合法政府。它也就是达成中国团结统一这个目的之适当的机构。英美两国根据1943年开罗会议的宣言，苏联依据其所参加的7月间的波茨坦宣言和1945年8月签订的中苏条约和诸协定，对中国的解放，包括将满洲归还中国在内，都有一定的约定。以上这些协定都是和中国国民政府订立的。

为了恢复首先由日本侵略满洲而破坏的和平，美国已经被迫付出巨大的代价。除非日本在华势力全部被扫除，除非中国成为一个团结、民主、和平的国家，并取日本地位而代之，否则，太平洋的和平就是不被破坏，也要遭危机了。美国的海陆军所以要暂驻在中国，就是为了这个目的。美国的支持将不致发展为军事干涉，以至左右中国任何内争的发展。

这个声明把美国的对华政策阐述得动人悦耳，是美国对华外交原则的生动表白。而美国在华的一切行动都是围绕这个声明精神而展开的。然而还有一个更为重要的口头承诺，是声明上所没有的，这就是杜鲁门在马歇尔临行前交代他的：当蒋介石不肯作出合理的让步时，美国如果放弃对委员长的支持，那么随之而来的便是一个分裂的中国，以及俄国人可能重新在满洲掌权的悲剧后果。

杜鲁门的这一口头指示加上前面的声明，再清楚不过地表露了美国战后的对华政策的全部实质性内容。作为马歇尔本人也十分清楚，一方面，他觉得美国对华政策是和平鸽嘴上衔着的橄榄枝，自己就是手持橄榄枝的和平使者；另一方面，他心中明白，和平橄榄枝中藏有毒箭——也就是杜鲁门交给他的底牌，一枝象征着武力和战争的箭。因此，马歇尔此行不论其结果是和平或是战争，都将不是他的过失，只要他尽力而为，因势利导就行了。

12 月 20 日，马歇尔乘坐的专机在上海江湾机场降落，并在当时中国最豪华的国泰饭店下榻。

第二天，马歇尔与蒋介石在南京紫金山北麓小红山官邸会面。

蒋介石此时可谓左右为难，而又毫无办法可言，只能将“傀儡”的生活继续下去。其军队进犯解放区受到了沉重打击；虽然美军帮助自己占领了华北的主要城市，但不少据点仍处于八路军、新四军的包围之中；沿平汉、津浦、平绥线进攻解放区以打通交通线及其联系的意图又一时难以落实，而且损失兵力近10万余人。蒋介石心里明白，离开了美国的援助自己打不了内战，不说经济援助了，单就运兵一项，如果美海军陆战队一旦撤退，华北的重要港口和铁路立即就会被中共所控制。因此，蒋介石离开美国就无法生存。

在会面中，马歇尔首先谈了中国军队国家化问题。如果中共继续保留自己的军队，“那么他在美国所享有的那一点点同情就将会很快失去”。关于这一点，蒋介石听了暗喜，因为这正是他所希望的。

∧ 马歇尔抵达南京后，蒋介石、宋美龄接见了他。

蒋介石说："国军目前策略是首先占领华北，只要那里有足够的军队就可以迫中共妥协。"此外，希望马歇尔帮助其多运些国民党军到战略要地。

马歇尔知道蒋介石乐于要中共交出军队，但要他停止内战，放弃"一党专政"则难上加难了。然而，必须立即停战，必须压蒋停战，否则马歇尔此行将无所作为。他针对蒋介石赤裸裸地要求美国为他继续运兵的请求，反以和平相要求，并告之如果再有内战，将不允许总统保持对中国的军事援助和对中国提供经济援助。

这时，美国海军陆战队占领着华北等地的一些港口、铁路线，名义上是为遣返日本人，而实际上，是在为蒋介石保卫这些地方。蒋介石希望美海军陆战队不要离开这些港口和铁路线。马歇尔则故意谈及美国在华北等地的军事实力过多对于舆论会产生不利影响。

蒋介石深谋远虑，他知道马歇尔的目的是要自己停止内战，对党内进行改革，并协商解决国共争端，否则美国不能给予美援。而没有美援作后盾，蒋介石内战打不下去。

为争取马歇尔完全为自己所用，蒋介石使出了拿手好戏：利用美国政府对苏联的猜疑，煽动其反苏反共情绪。蒋介石把斯大林与毛泽东拴在一起，来打动马歇尔，使马氏在调处中倾向于他。于是，蒋介石滔滔不绝地向马氏灌输苏联侵略东北和赤化中国的信息，把中共的一切策略变动都说成是苏联指使的结果。他怨恨地描述了国民党军未能在大连登陆的情景，说："苏联的目的是在满洲建立一个中国共产党控制下的傀儡政权，苏军在满洲的司令官在有意识拖延从满洲撤出苏军，是作为援助中共的一种手段……苏军已在满洲用武器装备的方式援助中共。"

∨ 20世纪40年代的周恩来。

蒋介石这一手着实厉害，马歇尔这位五星上将确实被蒋介石触动了神经。这位具有强烈反苏战略意识的特使，一直着眼于取得对苏联优势，试图尽快把苏军从东北赶回苏联本土去。蒋介石的话使马歇尔作出了一个不正确的判断：他遇到了在德国与苏联打交道时相同的情况。马歇尔对苏联人印象一直很坏，现在他对在中国问题上苏联与中共的关系更加疑神疑鬼了。

当然，蒋介石并非有意让马歇尔难受，而是要马氏为他出力。

自第一次蒋马会面后，蒋介石即调整了策略：既然武力一时吃不掉中共，那不妨与之再和谈下去，同时进行内战准备。通过继续谈判能达到溶共目的，自然是上策，谈判不成功或破裂，那在军事上争取时间也未必是坏事；更何况可将马歇尔调处失败的责任推在中共身上，争取更多的美援，打更大的内战，这不也是很好吗？总之，共产党休想重演历史，像几年前那样绝处逢生。

2. 马歇尔调停

中国共产党的领袖们对于和谈是极为关注的。赫尔利辞职，马歇尔接踵而来，意味着美国对华政策出现怎样的变化，这种变化对国共谈判前途可能产生哪些影响呢？主持谈判工作的周恩来倾注了极大的精力来研究这些问题，为谈判工作作出了极大的贡献。他着重分析目前国际的中心是苏美之争，其特色是双方尽管“剑拔弩张”，但仍在“寻求和平解决”的途径。即将在莫斯科召开的三国外长会议即是明证。尽管马氏来华后，美国政策扶蒋压共的基本点不会改变，但方法却有可能改变。周恩来认为中共在谈判中必须坚持“反内战、争民主、求和平”的基本方针，争取政治进攻、军事自卫的原则。他估计到：在国共重开谈判后，如强调民主的统一，美国有可能同意，而蒋介石不会接受；反之，蒋介石想以邀请几个共产党人参加政府就算作民主，美国也能同意，但中国共产党不能无条件接受。所以他提出，在与国民党进行的这场争取民主和平的斗争中，共产党应争取的对美政策是“力求在某种程度上中立它，不挑衅，对其错误的政策必须给以适当批评，对其武装干涉中国内政必须以严正抗议，对其武装进攻必须坚持抵抗。”

针对国内外出现的新情况，中共中央认真地分析了当时的形势，及时地调整了自己的策略。还在赫尔利宣布辞职的第二天，中共中央就发出了“关于对美蒋斗争策略的指示”，认为“目前世界的中心问题是美苏之争，反映在中国便是蒋共之争。美国对华政策是尽力扶蒋打共反苏，而蒋则在打共时企图中立苏，在反苏时必然连上共。故苏联目前对华政策在形式上乃不得不与中共隔离，在对美斗争有时中立蒋，在对蒋时亦常不联系美。因此，我们目前在以对蒋斗争为中心时，一方面固应表示与苏联无关，另一方面有时甚至只是形式上的也可中立美国，以减少我们一时或某一种程度的困难”。12月9日，周恩来在为中共中央书记处起草的致董必武、王若飞电

∧ 参加政治协商会议的中共代表团部分成员。右起：王若飞、董必武、邓颖超、周恩来、陆定一。

董必武 

湖北黄安（今红安）人。土地革命战争时期，任中共中央党校校长、中共中央党务委员会书记、中华苏维埃共和国临时中央政府执行委员、最高法院院长等职。抗日战争时期，是中国共产党与国民党谈判的代表之一。解放战争时期，任中共中央南方局副书记、中共重庆工委书记、中共中央财政部长、华北局书记、华北人民政府主席等职。

中说：赫尔利政策失败，马歇尔来华在方法上有改变可能，故我宜严整阵容，在政治上取攻势，在军事上取守势，但同时又应使其在军事上知难而退，在政治上认为有道理可讲、有文章可作。

12月15日，即杜鲁门发表对华政策声明的同一天，中共中央召开会议，作出了立即恢复国共谈判的决定。与此同时，延安方面认为，调整后的美国对华政策的基本点仍然是扶持蒋介石，但目前已决定不直接参加中国内战，不援助蒋介石武力统一中国，赞成中国的和平统一。这些建议从表面上看与中共即将在谈判中提出的要求有不少接近之处。这种变化客观上有利于中国人民的需要和和平民主事业的发展。

周恩来还认为，从个人历史修养和气质上来看，马歇尔将军又属于美国政府内部中存在的比较开明的一派。如果这一派的意见占上风，真能言行一致地履行杜鲁门声明，加上国民党在国内外反对内战舆论的强大压力下，实现一定妥协下的和平不是不可能。于是中共中央表示欢迎马歇尔来华调处国共关系。

12月22日，马歇尔飞抵重庆。12月23日，马歇尔与周恩来、董必武、叶剑英在冶园会面。

这次会晤，重要的一点是马歇尔只希望中共接受他的美国调解人地位，从而为他调处取得立足点。

在会见中，马歇尔介绍了他来华的使命及美国的政策，特别强调美国介入中国内部事务的必要性与合理性，要求中共方面接受他的调处。他说，美国在太平洋战争中付出了巨大的代价，且在太平洋地区部署了庞大的陆海空军力量，因此，有义务维护这一地区的和平与稳定。他认为，中国必须谋求达成协议的基础，以便结束中国两支军队并存的局面。因为中国只要有两支军队，就意味着有两个政府即两个国家。他表示希望随时听取中共方面的意见，特别是在当前他设法了解情况的时期。

周恩来说："马歇尔特使能来华促进中国的和平，我们非常高兴。特使刚才所说的精神是很好的。我们共产党人在战时和战后都是以这种精神来谋求中国的和平与团结的……目前又出现了战争状态，这是十分不幸的。当前我们共产党所主张的就是立即停止冲突，用民主的方法解决国内的一切问题。"

马歇尔没有忘记大谈美国的民主传统。周恩来说："我们所要求的

太平洋战争

第二次世界大战期间，日本为了争夺远东、独霸亚洲，于1941年12月7日突然袭击美国太平洋舰队锚地珍珠港，标志着太平洋战争爆发。在不到半年的时间内，日军在远东和太平洋地区取得了暂时的军事优势。1942年6月，美国在中途岛海战获胜，取得战争的主动权。经过三年苦战，美军夺回太平洋上日军占领各岛。1945年8月15日日本宣布无条件投降，9月2日，日本签署了无条件投降书，标志着太平洋战争结束。

∧ 珍珠港事件标志着太平洋战争的爆发。

民主与美国式的民主颇为相似，但要加以若干的中国化。美国有许多地方可供我们学习，这包括华盛顿时期的民族独立精神，林肯的民有、民治、民享和罗斯福主张的四大自由。此外，还有美国的农业改革和国家的工业化。”

周恩来系统地阐明了中共方面的主张，表示可以接受马歇尔的调处，但明确界定了中共能够与美国合作的范围。他说，杜鲁门总统的声明是“很好的”，中共同意其“主要论点”，因为它与前总统罗斯福所提出的关于用民主方法解决中国国内一切问题的政策是“一致的”；中共主张首先立即无条件停战，然后迅速召开政协会议，改组政府，并着手筹备国民大会，颁布宪法，使中国走入“宪政的国家”。他强调，目前的中国政府是国民党的“一党政府”，它的军队也是“一党的军队”，所以迫使中共拿起武器自卫，于是便有了“两个军队存在的事实”；中共一向是主张军队国家化的，但这个国家必须是一个有宪法的国家，而中国现在是没有宪法的。他认为，目前可以先通过政协会议产生一个“临时性的民主联合政府”，然后再“改革一切”，并使全国的军队在此政权下统一起来，这军队不属于任何党派，既不属国民党，亦不属共产党。同时，他还表示：“这政府当然仍以蒋委员长为主席，国民党仍将在政府中居第一大党。”在会见中，周恩来紧紧抓住杜鲁门声明中有利于中共的论点充分发挥，使马歇尔看来，中共的主张至少在形式上与其最初的设想有不少共同之处，这对争取马歇尔在此后的调处中采取较为公正的态度产生了积极的影响。

当送走周恩来一行后，马歇尔对中共的和谈诚意有了一定了解，他想不到自己与一位共产党高级代表的首次会晤竟然谈得如此融洽。他问身旁的一位华裔翻译：“我和将军年龄相差十几岁，信仰各异，为什么却能谈得那样拢？”翻译告诉说：“旁观者清，我想您和周将军在性格上有着某些共同之处，诸如说话明确，处事坦率等，而这些与共产主义或自由主义都是毫不相干的。”

< 1945 年 12 月 16 日，周恩来与叶剑英等赴重庆出席政治协商会议前在延安机场留影。

3. 国共聚焦承德和热河

蒋介石自马歇尔来华后，心理是有所顾及的。这倒不是因为马歇尔是史迪威的最大支持者，而是总要给美国人作些样子出来。因为国统区尚未稳定，立即打内战有一定困难。但是马歇尔的态度十分强硬，在会见他时说，如果中国不能维持和平局面，美国将要考虑是否继续提供援助的问题。蒋介石最害怕的是失去美国的空中和海上支援，因为失去了美国援助，实际等于失去了东北，所以他表面上接受了马歇尔的建议，与中共进行停战谈判，暗中却指挥杜聿明抓紧向东北发动进攻。

1945 年 12 月 24 日，杜聿明坐镇锦州指挥第 52 军主力冒雪向北镇和黑山发动疯狂进攻。

而林彪在此之前，已率领黄克诚、梁兴初两部主力移兵义县地区休整，北镇、黑山只留少数部队坚守。为保存有生力量，当杜聿明优势兵力攻击两地时，两地守军即主动撤离。

12 月 28 日，国民党第 13 军主力沿铁路向义县进攻。东北人民自治军从锦州后撤时曾彻底破坏了沿途铁路和铁路桥梁，通常需要两个月时间才能修复。然而第 13 军使用了先进的机械化修路装备，仅十余天即修复通车，东北人民自治军作有限抗击后遂放弃义县后撤。

30 日，第 13 军攻击阜新。林彪决定弃守，带领梁师和黄 3 师一部退往彰武、法库。黄克诚率 3 师一部退往通辽。至此，国民党军控制了热河与沈阳的铁路线，切断了关内解放区与东北的联系。

> 二战期间，时任盟军中国战区参谋长兼中缅印战区美军司令的史迪威在缅甸丛林。

史迪威

1904 年毕业于西点陆军军官学校。1918 年 1 月在美国远征军总司令部和第 4 军担任情报工作。1921 年～1922 年任修筑山西汾阳至军渡、陕西潼关至西安公路的总工程师。1926 年 9 月任美军驻天津步兵第 15 团营长。1940 年 7 月任第 7 师师长兼蒙特雷市奥德兵营司令。1942 年 3 月任盟军中国战区参谋长兼中缅印战区美军司令。1942 年 8 月任中国驻印军总指挥。1945 年任美军第 10 集团军司令。1946 年任第 6 集团军司令，同年去世。

V 1946年重庆国共谈判期间，周恩来（左一）与马歇尔（左二）及国民党谈判代表张治中（左三）在一起。

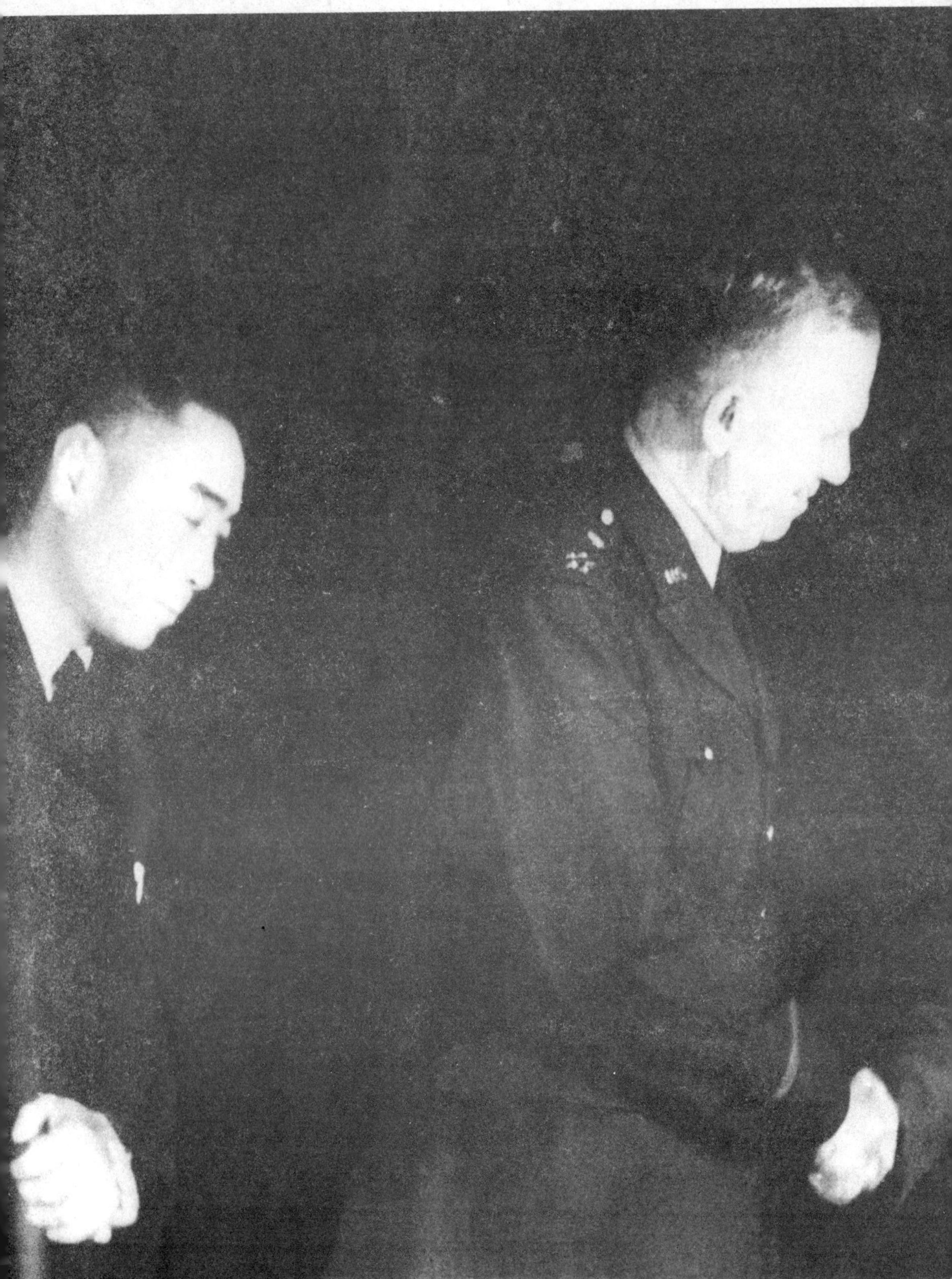

随后，杜聿明下令兵分两路：第52军南下进攻营口；第13军由阜新沿铁路向西攻击朝阳和热河。

就在国民党军在关东步步推进的时候，在重庆的国共谈判也有了新的进展。中共代表团主张无条件停战，双方军队停留在原地维持现状。国民党代表则拒绝做出不进攻解放区的承诺。马歇尔为表现其公正，于2月3日提出了自己的建议，主要内容为：立即停止一切战斗行动，停止一切军事调动；但是国民党军为接收主权而开入东北和在东北境内的调动除外。停止一切破坏交通的作为；一切军队维持其现时驻地。

以上议案，对国共双方都有一定好处，也都有不利之处。蒋介石不愿意停战，更不愿意把军队停留在原地。而对于共产党来说最不利的是国民党军仍可以进攻东北，东北局和我军的处境将更加困难。由于国民党拥有中苏条约的保护，中共方面不能公开反对蒋介石军队接收东北。在没有更好办法的条件下，中共中央决定在东北问题上作出让步。来换取国内和平。

停战之前，国共双方争夺的焦点是热河和承德。

蒋介石从战略上考虑，一定要杜聿明在停战令公布前夺取热河，以彻底断绝关内与东北的陆路联系。

毛泽东等中共领导人也充分认识到了热河地位的重要性，并于1946年1月3日致电热河的程子华、萧克和林彪、李运昌，该电指出：最近数星期是热河命运决定的关键。而我能否控制热河，对全国战略意义及我军在全国的地位均有极大关系，这是决定我党在今后整个阶段中的地位问题，望你们迅速集中冀东及杨、苏等主力，不惜一切牺牲坚决打击进攻热河之顽军，保卫承德。只要你们能支持数星期的时间，对重庆谈判均有极大关系，望尽一切努力达成任务，为此而牺牲数千人的生命是完全值得的。

林彪接到中共中央这一电报指示后，持怀疑态度。因为，自从他挂帅东北军事工作以来，被杜聿明这个黄埔同学整得好苦，杜聿明所部一个劲地压着东北人民自治军打，根本没有丝毫停战的态势。刚收到毛泽东关于“建立巩固的东北根据地”的指示才几天，正准备将部队分散布置到各地开展建立根据地的工作，怎么又变了？又要集中打大仗了？已经“分散”、“集中”、“分散”一个循环了，还要再“集中”吗？林彪对此不太放心，故于1月5日致电中共中央，询问情况。他的电报是这样说的：3号电悉。国内和平是否完全可靠？如完全可靠，则我在东北部队目前应集中力量作最后一战。如不可靠则仍分散建立根据地，准备应付敌明年之进攻。盼复。

中共中央收到林彪5日电后，即于6日复电林彪指出：国内和平有望。保卫热河的战斗是带有决定性的，目前阶段中并可能是最后一战，决战方面是由程萧部队担任，你在义县、阜新方面是钳制作用，但须由你们作有力之钳制。

中共中央的复电明白地告诉林彪，东北部队还要再“集中”起来，要准备大打。于是林彪又开始集中部队。1月10日，林彪向中共中央汇报准备情况。报告说：此间作战部队决定明天开始出动，向阜新、新立屯一带前进，消灭留在该地之敌一个师。而后再以义州为目标向敌进攻，协同杨得志消灭向热河前进之敌。

就在林彪集结人马准备大战的时刻，延安和重庆都宣布了停战协议。毛泽东发布命令指出：“全中国人民在战胜日本侵略者之后，为建立国内和平局面所作之努力，今已获得重要之结果。中国和平民主新阶段，即将从此开始。”毛泽东和中共中央的态度是严肃的。为此，1月12日，刘少奇以中央名义向林彪、黄克诚连续下达三道命令，指出：“你们对顽军进攻务必于1月13日24时以前停止，否则违法。”

对于这一突如其来的变化，林彪难以接受。眼下已出现战机，国民党军现已开始分散占领城市，每占一城就必须分散一部分兵力，自治军也开始集中兵力准备打一仗。突然停战，有利的是国民党，而不利于我自治军部队。

1月14日，林彪毫不客气地向中共中央提出了数条疑问，电文说，我驻军地区与城市，他是否有权进驻？如有权进驻，则我后方即难设立……倘顽军开入后，实行高度分散，以合法地位控制政权，限制群众运动，则我既不能在军事上打他，又无合法地位进行群众工作。

……如我无政权、财权，则部队衣食、供给如何解决？……如我无一定的整块立足地区，无实行民主、民生的政策权，无发动组织群众之权，则顽军一旦翻脸，我岂不无立足地区？

∧ 1946年1月10日，国共谈判代表张群（左）、周恩来在来华斡旋的美国总统特使马歇尔住地，签署了《关于停止国内军事冲突的协议》。

林彪以上疑问，问题看得很准，疑虑也很实在，是关系到整个东北乃至全中国生死攸关的重要问题。

15日，林彪请示中共中央，提出：以现在敌之分散情况，我们如配合热河部队采取各个击破方法，消灭杜聿明全部，夺取锦州有充分把握。望中央速考虑，是否能让我们开始攻击。我意最好利用国民党对东北问题拒绝谈判以前，我们开始攻击。

同日，中共中央复电林彪还是不让再打。电报指出：国民党在各方面已遵令停战，15日只有个别地方有战斗。你们现在决不要攻击，部队在现地停止待命。但对方来攻时，则坚决消灭之。

中共中央信守13日停战时间，国民党军在13日以前却一天也没停止过对东北的进攻。

1月7日，国民党第52军第25师向营口发起攻击。时值天下大雪，自治军吴克华部打退了对方6次冲锋，坚守了正面防线，但却让由辽河迂回过来的敌军包抄了一下，

∧ 1946年，东北局领导人彭真（右一）、林彪（右二）等人在召开军事会议。

损失了部分兵力，最后不得不放弃营口，撤回了海城。52军第25师占领营口后，仅留1个营驻守，其大部拟铁运沈阳，参加“接收”。吴克华部侦获此情报后，决心夺回营口。经苦战于停战令生效前2小时的14日凌晨2时，收复了营口。

东北人民自治军虽然在营口占了点“小便宜”，但在承德方向却吃了亏。国民党第13军于1946年1月5日占领朝阳，9日占领叶柏寿，10日侵占凌源。当国共双方协定停战令于13日生效时，蒋介石即密令杜聿明督率所部星夜攻击前进，务必于13日前拿下平泉等城。于是，杜聿明指挥13军和52军第195师继续西进，击退了李运昌的冀东第12、第14旅的防御，于13日拿下平泉。当李运昌指挥部队进行反攻时，由于停战令生效，李运昌只好命令部队退出战斗。

1月13日前后的国共和战问题使得东北形势进一步复杂化。为此，14日彭真致电中共中央说：现停战令下，全国能和平对我甚为有利。但国民党仍不承认我在东北之任何地位，并且仍可能向东北进兵。蒋军不向我进攻时我又不能向蒋军进攻，此种情

国民党第13军 

中央军嫡系部队。军长石觉，隶属东北保安司令长官司令部，位于辽宁锦州，下辖第4、第54、第89师。该军与第52军是第一批海运东北地区的国民党军嫡系部队。与第52军共同发起锦山战役，攻占了山海关至锦州沿线诸城。此后该军又先后攻占了义县、阜新等地，参加了进攻热河战役，一部参加了秀水河子战斗。在秀水河子战斗中，该军被人民解放军歼灭了1个团又1个营，这是国民党军在东北战场成建制损失的第一仗。

况对我争取控制东北则甚为不利……现华北、华中停战，敌又控制交通线，可自由将关内兵力运来。东北境内敌机动方便，而我甚困难。

而林彪则对停战协定表示出明显的怀疑。他于15日给中共中央发了一个电报。明确指出，依照中央13日18时电看来，此次和平协定的实质，实为蒋之一重大阴谋。这一阴谋是对我党力量采取避实就虚，各个击破的方针。……从目前所知条件看来，则我此次和平的前途较之继续战争的前途更坏。我入东北的部队目前完全处于无根据地的状态，与我军脱离中央苏区后到陕北以前的状况大体相同。如敌调整全国兵力，向我到处进攻，则对我甚为不利。……如我在这方面停战，而让敌自由攻击东北，则对我党的后果是很不利的，华北之暂安局面也决不会长久。因此我们对现在所谓和平的实际收获，须清醒的考虑之……

关于东北问题，中共中央此时所采取的是“争取和，准备打”的方针。但“争取和”放在了第一位。一方面同国民党通过谈判谋求政治和平解决东北纷争，另一方面积极做好应付内战的准备。

为此，1946年2月15日，中共中央指示东北局：国民党现仍拒绝与我谈判东北问题，不承认我在东北之任何地位，他对东北我军仍未放弃武力解决方针，因此国民党军进入东北后，要向我们进攻是不可避免的。……请东北局立即布置一切，在顽军进入东北向我进攻时坚决击破其进攻。……必须使我在东北能击败顽军之进攻，使其武力解决东北问题之计划失败，他们才会承认我在东北之地位并和我们谈判问题。

1月16日，中央军委复电彭真、林彪，对停战问题作了解释。电文指出：我们在月初及以前时期，能给杜以沉重打击，推动全国停战，保障和平，提高我在东北及国内国外地位是有利的。而在停战命令公布以后情况起了变化，杜聿明部又未继续进攻承德，我如主动向杜部进攻，将受到国内外舆论的严重责备。蒋顽发动内战的责任将推在我们肩上，人民是不容易了解的，这于我是不利的。因此目前可能取得局部的军事胜利（你们来电所说杜部分散），也只有暂时放弃不向杜部进攻，以服从目前全局的政治形势……东北的武装冲突前途是难以避免的，但必须坚持自卫原则，才能有理；利用时间训练军队，准备战场，在顽军进攻时给予歼灭打击才能有利。经常注意掌握有理有利这两个原则，才能立于不败地位。营口盘山胜利后，应巩固这一胜利，准备将来继续争取胜利的各种条件。

林彪是军事干部，他以高度的政治敏锐性和军事指挥员特有的戒备心理洞察局势，为了使东北人民自治军保持应有的警惕性，于1月15日向东北人民自治军各部队接连下达了两道命令。

第一个命令是15日7时下达的。命令各兵团首长,时局尚在动荡中，各部须严整战备，只有战争才能争取和平！

第二个命令是15日10时发出的。命令指出，各兵团首长并报东北局、中央：对于和平问题，切勿向下级指战员散布和平空气，以免解除精神武器，涣散军心民心。故只应鼓励为和平而战，为停止敌之进攻而战。

林彪以上两令，在当时和平迷雾浓重缭绕的形势下，对于稳定各级指挥员的思想，保持我军各部队战斗力，具有重要意义。

❶ 我军机枪掩护步兵冲锋。

❷ 我军某连为改进工作方法，请战士给干部提意见。
❸ 我军战士开赴前线。
❹ 我军冒雪向前线挺进。
❺ 在炮火掩护下，我军冲向敌阵地。

伍修权

(时任东北军调处执行小组中共代表)

……在“一月停战”令发布后，蒋介石宣称东北九省不包括在《停战协定》之内，是属于接收主权的问题，并密令其五大主力之二的新1军、新6军和号称“御林军”的第71军赶运到东北，这就造成了“关外大打，关内小打”的局面。

为此，又经过我党和各方面的努力，达成了《关于调处东北停战协议》，并在沈阳成立了军调部东北执行小组，同意停战7天。

但是，这个协议实际上并未生效。

协议签定的第三天，杜聿明就明目张胆地宣布要在4月2日之前拿下四平，执意“接收”长春、哈尔滨等大城市，企图独霸东北。

——摘自：伍修权《东北军事调处执行小组工作回顾》

杜聿明

(时任国民党东北保安司令)

1月10日，我接到蒋介石密电，大意是：停战令即下，13日午夜生效，着各将领务于是日前，抢占平泉等重要城市。

接到指示后，我立即指挥所属部队赶在停战之前抢占了平泉等地，然后才在上述地区停止待命。

停战期间，乘机整训，在各县强征壮丁补充缺额，收编伪军及土劣武装，积极备战。

——摘自：《杜聿明将军》

第八章

较量在白山黑水间

∧ 1945 年 9 月，毛泽东赴重庆谈判期间与蒋介石互相祝酒。

“和平民主新阶段”，中共对和平民主的渴望。
秀水河子和沙岭两个战斗，民主联军一胜一负。
抚顺会议，议而未决的问题。
三人军事小组，马歇尔“国统区”、“赤都”万里行。

1. 中共力主和平

1945年最后3个月的国内局势确实复杂得让人难以琢磨。一方面，国共双方正在进行谈判，还签订了协议；另一方面，蒋介石又在玩弄阴谋，他那条藏在围裙下面的狐狸尾巴不时会露出来。对于这样一个充满矛盾的情形究竟应当如何认识呢？

毛泽东说，蒋介石要消灭我们，这个主意老早定了，最好是很快消灭；纵然不能做到这一点，也要使形势对我们更不利，对他更有利些。这是目前发生大规模军事冲突的根本原因。由于他受到各种因素的制约，特别是中国共产党力量的存在和他要发动全面内战的准备还不足，因此目前的大规模军事斗争可能被限制在一定的范围和一定的时间内，还不是全面的内战，“不能把目前这种大规模的军事斗争，误认为内战阶段已经到来”。“和平、民主、统一，这是我党既定方针，也是国民党被迫不得不走的道路”。因此，毛泽东仍认为，和平是能够实现的，只要我党有明确的方针与坚决的努力。

毛泽东没有放弃和平发展新阶段的主张。毛泽东是真想“和”的。刘少奇也在那时的文电中说过真想和的话。自重庆返回延安的当日，毛泽东在向中央政治局谈到自己此次重庆之行的感受时曾说过：我看蒋介石凶得很，又怕事得很，他没有重心，或民主与独裁，或和与战，最近几个月，我看他没有路线了；只有我们有路线，我们清楚地表示要和平，但他们不能这样讲。这些话，大后方听得进去，要和之心厉害得很，但他们给不出和平，他们的方针不能坚决明确。我们是路线清楚而调子很低，并没有马上推翻一党专政。我看，现在是有蒋以来，从未有之弱，兵散了，新闻检查取消了，这是18年来未有之事，说他坚决反革命，不见得。在延安的一片蓝天下，当时的毛泽东的确认为，蒋介石实行独裁的劲头不大了，是像灰尘一样可以吹掉了。

然而，时隔几天的10月20日，毛泽东为中共中央起草了“关于过渡时期的形势和任务的指示”。这个指示着重点仍在击败国民党军队的进攻，以便有利地转到和平

发展的新阶段。为此，毛泽东指出：当前开始的6个月左右时间，是为抗日阶段转变至和平建设阶段的过渡期间。今后6个月的斗争，是我们在将来整个和平阶段中的政治地位的关键。在这一期间内，中国共产党在国民党统治区域内的任务，是扩大民族民主的统一战线工作，与广大友好的及可能争取的中外人士合作，组织广大群众，发动要求民主、惩办汉奸、挽救经济恐慌、救济失业人民与援助还乡人民等项运动，并与政府当局继续谈判尚待解决的问题。

在解放区的中心任务，是集中一切力量反对顽军的进攻及尽量扩大解放区。为此目的，除移动大量军队与干部去东北及热河等地，并在那里组织人民、扩大军队、阻止与粉碎顽军侵入外，在一切解放区，是组织强大的野战军，有计划地歼灭向我进攻的

∧ 1946年毛泽东在延安根据地接受军民赠送的金匾。

顽军，歼灭得愈多愈干净愈彻底愈好。这是自卫的战争，我们具有充分的理由，站在有理有利的地位。

解放区的一切工作，都应为这一中心任务而服务。在这场复杂的斗争中，必须坚持又团结又斗争、以斗争之手段达到团结之目的这一方针，毫不动摇地争取目前斗争的胜利，以便有利地转到和平发展的新阶段。目前斗争的胜利愈伟大，和平实现的时间将愈迅速，愈对全中国人民有利。目前国民党军队进攻的重点在华北和东北，只要战胜与大量歼灭向华北、东北进攻的顽军，争取我党我军在华北、东北的有利地位，迫使顽方不得不承认此种地位，然后两党妥协下来，转到和平发展的新时期，这是完全必要与完全可能的。

毛泽东为了实现和平发展的可能性，不惜动用军事手段，先后在平汉路、平绥路、津浦路进行了作战，这种打最终还是为了和，这是中共及其人民军队在1945年最后3个月中军事上的一连串胜利，加上美国政府对华政策的一定程度的调整，在中国大地上，当然还不能算东北，是出现了短暂的像是和平的新景象。

已是初冬，毛泽东抱着对中国和平的追求与愿望，无论在重庆或回到延安，由于忘我的工作精神和剧烈运动，他的身体终于支撑不住了，11月中旬他躺在了延安的病床上！

医生说是患的神经系统的疾病。他自己说是“神经疲劳”症，没有大不了的。曾经在毛泽东身边工作过的，延安时期的中央书记处办公室主任师哲说，11月，毛主席的身体状况越来越令人担忧。我每天都要看他几次。他有时躺在床上，全身发抖，手脚痉挛，冷汗不止，不能成眠。他要求用冷湿毛巾敷头，照做了，却无济于事。

经过中央书记处的其他几位领导者的坚决劝说，毛泽东最终答应暂时治疗养病。然而尽管如此，毛泽东从未间断过对时局的掌握。从毛泽东重病这一阶段中他本人起草的“建立巩固的东北根据地”的长电文里就不难发现他对时局的了解是多么的深刻，大有亲临实际和现场的感觉。

1946年1月10日，毛泽东还没有完全战胜病魔，他怀着对国内和平的良好愿望，依据国共双方达成的“关于停止国内军事冲突的协定”，以中共中央主席的名义，向全党发布了停战通告。

中国共产党各级委员会，中国解放区各部队首长，各级政府同志们：本党代表与国民政府代表对于停止国内军事冲突之办法、命令及声明，业已成立协议，并于本日公布在案。凡在中国共产党领导下之一切部队，包括正规军、民兵、非正规军及游击队，以及解放区各级政府，共产党各级委员会，均需严格遵行，不得有误。

全中国人民在战胜日本侵略者之后，为建立国内和平局面所作之努力，今已获得重要之结果。中国和平民主新阶段，即将从此开始，望我全党同志与全国人民密切合作，继续努力，为巩固国内和平，实现民主改革，建立独立、自由和富强的新中国而奋斗。

我们今天重读这份文件，仍然感到它反映了我党同全国各界民众一样真诚地期盼中国从此能脱离战争的火海，在和平的环境里建设国家的愿望。

中共中央另一位领导者刘少奇的和平主张也十分鲜明。1月11日，主持中央工作的刘少奇在主持中央会议时说，将来还会不会有变化，当然还不能预料，还可能有波折，但大体上和平的局面是定了。从8月11日起，恰好经过5个月的过渡期。我们中央曾预料要经过半年的过渡期。现在和平还不巩固，我们的任务是要巩固和平，这就需要发展民主，民主愈发展，和平愈巩固。要争取民主改革，巩固国内和平。斗争的总路线仍然是需要有团结有斗争，放手动员群众，有理有利有节。主要的是非武装斗

∧ 1946年2月，出席政治协商会议的中共代表团和中共参议员秦邦宪在重庆合影。左起：吴玉章、陆定一、周恩来、邓颖超、董必武、王若飞、秦邦宪。

争，抗日时期与日本投降后5个月中，斗争形式主要是武装的，以后和平实现，非武装的政治斗争是主要的决定的东西。特务机关还一定要坚持独裁，用种种阴谋来破坏民主运动，但和平的实现有其深厚的社会原因与国际背景，美国抛弃赫尔利政策也是经历了一番猛烈的斗争。我们的强大力量与5个月斗争使得赫尔利垮台，使得美国政策由站在矛盾之中变为站在矛盾之上，这是第一个因素。第二是全国人民的压力，昆明示威是其一例。第三是国际压力，美国政策与三国会议。加上他自己的困难，军事困难、财政困难等。这样才迫使蒋接受和平。我们的要求虽还没有完全解决，但已争得和平，没有损失人民的基本利益，军事上获得了很大胜利。这些胜利在和平之下是会保存的。

刘少奇的发言十分清楚地表白了当时中共中央对待和平问题的基本立场和主张。

1月31日，周恩来率领的中共代表团在政协会议上与民主党派人士相互配合，使会议通过了政府组织案、《和平建国纲领》和《宪法草案》等五项提案，确定改组政府，召开立宪国民大会，整编全国军队，实行军党分立和议会制等原则。这些决议实质上是对国民党一党专政的否定，受到全国人民的欢迎。中共中央也着实准备在此基础上为实现和平建设继续走下去。如果说这份文件还不足为凭，那么到了这一年的2月1日，中共中央发出的《关于目前形势与任务》的党内指示，则再清楚不过地阐述了中共对于和平

< 1945 年初到东北时的张闻天。

张闻天 

上海浦东人。土地革命战争时期，任中共中央宣传部部长，中央政治局委员和书记处书记，中华苏维埃共和国人民委员会主席等职。抗日战争时期，任中央宣传部部长，中央政治局委员。解放战争时期，任中共合江省委书记，中共东北局常委兼组织部长，中共辽东省委书记等职。

吴玉章 

四川荣县人。土地革命战争时期，任革命委员会委员兼秘书长，苏联东方大学中国部主任等职。抗日战争时期，任延安宪政促进会会长，延安鲁迅艺术学院院长，延安大学校长、陕甘宁边区政府文化委员会主任等职。解放战争时期，任中共代表，中共四川省委书记，华北大学校长，中国人民大学校长，中国文字改革委员会主任等。

期盼的真实性。在这个指示中，虽然也提出了“中国民主化的道路依然是曲折的和长期的”要求，告诫全党“一切准备好不怕和平的万一被破坏”，但是细研这一指示，不难发现这一指示着重强调的是“中国走上了和平民主建设的新阶段”。

指示中说，武装斗争是一般的停止了，中国的主要斗争形式目前已由武装斗争转变为非武装的群众的议会斗争，国内问题改由政治方式来解决。党的全部工作，必须适应这一新形势，目前党内的主要危险倾向是，一部分同志狭隘的关门主义，因而要求全党必须很好地克服那种不相信内战会停止，不相信和平真能实现，以及不相信蒋介石在各方面逼迫下也能实现民主改革，并能与我党合作建国，不相信和平民主新阶段已经到来的“左”的倾向。

那时延安还召开了干部会议，刘少奇在会上作了关于时局问题的报告，进一步阐述道：现在已经开创了新的局面，从重庆停战协定成立、停战命令发布后，各地战斗除个别冲突外，一般是停止了。现政协会昨闭幕，决议今天可发表。这些决议的通过、实行，会使国民党一党专政开始破坏，从此中国走上和平民主的新阶段。虽然要经过很多曲折，但应估计到新阶段已开始。

不仅如此，到了2月6日，中央政治局召开会议，讨论确定中共参加国家宪法草案审议委员会和国民政府委员会、行政院的官员名单。毛泽东根据会议的决定，复电在重庆的中共代表团，指出：同意周恩来、董必武、吴玉章、博古及何思敬5人为宪法草案审议委员。国民政府委员仍照周恩来1月27日返延时议定的8人，即毛泽东、周恩来、林伯渠、董必武、吴玉章、刘少奇、范明枢、张闻天为适宜，以便将来全党指导中心移至外边。第一次会议少奇可不出席。如范明枢不就，可提彭真。同意以周恩来、林伯渠、董必武、王若飞分任行政院副院长、两个部长及不管部部长。

由此可见，毛泽东和中国共产党在当时的历史条件下确实期望过这次和平谈判能够成功，并为和平一旦实现后，参加政府活动作了认真的准备，选出了自己的政府阁员的代表。

毛泽东对于未来国共可能合作共同建设新国家持乐观态度。2月9日，他在接见美联社记者时说过如下一段话：政协会议成绩圆满，令人兴奋。今后当然还有困难，但相信各种障碍都可以扫除。总的方面，中国走上民主舞台的步骤已经部署完成。各党当前任务，最主要的是在履行政治协商会议的各项决议，组织立宪政府，实行经济复兴。共产党于此准备出力拥护。对于政治的及经济的民主活动，将无保留，出面参加。

毛泽东还在最为关键的问题即军队问题上作出了巨大牺牲。3月6日，毛泽东为中共中央起草了一份至关重要的文件，即关于“精兵简政”的党内指示，这一指示对山东、华中和晋冀鲁豫三个解放区的军队员额提出了分两期裁减的计划，要求该三个战略大区第一期精减1/3的兵员，三个月内外完成，第二期再精简1/3；此外，对晋绥、晋察冀两个战略区的兵员裁减工作也作了进一步的布置。此项工作很快在一些战略大区开展了起来。

以上指示表明，中共中央的和平态度是十分严肃的，指示措词亦十分严厉，绝不是为对外宣传而作的官样文章。

中共中央的指示和毛泽东、刘少奇等的讲话，真真切切表明了中共是真心诚意地渴望和平民主的。而且对于和平问题到了1946年的一二月份有升温的趋势，大量重要历史文献证实了这一点。

然而，事与愿违。从1946年的2月起，国内政局开始向着中共愿望相反的方向发展了。国民党当局制造了一系列反对国共合作和平建国的严重事件。如2月10日的重庆校场口事件；2月20日的大闹北平军调部中共方面办公室事件；2月22日的重庆捣毁中共《新华日报》营业部和民盟机关报《民主报》营业部事件；3月1日至17日召开的国民党六届二中全会所产生的决议对政协会议的彻底动摇；以及国民党25万大军进入东北和关内频繁地对解放区的蚕食行动。凡此种种，不一而足。

从后来的历史发展来看，中共中央包括刘少奇在内，对当时形势的估计有些过分乐观，对于国际上苏美英三国对中国时局向和平方向发展的影响作用也估计偏高，对蒋介石的破坏和平的决心估计不足。正如全面内战爆发后刘少奇曾说过的："我们糊涂了一下，以为真正可以和，恐怕国际上也都糊涂了一下。现在证明是不可能。无和的可能也要谈，因为人民要和平。"

但是总起来看，这个"糊涂了一下"只经历了很短的时候。这不是哪一位领袖的过失，而是蒋介石顽固坚持其反苏反共立场使然。中共中央，包括毛泽东在内，很快看清了蒋介石。这一年3月15日，毛泽东在一次中共政治局会议上对时局谈了四点分析。当讲到蒋介石时，毛泽东说："蒋介石的主张有两条：第一条，一切革命党全部消灭；第二条，如一时不能消灭，则暂时保留，以待将来消灭之。蒋介石的这两条，第一条很清楚，第二条是人们容易忘记的，稍为平静一点就忘了。2月1日到9日就忘了，校场口事件以后就不忘记了。马歇尔能放长线，蒋介石也较何应钦不同。假如有一个放长线的，放半年我们就会忘了，那就危险得很。"

还是在这一次政治局会议上，刘少奇作总结时肯定毛泽东的分析，指出中国共产党的态度是："打起来，有了准备；不打，更好。"中国共产党是中国大的政党中独立自主性最强的政党，当其意识到作为执政党的国民党最终还是在坚持旧有专制政策的时候，其反击将是十分有力的。为此，3月15日、18日两日，中共中央接连发出两份党内指示，开始强硬起来。前一个指示指出："苏军已从沈阳及其附近撤退，国共两军在东北的冲突即将展开。在国民党二中全会中，CC系和何应钦等军人派，正企图破坏停战整军，借口东北问题，实行各地军事接收，想在马歇尔离华期间造成新的内战局面。而这种阴谋，是蒋介石知道的，因此十分值得警惕。为了对付国民党内反动派的阴谋挑衅，除开审慎应付东北问题外，华北、华中各地应即提起警觉，密切注意顽方动态，

> 陈果夫，国民党CC系创始人之一。

国民党CC系 

陈果夫、陈立夫控制的全国性特务组织，是中国国民党中央执行委员会调查统计局的简称。该组织正式成立于1938年8月。他们以维护国民党蒋介石的专制统治为己任，采取“渗透和招抚”的策略，招纳堕落的知识分子和革命队伍中的叛徒为爪牙，伪装进步，混进共产党和革命团体进行阴谋破坏活动。

> 陈立夫，国民党CC系创始人之一。

> 毛泽东、周恩来、刘少奇、朱德在中共七大主席台上。

并在军事上作必要准备，加强整训，加强侦察，严防反动派突然袭击。如果反动派发动进攻时，必须能够在运动中坚持彻底、干净、全部消灭之。除东北、热河外，各地第一期复员整军，不论时局变化如何，都应力争完成，以利于作长期打算。减租、生产两件大事，一切地方须抓紧推动。务必在今年内获得空前巨大成绩，造成解放区不可动摇的群众基础与物质基础，不怕任何反动派的破坏。"

后一个指示告诫说："我们必须坚持和强调政协决议每一条每一句均须实现，反对修改……在坚持实现政协决议、宪草原则，反对修改的斗争中，我们不要害怕破裂。事实上我们愈坚持不许修改，国方就愈不敢破坏。我们在精神上必须准备不怕分裂，不怕打内战，然后才能压倒反对派的破坏，并可能免于分裂……我们反对分裂，反对内战，但我们不怕分裂，不怕内战，我们在精神上必须有这种准备，才能使我们在一切问题上立于主动地位。"

基于上述认识，实际上从3月中旬始，是个分界。毛泽东等中共领袖逐步加重了对蒋介石的批评和揭露，同时加强了各项应变准备。

怎样看待这一段历史？

毛泽东在全面内战爆发后的1946年11月21日中共中央会议上有一个认识。他说：在七大时，我们估计在日本投降后如果不克服蒋介石和中国的斯科比事件，中国的内战就不可避免。今年一、二月间似乎变了。后来还是证明七大估计是正确的。谈判是有成绩的，教育了人们，党内也是一个教育的过程……复员就吃了亏，部队不充实，减少了民兵。

总而言之，中共中央也好，毛泽东、刘少奇等领袖也好，虽一

中共七大 

1945年4月23日至6月11日，在延安举行。大会通过了毛泽东《论联合政府》的政治报告、朱德《论解放区战场》的军事报告和刘少奇《关于修改党章的报告》，周恩来在会上作了《论统一战线》的重要报告。大会决定了党的政治路线，选出了以毛泽东为首的新的中央委员会。这次大会为争取抗日战争和人民民主革命的最后胜利奠定了基础，成为中国共产党在民主革命时期的一次最重要的代表大会。

度对时局和平发展的估计偏于乐观，但并未完全陷入对和平的幻想之中，更没有放弃人民手中的武器。到了这一年的3月以后，中共中央迅速总结了这一经验教训，而将主要注意力转移到准备应付国民党发动全面内战上来。对于如此复杂的社会历史活动有这样一个认识过程，是不奇怪的。

2. 激战秀水河子

1946年1月14日，东北局在应付复杂斗争局面中遵循毛泽东关于"建立巩固的东北根据地"的指示以及中央军委命令，将东北人民自治军改称为东北民主联军。并在民主联军总部之下，建立了东满、西满、南满、北满4个二级军区。林彪自己除直接指挥梁1师和黄3师7旅（彭明治旅）外，其他部队均置于各二级军区领导之下开展斗争。

当时的各满军区是这样划分的，北满军区：司令员高岗，政治委员陈云。下辖杨国夫的山东7师（内含冀热辽第19旅）、刘转连的359旅以及松江、合江、北安、牡丹江、嫩江5个三级军区。

南满军区：司令员兼政治委员萧华。下辖吴克华的第3纵队（辖山东第3师、警备第3旅、冀热辽第16军分区第21、第23旅）、胡奇才的第4纵队（辖原东北人民自治军第2、第3纵队）及辽宁、安东、辽南3个三级军区。

东满军区：司令员周保中，政治委员林枫。下辖陈光部山东2师、万毅的第7纵队以及通化、古东、辽北两个三级军区。

西满军区：司令员吕正操（后黄克诚），政治委员李富春。下辖黄克诚新四军3师（不含第7旅）以及嫩南、辽西两个三级军区。

组建不久的航空学校、炮兵学校、军政大学等院校，特种兵和总部后勤机关，也转移至牡丹江、佳木斯为中心的后方基地全力发展。

由于实行了分散安家的部署，八路军、新四军各部队深入远离大城市的城镇和乡村去进行发动群众、创建根据地的活动。由于广大农民得到了经济上的实惠和政治上的民主，开始拥护共产党的军队，改善了军民关系。

然而此时和平的曙光仍然敌不过战争的硝烟。1946年1月10

∧ 美国军舰帮助运送国民党军北上。

日的停战令束缚不了蒋介石，其在“接收主权”的旗号下，大举向东北增兵。利用停战的有利时机，美国海军第7舰队从上海、广州等地将国民党军“五大主力”中的两支主力新编第1军和新编第6军以及第71、第60、第93军陆续转运至秦皇岛、葫芦岛等地，使国民党军在东北战场上的兵力猛增到28.5万人。经苏军同意，1月15日，第52军第25师一部进入沈阳北大营；第13军第89师于1月26日接收新民和彰武两地。

这时的黑土地上的形势出现了令人担心的“一边倒”现象。一方面是国民党军不费一枪一弹占领了沈阳以西和辽东半岛的大片土地；另一方面是东北民主联军步步后退，地盘越来越小。

此时的黄克诚率领着3师大部于1月12日乘苏军退出通辽之机，攻战了该地。随即开展了建立西满根据地的活动。然而黄克诚发现自己的身后再往西北全是沙漠，部队已无再退的余地了。他向东北局和中共中央表态，如果国民党军再来“接收”，他将一定要打，不再退让了。

此时，中共中央对于东北民主联军的求战呼声，持谨慎态度。苏联也向中共中央施压，他们甚至警告在重庆谈判的中共领导人周恩来，说什么“营口及东北决不能打，在满洲发生战争，尤其是伤及美人，必至引起严重后果，有全军覆没及惹起美军入满的绝大危险。”中共中央很快将这一情况通报给东北局。

黄克诚的确不同凡响，他始终有着自己独特的看法。1月25日，他又一次向东北局和中共中央发出措辞强硬的电报，他指出：彰武已由苏军交顽军接收，通辽苏军已撤走，同日我们从土匪手中夺回，为西满全区之后方。3师现有伤病员300人及工厂

V 时任东北局书记的彭真与东北局其他成员在研究作战方案。左起：林彪、彭真、刘亚楼、谭政。

(手榴弹、鞋袜、被服) 均在通辽，已无地方可退。我们决死守通辽，任何军队来接，坚持抵抗到底。请向苏军司令部力争，西满西部乡村没有多少村庄，尽为蒙民、沙漠，如果不力争过来，3 师 3 万部队只有向热、察撤退。否则我们为求生存在此地拼死一战，即苏军来也坚持抵抗，全部战死在所不顾，我们决定主力集中通辽拼命。

中共中央收到黄克诚的电报后，感觉到东北形势的严峻，但眼下的大局是争取和平。1 月 26 日，刘少奇代表中共中央电告黄克诚，指出：我控制通辽十分重要，如苏军只送少数国民党人员来接收，不带兵来，你们应很好招待，允他接收，向他提出要求，和他合作。暂不要生硬赶走，免引起外交纠纷。但如国民党大兵来接收并向你们开火，你们应在自卫条件下坚持打败顽军。

同日，中共中央又一次向东北局、林彪、黄克诚发出指示，就目前东北方面问题提出要求。该电指出：我党目前对东北的方针，应该是力求和平解决，力求国民党承认我党在东北一定合法地位的条件下与国民党合作实行民主改革，和平建设东北。在目前国际国内形势下，只有这个方针才是正确的，行得通的。因此企图独占东北，拒绝与国民党合作的思想是不正确的，行不通的，必须在党内加以肃清。在目前形势下这种思想显然带着冒险主义性质，是目前客观形势下不能允许存在的。如果我们对国民党采取内战方针，我们必归失败。……我们在东北要实现和平解决与民主合作的方针，还有严重困难，还必须经过严重的甚至流血的斗争才能达到目的。

接到中共中央这一指示后，东北局进行了研究，认为一味追求和平是办不到的，只有实行自卫反击，才能在东北存在下去。为此，彭真于同日致电中共中央，电报提出：“在长春线之外地区，如顽军向我进攻时，我亦以坚决自卫。”

1 月 27 日刘少奇复电东北局：同意彭意见，在沈阳以南我军留驻长春路沿线，不自动撤退，作为与国民党谈判条件，如国民党不与我谈判即向我军进攻，在友方不坚决反对，在我完全防御有理条件下(退避三舍之后) 给进攻之顽以坚决彻底歼灭之打击……务必一战大胜。煞下顽军在东北之威风，此为历史新阶段中之最后一战，决定东北今后大局，望彻底向干部说清，不惜以重大牺牲求得这一战役之完全胜利，立下最后一次战功。为此，林彪应设法到主战方面去指挥。

此后，中共中央、中央军委多次指示东北局，要求立即做好一切准备，集中尽可能多的兵力，不惜以最大牺牲，求得作战胜利。

根据中共中央关于东北工作的方针，东北局及东北民主联军一方面争取时间整训部队，集中主力同国民党军打大仗，争夺东北；一方面始终注意做好发动群众、剿灭土匪、摧毁敌伪政权、反奸清算、减租减息、扩充军队、创建根据地等工作，以此作为同国民党在军事上争夺东北的依托和基础。

1946年1月10日停战令公布后，国民党自认为东北的军事发展形势对其有利，一直没有停止过对东北的进攻。尤其是新6军到达东北后，从2月8日开始，国民党军集中第52军、第6军、第13军6个师兵力，以锦州为依托，分3路沿北宁路及两侧向东北解放区发动大举进攻，企图巩固北宁线，并占领沈阳，为其占领全东北打下基础。南路为新6军第22师，由沟帮子、大虎山之线进攻，10日占领盘山、台安，14日占领辽中；中路为在黑山、北镇地区的第52军（欠第195师），占领新民后，以其第25师继续推进至沈阳皇姑屯；北路为第13军第89师，分由阜新、彰武出动，先后进入阜新东北的鹜欢池和彰武、法库间秀水河子地区。

东北民主联军在且战且退的情况下，决心歼灭进犯的国民党军一部。

2月9日，林彪在秀水河子一所小学内召集梁1师和彭7旅营以上干部会议进行战前动员。林彪在动员中说：东北和平已成确定前途，但和平到来之前尚有场激烈的争夺战。国民党新6军逗留于沟帮子、彰武之线，证明这一仗是不能避免的。这一仗的意义，是争取我军在东北的地位。只有英勇顽强的浴血奋战与辉煌伟大的战果，才能较多的分给我们以生存的根据地，才能打下国民党的威风，才能取得广大群众对我们的信任，才能巩固与提高新老部队的信心，才能争取我党在国内国际的地位。……这一仗是必然能胜利的。它与过去敌我的情况完全不同。从前敌人是6个师集中在一起行动，而现在他们分散于热河和东北，有了许多的目标，便于我们选择目标与各个击破。我们进入东北时，缺乏作战准备，武器留下很多。而现在战斗情绪与装备都比以前改善了。从前我们对敌情不明，现在侦察技术也改善了。从前我们没有根据地，伤兵到处放，现在则有了。从前南满方面的部队或被营口海防牵制，或未到达。现在有3师、7师，已经形成单独作战的强大力量了。

林彪这番动员，给予营以上干部以很大的鼓舞。营以上干部回去后把这些鼓动的话传给部属，部队士气明显提高。

2月10日，林彪指示黄3师和山东第1师10旅、独立旅担任消灭鹜欢池之敌，并乘胜夺取阜新；彭旅、梁师担任消灭秀水河子之敌，并准备乘胜夺取彰武的作战任务。同时明确鹜欢池战斗以独立旅旅长兼政委吴信泉、第10旅旅长钟伟为正副指挥；攻打秀水河子以第7旅旅长彭明治、第1师师长梁兴初为正副指挥。

林彪是最讲求战术的我军高级将领之一。就是在这次战斗之前，他指示梁师说：这一仗关系重大，必须打得很艺术、很坚决，切不可鲁莽草率。务须严密弄清敌情，干部须亲自侦察地形，选择攻击点与布置火力，当面详细交代任务，切实搞好联络，规定统一作战时间。一切布置好后，即行猛打。

同日，林彪又讲述了他考虑许久的“一点两面”战术。所谓一点，就是要选择敌人一个最薄弱点，将主要兵力集中使用于这一点上，对其他的方面只用少数兵力助攻。总之，不可平均使用兵力。所谓两面，就是不应将突击队与钳制队统用在正面。通常应将突击队应用在敌人侧面去，钳制队用在敌人正面。如只从正面攻击，则敌无后顾之忧，必顽强抵抗。且击溃后他能逃脱，不易消灭。以上两条，排以上干部无论对大目标或小目标的攻击，皆当采取。

2月11日，国民党第13军第89师第226团于攻占法库途中和该师进占彰武之第265团第1营及师属山炮1连及运输1连在秀水河子会合。东总据侦察情况分析，决心歼灭该路进攻之敌。

秀水河子位于彰武至法库的公路上。13日17时30分，秀水河子外围战斗打响。民主联军第1师第2团抢占了附近有利地形。第1团进至西山附近。第7旅两个团，也分别向虎皮山、洋桥、大架山守军展开进攻。第19团也将敌第265团第1营包围。第21团也按时到达指定地点。

22时，总攻开始，第2团先后由北面向东北面发起攻击。第1团同时由西北发起攻击。

与此同时，第7旅突然向守军发起猛烈进攻。第2团乘机分3路攻入镇内。同时，第1团与第19团，向守军发动强大攻势。

战斗进入巷战后，东北民主联军官兵与敌展开逐院逐屋的争夺，并进行肉搏战。经第7旅和第1师合力冲击，很快将第266团团部歼灭。余部向西逃窜，被第3团堵击，大部被歼灭。前来增援的国民党第52军第2师的1个团，被第20团和保1团堵截在太平庄一带。2月14日晨，战斗结束。

此次战斗，共歼国民党军第89师1,500人，其中毙伤500人，俘副团长以下900余人，缴获炮38门，机枪100余挺，步枪800余支，汽车32辆及弹药、电台等。东北民主联军伤亡771人。

与此同时，第89师第267团一个营进犯彰武以西之鹜欢池，东北民主联军集中第3师第10旅、独立旅于2月12日将其歼灭。由阜新增援之另一个营亦被击溃，共毙伤483人。

秀水河子战斗是东北民主联军出关以来取得的第一次重要胜利，它对东北民主联军在东北战场取得胜利产生了积极影响。

秀水河子战斗在政治上，打击了国民党的嚣张气焰，鼓舞了东北军民的斗争士气，揭露了国民党假和平真内战，妄图以武力独占东北的阴谋，为中共与国民党的和平谈判争夺了主动权。

为了庆贺战斗的胜利，中央军委给东总电报指出："在秀水河子歼灭敌5个营甚喜，

在顽敌进攻下如能再打两次这样的战斗，国民党将不能不承认我在东北地位……”

秀水河子战斗在军事上，提高了东北民主联军指战员对战略战术指导思想的认识。这次战斗，取得了集中绝对优势兵力歼灭分散孤立之敌的成功经验。国民党军东北最高军事指挥官杜聿明说，秀水河子之战“是蒋军在东北第一次整个团被消灭的开始”。

国民党军在秀水河子遭到惨败后，慌忙令新6军第14师、第52军第2师于15日向秀水河子猖狂反扑。民主联军部队遂主动向法库以北转移。同时，南满部队牵制国民党主力西犯，配合西满主力继续作战，对侵占盘山以东沙岭的国民党军也进行了反击。

∧ 秀水河子战斗结束后，东北民主联军第3师第7旅召开祝捷大会庆祝胜利。

进占沙岭的新6军，为国民党最为精锐的美式装备的军之一。其进犯沙岭的第22师又是该军主力师。该师于2月10日以第64、第66团攻占盘山，又以另1个团攻占台安。2月11日，占据盘山的第66团等部继续东犯攻占沙岭。

第66团攻占沙岭后，即遭东北民主联军第10旅第29团袭击。

为策应西满作战，粉碎国民党军东进计划，南满军区决定集中第3纵队主力消灭沙岭、郑家房之敌。

战前，一些攻击部队进行了动员。指挥员在会上按照中共中央和东北局的指示，提出了"这是和平前最后一仗，我们必须动员一切力量，不惜一切代价争取战斗胜利"的口号。于是下边各级传达动员时也层层加码，高喊"最后一战建立功勋"的口号，使指战员们产生了真的是最后一战的模糊认识。

而此时，东北民主联军的对手，号称"国内无敌"的王牌军新6军的战斗力与进入东北的其他几个二流美式装备的军比较，确实有很大的不同。新6军在印缅接受过美军的现代化整改和组训，与日本在缅印的最精锐师团打了多年硬仗，武器好待遇高不说，士兵中"老兵很多，都有三五年七八年的军龄"，其中原从国民党各部队抽调到新6军的基层军官，至今仍在作为士兵使用的还大有人在。因此部队战术技术水平较高，作战经验十分丰富，是块难啃的"硬骨头"。

16日到18日，各部队同时发起总攻。因守军防御组织严密，攻击成效不大。

17日，再战打响后，第32团迅速占领村北两个高地，但各团亦无大的进展。

在18日的战斗中，第28团进展迅速，并在夜间续战。至19日，吴克华部继战无益，撤出阵地，守军也趁机于20日下午逃窜。

是役，吴克华部共毙伤国民党军550名，俘74名。第4纵队伤亡2,195名，其中牺牲332名。

沙岭战斗牵制了国民党军主力，迟滞了其东进计划，策应了西满作战，并予国民党精锐部队以迎头痛击。战斗中，吴克华部指战员们表现出来的英勇顽强、不怕牺牲的精神是可歌可泣的。

是役，教训也是深刻的。吴克华部参战部队共两个旅，兵力是占优势的，但由于缺乏细致侦察和周密部署，将立足已稳之敌当成未稳之敌去打；在指挥上未能集中优势兵力歼敌一路，在进攻中未使用正确的战术而采取密集战斗队形连续冲击，因此造成过大的损失。

秀水河子和沙岭战斗中，东北民主联军一胜一负。战后，林彪既不争功，又不讳过，而是让干部们总结经验教训，并如实将情况报告给中共中央。

秀水河子和沙岭两个战斗，是东北民主联军与国民党军真刀真枪的初次较量，这两仗虽然不是什么大仗，但是却教育了人们，使人们在和与战的问题上开始有了清醒的认识。同时还为提高东北民主联军的作战能力和战术水平摸索了经验。

> 1944 年，时任中国远征军驻印副总指挥的郑洞国。

郑洞国 

湖南石门人，国民党陆军中将。黄埔军校第一期毕业。曾任国民革命军团长、旅长、师长。1938 年 3 月，在台儿庄大捷中，升任第 95 军军长。1938 年底，任国民党第一支机械化部队——新编第11军（后改为第5军）副军长兼荣誉第 1 师师长。昆仑关战役后，任新编第 11 军军长，第 8 军军长。1943 年任新 1 军军长。1944 年 9 月任中国远征军驻印度副总指挥。1947 年任东北行辕副主任等职。1948 年 10 月，在长春率部向解放军投诚。

3. 何时独占东北

秀水河子和沙岭两次战斗以后，国共两军暂时处于对峙状况，双方都不主动进攻。此时新 6 军集结于盘山、辽中、沟帮子一线；第 52 军一部驻沈阳铁西区，一部驻扎新民。其司令官杜聿明因患严重肾病，急需就医，蒋介石也没有亏待他，准备安排杜聿明到美国手术。在杜聿明的推荐下，国民党东北保安司令部副司令长官郑洞国代行杜聿明的职务。郑洞国是杜聿明黄埔一期的同学，两人曾在广西昆仑关血战中并肩作战，后杜聿明任中国远征军司令赴缅作战，郑洞国是后任中国驻印军副总指挥，两人彼此

了解、信任，感情甚好。1946年3月，国民党政府乘东北停战尚未达成协议之机，积极利用其已进入东北的部队扩大东北内战，以图最终达到独占东北的目的。至三四月间，国民党军进入东北的有第13军、第52军、新1军、新6军、第60军、第71军6个军，连同地方保安部队，总兵力达31万人。从而使东北内战并没有因停战谈判而有所缓和，相反，战争规模已日益扩大。

这时彭真及东北局机关已由本溪移至抚顺；黄克诚3师主力由法库北上四平；萧华、吴克华的第3、第4纵队在辽东半岛；第359旅和杨国夫的7师去了北海，林彪带着梁兴初的1师和彭明治的新四军3师7旅在沈阳与抚顺间牵制国民党军主力；除此之外的部队，大多为地方武装改编，战斗力水平有待很大提高才能适应作战需要。

此时，彭真考虑到国民党军重兵进入关东，东北局压力太大，希望中共中央再给东北增派些力量来。尤其是盼望新四军主力叶飞部和华北主力杨得志纵队进入东北。中共中央很快回电了，答复是否定的。电文指出："如我先向东北增兵，给国民党以借口；我增彼亦增，彼快我慢，结果反而拖延东北战争形势，于我不利，破坏停战实际责任，人民一时亦不易了解，反而给战争挑拨者以利用。"有鉴于此，中央要求东北局"准备独立坚持，切不可希望再增一兵一将"。

当时在黑土地上，形势于中共十分不利，国民党军名正言顺地根据中苏条约"接收"东北，老百姓受"正统"影响，对蒋介石抱有幻想，而民主联军缺乏根据地依托，没有一个"家"，没有群众支持，连伤病员都无处转移，还得用主力来抬着走。这种没有根据地的作战是人民军队难以适应的。此时的部队统计起来人数很多，但除了内地来的八路军、新四军等部队有战斗力外，新编武装战斗力很

< 抗战时期，在印缅接受美军训练的国民党新6军一部。

V 1946 年，驻扎在东北的国民党军官兵。

差，国民党军进入东北后，这些部队叛变严重。总之，此时东北局面临着严重困难的局面。

为了解决中共在东北的行动方针问题，3月6日至8日，东北局领导成员在抚顺开会，主要讨论东北的和战问题、城乡关系、是否应准备长期作战和战争指导方针以及建军问题。

出席这次会议的有：彭真、林彪、林枫、罗荣桓、吕正操、萧劲光、伍修权、高岗、黄克诚等。

在会上，与会领导人就上述东北重大问题展开了热烈的争论。在战与和的问题上，部分领导成员如林彪，坚持认为和谈的实质是蒋介石的最大阴谋，罗荣桓、陈云、高岗、黄克诚等都同意这一看法。

在城乡关系问题上，是以占领城市为主，还是以占领乡村为主，与会领导成员也有一定争论。

在建军问题上，彭真、罗荣桓、林彪等对于“一招而来”，不讲阶级路线的扩军方式，结果造成部队成分严重不纯问题均提出了各自的看法。

在战略方针问题上，与会领导成员就敌我力量悬殊、打阵地战以及对手情况的变化等问题提出了各自的意见。

一位东北野战军老军人，原上海市委书记陈沂是这样说的：总的说，会议对毛主席“建立巩固的东北根据地”的指示，当时尚无统一的认识和决定；在行动上，有些方面做得好一点，有些则做得差一点，还没有真正开展发动群众的运动。

伍修权回忆这次会议时说，在此以前，我们对东北地区的局势有两种意见：一种意见是主张打大城市，另一种意见是离开铁路干线建立农村根据地。正在此时，党中央给东北局发来了“建立巩固的东北根据地”的指示，要求把工作重心放在中小城市和农村。抚顺会议讨论并一致同意了这一方针。

韩先楚在后来的回忆中谈到：由于处于认识过程中，又受到当时与国民党和平谈判这一政治局势的影响，从1945年9月下旬起，中共中央虽多次指示东北局“让开大路，占领两厢”，大力建立东北根据地，但中间曾多次发生过摇摆和变动，以至在东北的领导层

< 20世纪40年代，陈云在延安。

和广大干部中间，对和战问题、根据地建设和城乡关系以及作战方针问题，都产生了一定的分歧和混乱。

从他们的回忆来看，当时东北局领导成员内部在一些重大问题上认识不统一，是客观存在的，这与当时国内国际形势变化有很大的关系。虽然东北已经小打不断，但是整个国内的大趋势仍然是和平气氛多于战争气氛，国内还在和平谈判，政协会议也在举行，中共中央领导人也曾真心期望和平的到来，并为此作出了种种努力。

实际上，这次会议对一些重要问题没有取得大体一致的认识，是一次议而未决的会议。

由于抚顺会议大家认识未及统一，会后，彭真于4月19日在为东北局起草的《切不要忽略根据地的建设》指示中，严厉批评了这一时期相当一部分干部只想在城市工作，不愿到农村去进行艰苦细致的组织发动群众，建立根据地的工作的偏向，并强调应准备应付持久的、更残酷的、更剧烈的各种形式的斗争，特别是武装斗争。

陈云是认识以上问题较早的东北局领导人。他在抚顺会议之前的2月25日就曾致电东北局，提出：美蒋将全力北来，而东北我军现有主力已无独占东北可能，下决心放弃独占东北的打算，应立即执行中共创造根据地的指示，除将适当数量的主力以迟滞蒋顽北进为目的进行作战外，将必须数量的主力及干部分散到东、西、北满一带领导新部队，肃清反动势力，创造根据地。如再犹豫，将既不能独占东北，又无可靠的根据地。

今天看，陈云的这些话讲的是十分中肯的，也符合当时东北的实际。

罗荣桓身患重症，但在抚顺会议后，还给东北局写了一封信，提出自己的4条建议。这些建议也很宝贵，他说，东北战争要作较长期准备，不要把和平估计过急，而且自己应发展全面工作，要全力支持这一长期战争，应很好地接受最近与内战时的教训。部队作战须保持有生力量。就是和平，须要有本钱，不要发生拼命主义情绪。东北局要努力加强主力，以保持元气。西满部队应迅速根据东北局指示，赶快合编组织两个机动纵队，并加强指挥。巩固地盘，发展游击队，造成主力运动战更有利条件。加强各地后勤工作，兵工建设。应就地取材利用人力建设医院，安置病员。要克服和平大后方大机关作风，力求作战化与加强下层领导。

东北局领导成员的上述认识，对于进一步形成对东北斗争实际的正确的总体认识打下了很好的基础。

4. 三人军事小组的活动

1946年2月25日，周恩来和张治中、马歇尔在重庆上清寺尧庐正式签订了《关于军队整编及统编中共部队为国军之基本方案》。

在有三方人员和中外记者的签署仪式上，三将军均发表了演说。周恩来和张治中都表示"百分之百"实行整军方案，都盛赞马歇尔为整军方案作出了巨大贡献。张治中甚至把马歇尔称之为"和平团结之接生婆"和"政府与中共合作之媒人"。至此，整军谈判画上了句号。

追求高效率的马歇尔于整军协定签字后第二天就提议：三人军事小组赴华北、华中视察，以检查停战、恢复交通整军工作情况。

3月1日上午，三人军事小组飞至张家口。他们在中共晋察冀军区司令部，听取了张家口执行小组报告会，一致认为，该小组成绩很大。中午，聂荣臻司令员举行盛宴欢迎马歇尔一行。宴席上的菜肴一律是中国北方和四川名菜，例外的是备有西式刀叉和牛油果子酱。一些美国随员边吃边赞叹不已，说他们在世界许多国家吃过的饭中，这是最美好的一顿。

马歇尔也嗜美食，但非常注意效率，不等最后一道菜上席，便站起来退席，找贺龙会谈去了。

午后，三人小组飞抵集宁，与晋绥野战军副司令员张宗逊等会面。

3月2日，马歇尔一行飞往济南，听取了当地国共军事首脑陈毅和王耀武报告各自部队情况和济南小组美国雷克上校的汇报。

当马歇尔发现周恩来与张治中的发言中立场相去甚远时，他施展了自己的演讲才华，指出：目前美国的困难，只是国共双方的评判员，与棒球的裁判员一样，美国政府派我来中国调解国共争端，好像干涉别人家庭闹事，做得不好，会引起批评。打棒球时，双方都不喜欢裁判，但没有裁判又打不起来。

人们恍然大悟，明白了马歇尔借棒球流露出自己的"苦衷"。而周恩来以其伟大政治家的敏锐眼光，看到了马歇尔的实质，尽管马

∧ 三人军事小组在张家口视察时，在晋察冀军区司令部门前合影。右三为军调部中共代表叶剑英。

< 抗战时期的王耀武。

> 由美国、共产党以及国民党三方组成的三人军事调停小组成员周恩来（右）、马歇尔（中）、张治中（左）。

国民党第二“绥靖”区司令王耀武 

山东泰安人，国民党陆军中将。黄埔军校第三期毕业。曾任独立32旅第1团团长，第1旅旅长，第51师师长等职。抗日战争时期，历任第74军军长，第29集团军副总司令，第24集团军总司令，第四方面军司令等职。1946年1月，王耀武升为第二“绥靖”区司令，11月兼任山东省主席。1947年，在济南战役中被俘。

歇尔口口声称自己像棒球裁判员一样抱着公正态度来调处国共关系，然而正如一些裁判员口说自己公正而实则在偏袒一方一样，马歇尔在对待山东伪军的问题上采取回避的方式，实际上是暗中偏袒伪军。

正在这时，门口响起了“打倒共产党”、“打倒汪精卫第二毛泽东”等口号。原来这是王耀武搞的名堂。为破坏和谈，找了一帮地主子弟、劣绅、恶霸及部分国民党员组成所谓“鲁西南十六县民众代表请愿团”，以中共不让农民还乡为由来此捣乱。

为揭露王耀武的阴谋诡计，周恩来发表了演讲：诸位的希望很清楚，就是要和平。抗战胜利后，我和张、马两将军不辞努力就是为了实现全国和平。山东在八年抗战中，在日寇的残酷统治中受尽了痛苦，我现来慰问诸位。现在的乡村和城市不应再隔绝了。城市群众需要粮食，乡村群众需要商品，我看应该实现这个要求。

周恩来的这番话，不仅使“请愿团”离开了，而且使马歇尔为之佩服。周恩来又对王耀武和陈毅说：“刚才我看到王、陈两将军握手言欢，我很高兴。两位将军的握

手可以保证实现山东的和平。”周恩来最后说：“这次我们三个人来，诸位所希望的和平、民主、统一，一定要实现。”话音刚落，掌声如雷。王耀武煞费心思安排的丑剧彻底失败了。

3月4日，两架飞机穿过云海，在延安上空绕行一周后，徐徐降落在延安东门外机场。这时欢呼的交织声压倒了飞机的轰鸣声。机舱门打开了，美国使者马歇尔五星上将出现在人群面前。受美国总统杜鲁门的重托，为了调解国共两党的争端，马歇尔已经忙碌了近4个月了。他仍然在尽自己的努力，用最大的耐心斡旋于蒋介石和毛泽东之间。其基本立场是支持蒋介石国民政府的，关于这一点他使华后始终没有动摇过，但是在对待中共问题上他本着“自己活也让别人活”的态度，主张在政治上、军事上都应该给予中共一席之地。因此，马歇尔在对待中共问题上比较赫尔利来说，无疑是一个进步。

毛泽东对美国人的印象一直不太好。但抗战中对主张支持中共抗战的史迪威将军却产生了较好的印象。对于马歇尔，毛泽东的印象也比较好。还在重庆政协会议闭幕时，毛泽东就通过周恩来向马歇尔致谢，感谢他为促进中国国内和平所做的努力，认为他的态度和方法是公正的，表示中共愿意在这个基础上与美国政府合作。毛泽东还对美联社记者说："马歇尔特使促成中国停止内战推进团结、和平与民主，其功殊不可没。"重庆谈判后，国内谣传毛泽东要出国去苏联养病，毛泽东特地要周恩来转告马歇尔说，如果要出国的话，他愿意先到美国去看看，因为那里有很多东西可以学习。

在延安机场上，矗立着一座红布搭起的牌楼，上端插着中美两国国旗，横匾上悬挂着用中美两种文字写成的"欢迎马歇尔、张治中、周恩来三将军！"的横幅，两旁的巨幅红色标语上写着"国共合作万岁！""中美合作万岁！"。机场右侧，上万欢迎群众有秩序地站着，仪仗队列队，此种隆重场面，是延安前所未有的。由周恩来介绍，马歇尔与站在前排的中共领导人毛泽东、朱德、刘少奇、彭德怀、林伯渠、徐特立等人一一握手。

马歇尔被感动了。他最大的长处是明于认人又善育英才。因为他早年担任过军校的教官、校长，他培养出来的著名将领有布莱德雷五星上将、霍奇上将、史迪威上将和李奇微中将等一大批二战名将。当他与毛泽东初次会面后，就更加坚定了他的看法：蒋介石用武力是消灭不了毛泽东的。

马歇尔在毛泽东、朱德陪同下检阅了延安卫戍司令部的仪仗队后，乘坐悬挂中美国旗的汽车到王家坪出席毛泽东举办的茶会。当汽车在上万群众面前驶过时，雷鸣般的欢呼声时起时伏。

当天下午，马歇尔到枣园拜会毛泽东。会谈中，马歇尔强调停火的必要性。他告诉毛泽东，他已经向蒋介石表明，如果中国不统一，美国就不能给予援助。毛泽东答应遵守停战的各项协议，并希望停战协定能引用于东北地区。马歇尔解释说：他认为，停战协定本来是可以引用到满洲的，但共方事先宣布在那里有特殊权益，对引用停战协议有怀疑。蒋介石怕引起国际纠纷，也不愿意执行小组去满洲。

晚上7时，中共中央在杨家岭举行欢迎宴会。马歇尔、张治中、周恩来和毛泽东、朱德、刘少奇、江青同坐第一席，军调部三委员等坐第二席。宾主落座后，毛泽东起身致祝酒词，他语调洪亮地说：大家都知道三位将军做了许多有益于中国人民的事，一句话，就是帮助中国和平、民主、团结、统一，中共也感谢各位的努力，并准备尽一切努力来实现这一目标。中美合作万岁！国共合作万岁！全国人民团结万岁！我建议为杜鲁门总统、蒋主席、马元帅、张将军和在座各位朋友健康干杯。

马歇尔在讲话中说，非常感谢这里的主人，感谢毛泽东主席及中共各位领袖的热情欢迎和盛情款待，他提议为中国人民幸福干杯！宾主酒杯相碰，欢声笑语，喜气洋溢。

马歇尔在重庆就知道毛泽东夫人是上海演员蓝苹，现名江青。他即向她祝酒，邀她合影。

宴毕，马歇尔一行又出席了杨尚昆在延安大礼堂主持的歌咏晚会。朱德代表中共中

∨ 1946 年 3 月 4 日，毛泽东在延安设宴欢迎美国总统特使、军事三人小组成员马歇尔。

央致辞，并列举了马歇尔赴华所做的和平工作。马歇尔激动了，明白了中共的心意。张治中兴奋地高声说道：黑暗已过，光明在望。和平事业的完成要感谢盟邦美国的协助与蒋主席的领导，让我们为和平、民主、团结、统一的新中国高呼万岁！将来你们写历史的时候，请不要忘记张治中三到延安这一笔。

张治中的话立即引起满堂掌声。毛泽东也激动地热烈鼓掌，他侧身问张治中："将来也许还要回到延安，怎么只说三到呢？"张治中自信地说："和平实现了、政府改组了，中共中央就应该搬到南京去，您也应该住到南京去，延安这地方，不会有第四次来的机会了！"毛泽东点了点头，说："是的，我们将来要到南京去，不过听说南京热得很，我怕热，希望常住在淮安，开会的时候就到南京去！"

陕北天气寒冷，为取暖，毛泽东、周恩来、马歇尔等靠在躺椅上，腿上盖着厚厚的毛毯，脚下放着火盆。马歇尔此时则在谛听延安为他演出的黄河大合唱："风在吼，马在叫，黄河在咆哮，黄河在咆哮，河西山冈万丈高，河东河北高粱熟了，万山丛中，抗日英雄真不少……"马歇尔又一次被这雄壮的歌曲感动了，他感受到了中国人民不可战胜的雄风和不可征服的民族精神。

次日，延安东门外机场和昨日一样，热闹非凡。马歇尔一行要登上飞机离开延安到汉口。张治中对毛泽东说："欢迎您早日到南京去。"记者从旁边插问："请问毛主席，准备什么时候到南京？"毛泽东微笑答道："蒋主席什么时候要我去，我就去"。他转过身，对将要上飞机的马歇尔："再说一句，一切协定，一定保证彻底实行。"马歇尔登上舷梯，转身与毛泽东等握手告别。

∧ 毛泽东（前排右一）、朱德（前排右三）等中共领导人在延安机场欢迎三人军事小组。

❶ 延安军民合力修复被敌人破坏的河堤。

❷ 我军向敌发起攻击。
❸ 我军与敌人进行巷战。
❹ 延安军民正在召开庆祝延安光复的大会。
❺ 我军战士向前线运送攻城云梯。

刘　震

（时任新四军第3师副师长）

秀水河子是位于彰武、阜新之间的一个百余户村庄。该敌（国民党军第13军89师266团和265团一个营及师属山炮营）发现被我包围，惊恐不安，一面请求增援，一面试图夺路突围。2月12日中午，敌两个营的兵力在炮火掩护下，首先向我秀水河子以东的东面八家子、拉拉屯一线的7旅21团阵地发起猛攻，战斗异常激烈。第21团指战员连续打退了敌人数次冲锋。正面阵地的6连4班只剩下班长李家有，他视死如归，毫不畏惧，端起冲锋枪同冲上来的敌人展开肉搏，一人夺下两挺机枪，在战友们的支援下，又一次把敌人赶下阵地。战至黄昏，我第21团阵地岿然不动，敌人只好退回秀水河子死守待援。

——摘自：刘震《东北解放战争中的第2纵队》

梁必业

(时任山东军区1师政治委员)

2月13日黄昏，1师首先发起攻击。2团8连连长张文祥率领部队向北山制高点冲击。他身先士卒，登上山岭，看见敌人的机枪正凶狠地射击，就像饿虎扑食一般，打倒敌人机枪手，猛地夺过机枪。正当他指挥部队继续前进的时候，不幸中弹牺牲。

张文祥是山东军区最著名的战斗英雄之一，曾经13次负伤，身上有40多处伤痕，作战仍然英勇无比。英雄的牺牲，激起战士们万丈怒火，在“为连长报仇”的口号声中，全连战士勇猛冲杀，压向敌人。

正在激战时，大虎山的敌人1个团来增援，在离秀水河子只有十里路的地方被我7旅20团和保1团阻击，未能得逞。1师和7旅迅速向敌人纵深发起猛烈进攻。

经过整夜奋战，两支兄弟部队于第二天拂晓在敌人的指挥所会师。一部分敌人拼死突围向西逃窜，被我1师3团截住全部俘获。

——摘自：梁必业《东北解放战争中的第1纵队》

第九章

苏军撤出东北后

★★★★★

∧ 1945 年时的蒋介石。

苏军撤离，民主联军填补四平“真空”。
保卫战略要地与抢占战略要点,中共决心不惜一战。保卫四平，决一死战前的交锋。
蒋介石命令东北行营加紧进兵，东北国民党军不顾大雨和道路泥泞疯狂向北推进。

1. 马歇尔看穿蒋介石本质

1946年1月国共双方停战协议生效后，蒋介石就抓紧时机在美国的帮助下，将其主力部队一个个调往东北，以“接收”为名，行独占东北之实。他原计划在上半年调运10个军的兵力，但由于交通运力的限制和关内作战的需要，一些部队未能到达。尽管如此，到了1946年3月，由海路运送到秦皇岛登陆的国民党军有孙立人的新1军、陈明仁的71军、曾泽生的60军、卢浚泉的93军，加之先进入东北的新6军、13军、52军，国民党军在东北的总兵力上升到24万以上。此时的东北，国民党在军事上已占绝对优势。

国民党方面进行着两个方面的行动。一方面，其军队的行动计划是：以沈阳为中心，向东南北三个方向发展所谓“扇形攻势”。首先攻占沈阳及外围各城市，巩固沈阳战略基点；其次则重点攻击南满，占领本溪、鞍山、营口等南满工业资源地区，形成后方基地；最后集中全力沿中长路北进。蒋介石也深知四平的重要地位，为此，他曾说过“没有四平就没有东北”这类的话，由此可见四平在其心目中的地位。另一方面，国民党政府仍在继续与我党进行着和平谈判。

3月9日，马歇尔到重庆曾家岩拜会蒋介石，向他提出必须向东北派出军调部执行小组。蒋介石表示“原则上的认可”，同时提出五项条件作为派遣执行小组的前提。这五项条件是：小组之任务仅限于军事问题；①小组应伴随政府部队，避免出入苏军占领地；小组前往冲突地点或国共军队密接地点，使其停止冲突并作调处。②小组应访问中共部队的指挥官和司令官；国民党军队受权在东北重建主权。③在中东铁路和南满铁路两侧30公里的狭长地带，实行单独管辖。④中共军队撤离国民党为重建主权而必须占领的地区，包括煤矿。⑤中共军队不准开进苏军撤离地区，实行占领。

关于这“五项条件”，连马歇尔都一眼看穿了其实质，蒋介石同意派遣执行小组只

< 钟伟，1955 年被授予少将军衔。

是幌子，主要是想借谈判来谋取战场上得不到的东西，蒋介石太贪心了。

对于蒋介石的"五项条件"，周恩来只表示能够接受前三条，而后两条则反对。

然而此时，我党中央也在进行着两个方面的准备。

一方面，在东北问题上依然照顾到和谈全局的需要，对沈阳等一些特别敏感的大城市的处置始终持让步态度。比如，3 月 13 日，我党中央电告东北局和林彪，指出：东北问题有和平解决之可能……苏军退出沈阳后，我军不要去进攻沈阳城。我军进去在军事上必会陷于被动，在政治上亦将处于极不利。不仅沈阳不必去占，即沈阳到哈尔滨沿线在苏军撤退时我们都不要去占领。让国军去接收。……只有在国军向我进攻时，我们应在防御的姿态下组织有力的回击。

就在同日，苏军最后一批撤离沈阳，驻扎在郊区的国民党军立即向市区开进。林彪得悉后十分着急，即于3月15日向中共中央提出破坏南满工业区的建议。刘少奇接报后，立即复电林彪告知：关于南满工业区无论和战，我均不应有任何破坏。因为这将影响数百万人的生活，并将在全国、全世界留下长期极坏的影响，务望不要作此打算，并向有此思想的同志做坚定明确的解释。这恰恰证明了我党中央为谋求和平在军事上已作了许多让步。

另一方面，则积极准备夺占四平等战略要地。苏联红军的撤退，给东北民主联军

钟 伟 ——————————————————————————— 

湖南平江人。土地革命战争时期，任红三军团第4师政治部青年科科长，第12团政治委员，第4师政治部宣传科科长，红十五军团78师政治部主任等职。抗日战争时期，任新四军鄂豫挺进纵队团政治委员，新四军3师10旅28团团长，淮海军区四支队司令员等职。解放战争时期，任东北民主联军第2纵队5师师长，东北野战军第12纵队司令员，第四野战军49军军长等职。

邓 华 ——————————————————————————— 

湖南郴县人。土地革命战争时期，任中国工农红军第3纵队政治部组织科科长，红12军教导队政治委员，红36师政治委员等职。抗日战争时期，任八路军第115师685团政治部主任，晋察冀军区第1军分区政治委员，平西支队司令员，晋察冀军区第5军分区司令员兼政治委员，陕甘宁晋绥联防军教导第2旅政治委员等职。解放战争时期，任东北野战军第7纵队司令员，第四野战军第15兵团司令员等职。

的发展创造了机会。为了使东北局尽早准备接管苏军走后的“真空”，苏军还事先通报了其撤退的具体日期，以利于民主联军夺占之。

东北局抓住这一机会，从西满调黄克诚3师主力紧急北上，由法库赶往四平。

3月13日，驻四平苏军全部撤离。东北民主联军根据中共中央关于苏军撤退后，必须打几个胜仗，使国民党军在我们所能接受的条件下和我妥协的指示，决心首先夺取战略要地四平。

参加夺取四平战斗的有辽西军区保1旅第1团、万毅纵队第56团、辽西二分区第16团、西满第3师第10旅第28团及梨东县大队等共6,000余人。战斗总指挥为3师第10旅旅长钟伟，副总指挥为保1旅旅长马仁兴、辽西军分区司令员邓中仁和东满第7纵队第19旅副旅长杨尚儒。参与指挥的还有中共辽西省委书记陶铸和辽西军区司令员邓华等。四平守军为国民党辽北省政府主席刘翰东临时收编的伪铁石部队残余及外地逃至四平的土匪武装共3,000余人。

东北民主联军于3月15日攻占四平西郊机场，16日晚开始围城。战斗于17日4时打响。保1团、第56团、第16团分别从城西、东、北三面攻城，其他部队积极配合。当日15时解决战斗。除200多名守军逃跑外，其余全部被歼，俘国民党辽北省政府主席刘翰东、省保安司令张凯及匪首王大化、王耀东等以下3,000余人。缴获大小炮

32门，轻重机枪69挺，步枪2,000余支，汽车20辆，军马700匹及大批军用物资。四平的解放，为后来组织大规模防御作战打下了基础。

国民党辽北省政府主席刘翰东做梦也没想到"共军"来得这样快，糊里糊涂就当了俘虏。民主联军也没有那么多粮食养活他们，只关了几天，就打发他们乘车去了沈阳。

2. 谈判桌上，据理力争

进入1946年初春后，中共中央仍未放弃和平的追求。此时的计划是争取共产党在东北的部分地位，以利于和谈中合法化，以尽可能多的保留一些人民抗战的胜利果实。然而，国民党仍坚持武力解决东北问题，根本不考虑将"和平"二字用于东北问题。2月中旬，国民党政府委派的东北行营主任熊式辉在北平拒绝同中共代表叶剑英谈判东北问题。国民党当局在二三月间调集7个军约25万人进入东北，其中包括曾在印度和缅甸作过战的精锐主力新2军和新6军。面对这种情况，刘少奇在2月15日指示东北局："国民党仍坚持武力解决东北问题的方针已极为明显，你们的一切决定于打败蒋介石之进攻。"同一天，刘少奇又致电热河分委程子华、萧克等，指出："东北大规模战斗即将展开，热河我军有牵制热河境内顽军不使其东调以配合东北作战之任务。为此，我热河部队应坚决消灭由平泉、凌源向南北我区进攻之顽军，并向平泉、凌源、叶柏寿、朝阳之铁路线威胁，相机破坏一段铁路。"

这是中共中央对于国民党使用武力解决东北问题的一个抗争。

3月5日，中共中央在给东北局的指示中指出："在东北外交问题尚未解决之前，蒋介石利用他已进入东北军队向我进攻，企图击溃我在东北的军事力量，并想在外交上将东北更多城市移给蒋接收，以便将来在国共谈判中有更多的法律依据来压迫我方让步，因此蒋与我方在东北的军事对抗冲突将继续一个时期，蒋军可能在最近进攻西满及南满、通辽及辽阳、鞍山、营口、海城、本溪、抚顺等地……你们必须迅速准备严重的粉碎蒋军进攻的战斗，并须准备在上述地区被蒋军占领后，你们仍能继续斗争。""中央同意最近林彪的意见。坚持以多胜少，在运动中消灭敌人，及待敌分散疲劳后各个消灭敌人的原则。"对此，东北局依照中共中央指示，调整作战部署，并积极寻机歼灭其有生力量。

3月12日，刘少奇指示东北局："在苏军撤退后，东北的军事情况即将紧张起来。你们必须打几个胜仗，弄得蒋军在东北处于困难的情况之下，蒋军才会在我们所能接受的条件下和我妥协。目前你们应即准备粉碎蒋军的进攻。"

尽管蒋介石不断使用武力，但是中共在重庆和北平仍然在为争取东北停战而努力。

∧ 时任国民党政府外交部长的王世杰。

国民党政府外交部部长王世杰 

湖北崇阳人。早年留学英国、法国，先后获英国伦敦大学经济学博士和法国巴黎大学法学博士学位。回国后，曾任北京大学教授、法律系主任。1927年后任国民党政府法制局局长，武汉大学校长，教育部部长，国民参政会秘书长，国民党中央宣传部部长等职。1945年后任国民党政府外交部部长。1949年到台湾。

这时，国民党提出十分苛刻的条件，要求中共从长春路两侧30里和苏军一切撤退区退出；军调小组随国民党军队前进等。他们实际上准备独占东北。这样，就失去了商谈的余地了，两党争端只能通过战斗来解决。

苏军在东北待的时间太久了，到了不得不走的地步了。为此，3月22日，苏联政府照会国民党政府外交部长王世杰，决定在“4月底即自满洲撤退完毕”。

3月23日，为争夺北宁路及沈长路沿线战略地区，毛泽东致电东北局和林彪：你们应立即放手大破北宁路及沈阳附近之长春路，愈迅速愈广泛愈好，迟则无用。同时

∧ 20 世纪 40 年代时的刘少奇。

李富春 

湖南长沙人。土地革命战争时期，任中共江西省委、江苏省委、广东省委负责人，中共江西省委书记，红军总政治部副主任，红三军团政治委员，中共陕甘宁省委书记，自然科学院院长等。抗日战争时期，任中共中央秘书长，中央组织部副部长，中共中央财政经济部部长，中央办公厅主任等职。解放战争时期，任中共西满分局书记兼西满军区政治委员，东北局副书记，东北人民政府副主席，东北军区副政治委员等职。

立即动员全军在敌运动中及其立足未稳时，坚持彻底歼灭国民党进攻部队。愈多愈好，不惜重大伤亡，例如1万至2万人，求得大胜，以利谈判与将来。

3月24日，准备狠狠教训一下蒋介石，甚至不惜一战决心已经很大的毛泽东，再电东北局和林彪、黄克诚等。指示说：我党的方针是用全力控制长（春）、哈（尔滨）两市中东（路）全线，不惜任何牺牲，反对蒋军进占长、哈及中东路，而以南满、西满为辅助方向。黄（克诚）、李（富春）部动员全力，坚决控制四平街地区。如顽军北进彻底歼灭之。决不让其向长春前进。我南满主力，就现地坚决歼灭向辽阳、抚顺等处进攻之敌。如能歼敌一两个师，即可牵制大量顽军不得北进。如作战结果顽军在辽阳、抚顺地域巩固了他们的地位，以致可以抽兵北上向四平街、长春前进时，你们须准备及时将南满主力转移至四平街、长春之间，与黄、李及周保中协力，为保卫北满而奋斗，留下相当数量之部队保卫南满解放区。

25日，中共中央在给林彪、彭真等发出的“关于停战前坚决保卫战略要地的指示”中再次强调：东北无条件停战的协定可能于日内签字，“在此时间内顽方会拼命进攻，企图控制更多的战略资源要地，而你们应尽一切可能，不惜重大牺牲，保卫战略要地，特别保卫北满。……长春、哈尔滨、齐齐哈尔等地，你们必须在苏军撤退后一、二日内控制之。”为此目的，中共中央又具体指示东满军区部队应负责占领长春、哈尔滨两市及长春路北段，并积极剿匪；西满军区部分则动员全力坚决控制四平街地区，打击国民党军北进企图，并乘机歼其一部，迟滞其向长春前进；南满主力则就地歼灭辽阳、抚顺等地进攻之国民党军。预计若能在南满歼灭国民党军一两个师，即可打破大量国民党军，使其不能北进；同时计划若国民党军在辽阳、抚顺地区巩固其地位，以至可抽出兵力北上向四平、长春前进时，则须及时将南满主力转移至四平街、长春之间，与西满及东满部队协力保卫北满。

其间，在和谈桌上，在中国共产党的据理力争和全国人民尤其是东北人民的强烈要求下，国民党政府于3月27日与中国共产党达成关于调处东北停战之协议，停战7天。但国民党政府对东北停战协议的签订并无诚意。签字之前的3月26日杜聿明下令："限期抢占各战略要点。"

3月27日，停战协议签订，国民党东北行营即令新6军、第71军及第52军各一部，准备攻占海城、营口；令新6军（欠第207师）攻占鞍山后，主力向辽阳集结，挺进本溪，协同第52军一部围歼东北民主联军驻军；令第52军一部向本溪挺进，与新6军1个师于4月2日前攻占本溪；同时，令新1军"扫除障碍，于4月2日前攻克四平街。"第71军（欠第88师）则于4月初由新民、彰武出发，攻占法库、康平；然后集中新1军、新6军等部沿中长路向四平以北发动进攻，企图将东北民主联军主力压迫于松花江南岸加以消灭。

蒋介石的武力压迫，使毛泽东与中共领袖们的和平愿望遭受了极大伤害。

3月27日，毛泽东再度电令东北局和林彪，迅速占领长春、哈尔滨、齐齐哈尔及中东路全线。决不能在蒋介石的武力政策面前示弱，该给其一点颜色看一看了。

3月30日，毛泽东又一次指示东北局：在用迅速猛烈手段夺取长、哈、齐时，对其武装部队，应取歼灭政策，将其全部解决武装。"但对其非武装人员（党政）勿加侮辱与杀害，将其移置乡下软禁以利将来交换。"

东北局领导人彭真、林彪、罗荣桓等基于中共中央上述指示及对敌情的判断，认为力求较久地保持沈阳、辽阳以南及铁岭以北地区，对南、北满作战和建设都甚为有利，保持长春以北广大地区更为重要。因此，以沈阳以南和铁岭以北的两个方向上同时作战，才能实现中共中央的战略意图。根据双方力量和达到歼敌的目的，决定在战术上采取乘其在运动和立足未稳时，集中绝对优势兵力，求得打其一路，并彻底歼其一部，其他次要方面则以少数兵力进行牵制或佯攻。为此，林彪、彭真将所有可以使用于南北两方面作战的野战部队，做了如下部署：南满与辽东地区部队和保3旅，统一由辽东军区司令员程世才、政治委员萧华及副司令员罗舜初指挥，担任南满和辽东地区作战；西满第3师所属第7、第10旅并尽可能抽出第8旅、独立旅大部，迅速向铁岭以北地区集结，担任该方面作战，统归辽西军区司令员邓华、政治委员陶铸和副司令员洪学智指挥；东满第2师、北满第7师两部的

> 罗舜初，1955年被授予中将军衔。

罗舜初

福建上杭人。土地革命战争时期，任红一方面军司令部参谋，红四方面军司令部二局科长、代局长，军委二局副局长等职。抗日战争时期，任八路军第1纵队参谋处处长，山东纵队参谋长，中共鲁中区委书记等职。解放战争时期，任辽东军区副司令员兼参谋长，南满军区副司令员兼参谋长，东北民主联军第3纵队政治委员，第四野战军40军政治委员、军长等职。

绝大部分或全部，迅速向开原方向前进，准备作战；万毅纵队及第1师暂在铁岭东南地区休整，第二步则向四平南转移；鉴于新1军已向沈阳北突击，西满部队应抽出一部，在铁岭附近阻击，掩护主力在四平以南昌图与双庙子、昌图与鹅缘材之间山地集结，然后再视战斗发展情况确定对四平的作战。

为配合四平地区作战，东总还决定第359旅及松江军区主力立即从敌伪手中夺取哈尔滨；西满军区与嫩江军区主力也同时组织夺取齐齐哈尔；第7师与吉林军区准备攻击和夺取长春；第2师参加中长铁路之作战。

从敌我双方的态势看，四平地区的大战为期不远了！

3. 国民党军疯狂向北推进

正如毛泽东所预料的那样，3月下旬后蒋介石命令东北行营加紧进兵，在东北行营的指挥下，东北国民党军不顾大雨和道路泥泞疯狂向北推进。

3月18日起，国民党军按计划开始向沈阳外围发动进攻。18日，新6军除以第207师留守沈阳苏家屯外，其主力第14师和新22师分别由苏家屯向南，由辽中向东进军。21日占领辽阳。19日，进占沈阳的第52军以其主力第2和第25两个师沿浑河两岸东进抚顺，遭东北民主联军阻击。山东第1师、万毅纵队及第3师第7旅于抚顺西北的肥牛屯、莲岛湾地区，打击了第25师，歼其2,000余人。21日，东北民主联军部主动撤出抚顺。22日，第52军占领抚顺，第25师随即调头南犯,与新6军合攻本溪。

在向南满进攻的同时，国民党军新1军沿中长铁路线向北进攻；第71军主力向康平、法库进攻。

3月19日，新1军新30师、新50师分别北犯铁岭，新38师也尾随跟进。东北民主联军根据既定作战方针，除主力迅速向四平西南和东南地区集结外，以第3师第10旅首先在铁岭附近迟滞新1军前进。3月23日下午，东北民主联军第10旅第30团在铁岭以南的辽海屯一带与新30师一部激战3小时，即撤出战斗。

3月24日，双方在铁岭车站附近发生争夺战后，新30师占领铁岭。3月25、26两日，第10旅先后阻击新30师于铁岭以北、开原以南的中固、孙家台、二台子等地，予其以较大杀伤。新1军之新50师于27日占领开原车站。第10旅第28团在清河铁桥附近与南十社一带歼敌260余名，又将渡过清河的第50师一个连全部歼灭。国民党军于30日进占开原，第10旅第4团在开原以北马千总台与马仲河一带，冒雨继续阻击，节节抗击。

此时，东北民主联军在开原以北地区部队，仅有第3师第7旅、第10旅。由抚顺作战后向中长路转移的万毅纵队及第1师尚在西丰以西国民党军侧后，因连日大雨，行军受阻，无法与西满的两个旅集中作战。为拖住敌人，万毅纵队第10旅一部，暂在开原、铁岭间进行袭击。由于国民党军主力在南满，故东北民主联军决定将作战重点放在北面，牵制南满。调南满之第3纵队第7旅及保3旅一部北移铁岭以东、抚顺以北地区，以便集中兵力，在四平地区作战。正面则以第3师第7旅在四平以南进行阻击，以掩护主力集中。

V 开进途中的国民党军。

❶ 我军某教导旅宣传队深入部队进行宣传工作。

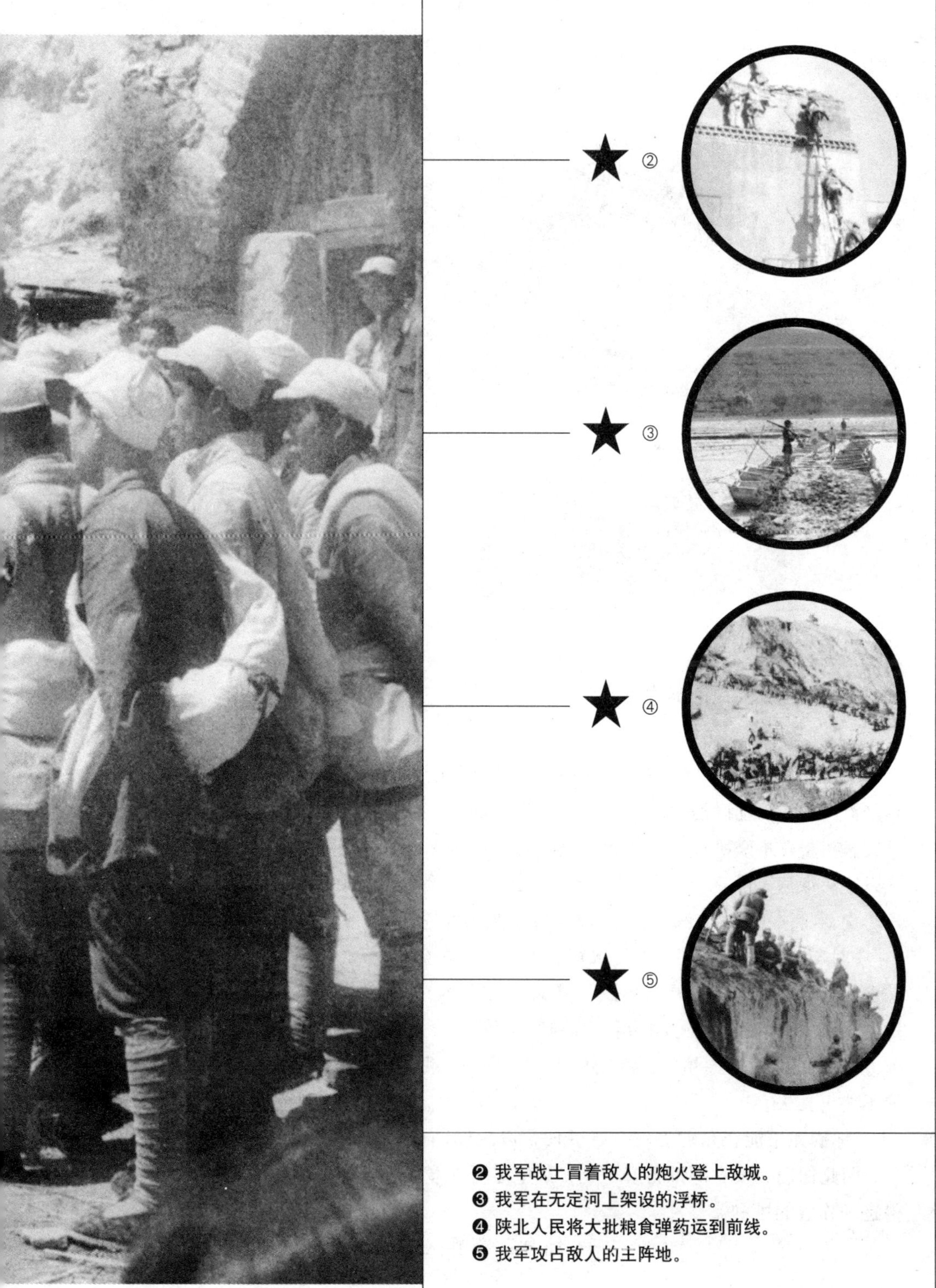

❷ 我军战士冒着敌人的炮火登上敌城。
❸ 我军在无定河上架设的浮桥。
❹ 陕北人民将大批粮食弹药运到前线。
❺ 我军攻占敌人的主阵地。

彭　真

(时任中共中央东北局书记)

1946年1月27日，中央电示东北局，“同意彭意见，在沈阳以南我军留驻长春路沿线，不自动撤退，作为与国民党谈判条件，如国民党不与我谈判即向我军进攻，在友方不坚决反对，在我完全防御有理条件下（退避三舍之后）给进攻之顽以坚决彻底歼灭之打击”，并指出“务必一战大胜，煞下顽军在东北之威风，此为历史新阶段中之最后一战，决定今后东北之大局”。

1月31日，中央电示，如能取得苏方谅解，同意东北局关于“我军进驻本溪、鞍山、辽阳”、“控制铁岭、昌图、开原”的计划。

在此前后，这些地方均为我所控制。2月5日，中央分别电复彭真、林彪（在前方）等，“你们在锦州、阜新、热河丧失了作战机会，此一最后作战机会，你们绝不要再丧失。

“你们如不能在东北打一个好胜仗，以后你们在东北的政治地位，就要低得多，因此你们必须立即准备好一切，集中尽可能多的兵力，不怕以最大牺牲，求得这一作战的胜利”。

——摘自：彭真《东北解放战争的头九个月》

杜聿明

（时任国民党东北保安司令）

国民党接收沈阳，除沈阳铁西工业区及沈阳兵工厂重要机器被苏军迁走外，市内水电通讯设备均完整，市面也较安定。

当时，沈阳市工商界及居民，受敌伪14年的残酷统治，渴望解放，加上受国民党的虚伪宣传，曾经对国民党抱着一定的幻想，因此国民党军才能安全顺利地接收了沈阳。

——摘自：杜聿明《国民党破坏和平进攻东北始末》

第十章

惊涛拍岸时

∧ 四平保卫战期间的我军哨兵。

林彪移驻梨树，亲临一线指挥四平作战。
“老八路”英勇无畏，“王牌军”为之胆寒。
双方再战，国共两军形成对峙状态。塔子山失守，林彪临机撤离。

1.“王牌军”为之胆寒

国民党第71军在大洼、金山堡遭到打击后，即放弃从左翼迂回四平的打算，改向右翼新1军靠拢，并于4月17日逼近四平；同日，新50师则由红牛哨沿铁路进至庙子沟以北、四平以南之山地；新38师于18日进占四平以西之老四平，下午伸至以西的泉眼车站，并以小部队向四平西北之任家屯方向活动。至此，四平已被国民党军弧形包围，东满、西满之铁路交通被截断。郑洞国、梁华盛亲临前线督战，可见其对四平地区作战的重视程度。

为迎接日益迫近的四平保卫战，根据中共中央关于坚持控制四平的指示，东北局于4月初在梅河口召开会议，专门研究保卫四平问题。计划于四平以南，集中优势兵力，于进犯四平之国民党军以歼灭性打击，使其从根本上失去进攻力量。东总仅以保安第1旅第1团及万毅纵队第56团两个团兵力守备四平地区，以一部主力在正面迟滞国民党军，而大部主力则集中其侧后的八面城、梨树等地区，并调已完成夺取长春任务的第7师、曹里怀支队、第8旅第23团南下，第3师第7旅北上，投入保卫四平作战。

为了统一指挥，东总命令成立了四平卫戍司令部，保安第1旅旅长马仁兴任司令员，中共四平市委书记刘瑞森任政治委员，左叶、邓忠仁、杨尚儒任副司令员。

4月初，林彪移驻梨树，指挥四平保卫战。

四平，位于东北平原中部，沈阳、长春之间，中长、平（四平）齐（齐哈尔）、四（平）梅（河口）三条铁路在此交汇，是连通东、西、南、北满的重要交通枢纽，又是著名的粮食集散地。城北有北山掩护，城东亦有小山岗，南至沈阳、北达长春均为一片平原，历来为兵家必争之要冲。

然而，四平市区地势又比较平坦，没有防御的城垣。该道东区多为中国老百姓居住区，平房矮小。道西区则为政权所在地和日本侨民居住地，有部分楼房。从地形上看，四平是一个易攻难守的城市。

林彪对防御作战非常有研究，曾经在苏联养伤时写过一些论文，并在党内外发表过。这在当时的历史条件下具有一定的军事学术价值，曾受到苏联红军一些高级将领，甚至斯大林的赞赏。由于这里地形条件不太好，林彪最初布防时并未将主力一线摆开，而只是择其要道进行小部队重点防御。主力则处于机动位置，根据需要投入战斗。

四平市区及市北高地为万毅纵队56团防守；西区由保安第1旅防御；第2师、第7师和黄3师主力则分布于四平两翼的要点地区。

为避免被动，民主联军主要防线在市区以内的泊罗林子、市区的西北和东北的小高地上，争取在四平城外与国民党军决战。

林彪等还要求各级指挥员奉命后，要以较大的决心坚守防线，没有命令不得后退。这些命令对于打惯了游击战、运动战而基本上没有打过大规模阵地防御战的八路军、新四军部队来说，是一个严峻的考验。其间，防守部队在四平城外构筑了很长的一条交通壕。四平城内的小河流也被民主联军堵塞，让小河漫出河床形成城外沼泽，以防止国民党军坦克的冲击。此外，还在阵地间驾设了电话线，大大加强了各部间协调行动。防御阵地内都设置了小缸、干粮、弹药和医疗用品，指战员们大多为关内进入东北的老八路、老红军，政治素质相当高，作战勇敢，士气很高，准备同这些吃过洋面包、喝过洋牛奶曾参加过出国作战的国民党军决一高下。

四平保卫战是继东北民主联军解放四平后的第二次激战。其战役持续时间之长，双方投入兵力之多，战斗之激烈，影响之大，在东北战场是空前的。

四平保卫战，从4月18日国民党军进攻市郊开始，至5月18日夜东北民主联军主动撤出为止，历时31天。国民党军凭借其美械装备之优势，在飞机、大炮、坦克掩护下，对四平进行了疯狂进攻。东北民主联军昼夜浴血奋战，粉碎了国民党军3次企图占领四平的计划，消灭其大量有生力量，对于中国共产党控制东北战场局势，建立巩固的东北根据地，产生了深远的政治影响。

四平保卫战大体上可分为三个阶段：4月18日至4月26日为第一阶段，此阶段国民党军锐气正盛，连续猛攻，东北民主联军沉着顽强进行抵抗。4月27日至5月14日为第二阶段，双方形成对峙局面。5月15日至5月18日为第三阶段，国民党军增援猛攻，东北民主联军实施战略撤退。

∧ 四平保卫战打响前，我军战士们在抢修工事。

四平保卫战第一阶段于 4 月 18 日打响。

4 月 18 日上午，郑洞国指挥新 1 军新 30 师以 1 个团在猛烈炮火掩护下，开始向四平西南及南郊的海丰屯、前后玻林子和鸭湖泡等地发起正面进攻。东北民主联军守城部队奋起还击，四平保卫战正式打响。

国民党新30师 

师长唐守治，隶属新编第1军，中央军嫡系部队。该师海运东北后即投入进攻四平、长春的作战，在军的编成内参加了四平争夺战之四平南线远接近地的进攻战斗、四平城垣争夺战和追击撤退的人民解放军的作战。

由于攻城国民党军中有最为精锐的全美式装备的部队，其火力超过日军最精锐部队火力的许多倍，故其炮火猛烈程度是空前的。四平南外围一线，炮火连天，硝烟弥漫。东北民主联军主要阵地上，平均每分钟遭受35发炮弹，阵地上弹痕累累，守城部队利用钢板构成的空心堡垒工事和各堡垒间的交叉火力，得以牢固地坚守。

新30师经过3小时的炮火准备后，即向守城部队接连发起3次冲锋。守城部队阵地屹立不动。新30师为寻找突破四平正面防御弱点，又于19日于正南、西南、东南分路进攻。向铁路以西进攻时，被保1团击退；向铁路以东进攻时，将第56团鸭湖泡

∨ 四平保卫战中的我军阵地。

阵地占去一处。自20日起，新30师在四平南面以保1团和第56团接合部为中心，向铁路及其两侧阵地进攻，企图沿铁路突入市区。同时，新38师向四平西北三道林子、北山进攻，企图占领北山制高点，由北面突入城内，形成南北夹攻之势。

三道林子位于四平西北、杨木林子车站以西，距四平1公里，是东西走向长臂形高地，无论攻守均属战略制高点。

守军为民主联军保1团第2营。4月19日，新38师派出小部队进至四平西北的程家窝棚机场附近构筑工事，其主力于20日进至小孤榆树、江嘴子、条子河一带。随即以1个营的兵力向三道林子进行侦察性进攻，遭第2营抗击；21日10时许，新38师又以1个营兵力在强大炮火掩护下再次进攻，后经第2营数次反击后才阻止其前进。

新38师对三道林子、北山的进攻，给守城部队以严重威胁。为确保四平侧后安全，林彪调第3师第7旅进至杨木林子、莫杂货铺、八大泉眼一带，沿北山由右后侧延伸防线，防止新38师由四平西北重点突破造成合围四平的态势。

毛泽东极为关注四平保卫战的形势。4月21日，他电告林彪，指出：新1军是缅甸远征军，蒋军主力，我必须集中绝对优势兵力，养精蓄锐，待其疲劳不堪，粮弹而缺，选择良好地形条件，以数日之连续战斗，将其各个击破，全部或大部歼灭之，就可顿挫蒋方攻势。

4月22日，新38师以两个营兵力猛攻北山阵地，经连续4次冲锋，曾占领部分阵地。第2营又组织反冲锋，夺回阵地。

同日晚，毛泽东致电林彪说："望死守四平，挫敌锐气，夺取战局好转。"林彪根据毛泽东指示，下达了死守四平的命令。还在四平保卫战前，林彪是一直主张边战边退的，即使是打也是找到合适机会后才打的，原因是敌强我弱的总形势没有变化。然而，四平一战，毛泽东决心那么大，林彪当然予以高度重视。为了指挥好战斗，他嫌不足百人的民主联军总部机关人多，仅带领几名精干参谋和几名工作人员，1部电台和不足20人的卫士，亲临前线置指挥作战。

23日，林彪致电毛泽东，向中央表示了东北民主联军的决心。

电文指出："22日亥时电悉，当坚决执行，死守四平。"

23日8时10分，新38师再次猛攻北山，多次反复冲杀，保1团第1营守军以反冲锋击溃其进攻。双方伤亡较重。当夜东总令民主联军中的头号主力第7旅投入战斗，由第7旅第21团一部接替三

> 四平外围战斗中的我军轻机枪阵地。

道林子、北山防务，继续坚守防御；第7旅第19团、第20团进至哈福车站、南塔山315高地及羊鼻子山阵地。

在此期间，国民党军又由南满抽调第52军第195师北上增援，进至四平以南双庙子一带；第71军第91师及第87师残部，由大洼、八面城北进，企图插至四平、长春之间，施行大迂回。

针对国民党军的布局，东总将四平外围主力全部调至四平以东及以北布防。除第7旅已进入阵地外，第8旅、第10旅位于喇嘛店以北，第2师位于大房身、胡家窝棚地区，第1师位于梨树以南的平安堡、罐子洞地区，万毅纵队主力则转至四平东南下三台、遮麻上霸、小红山嘴一带。使企图向四平侧后迂回的第71军未能得逞。

与此同时，杨国夫所率第7师于22、23两日连续向新38师太平沟阵地展开攻击。23日，7师第21旅亦进至四平东北的十里堡车站。其第61团进驻小桥子一带，配属该师的东满第67团进驻四平以北小城子铁路两侧地区。

4月24日，新38师又以1个营兵力向三道林子、北山我第7旅第21团阵地进攻。第3连官兵跃出工事，与敌短兵肉搏。激战1小时，先后3次反冲锋，该部歼敌40余名，击伤新38师副师长，使该师进攻受挫。

25日，战事更为激烈。新38师再次向三道林子及北山发起残酷进攻。第7旅和第20旅指战员抱着与阵地共存亡的决心，连续打退新38师在坦克掩护下的5次冲击，共毙伤其300余人。当日晚，趁新38师疲惫之机，第7旅和第20旅主动联合出击。第7旅第19团攻夺小孤榆树，连克3座碉堡，收复1座村庄。第20团亦占领任家屯，歼其一部。第20旅第58团、第59团也驱逐了三道林子附近的西太平沟之国民党军。此新38师遭到夜袭后，26日没敢进攻。当日晚，我第7师一部在第19团配合下，袭击了驻任家屯、牛城子新38师部队，歼其一部。新38师连遭打击后，战局呈对峙状态。

在四平北面激烈战斗的同时，新1军在四平东南面也发动了猛烈进攻。

4月20日，新50师在四平东南向第56团阵地发起进攻。21日，第7旅第21团向第56团接合部防御。由于鸭湖泡防线后缩，其两侧

的玻林子阵地即形成凸出。新50师为打开攻城缺口，自20日始的4天时间里，集中100门大小火炮，以每分钟25发炮弹的火力，向玻林子阵地猛烈轰击，其步兵在密集火力掩护下反复冲击，均被保1团击退。为缩短第56团之防御正面以增加其机动兵力，第7旅第21团第2、3营于23日进入铁路以东，协同守备四平东南阵地。

在我守城部队的顽强抗击下，新50师几天进攻均无大的进展，并招致很大伤亡。24日，新50师第150团集中至平东车站，由南向东迂回，以一部伸至半拉山门一带活动。新30师1个营由南向东迂回，企图攻占四平东南小高地，遭打击后退回。

26日，新50师第150团两个营约700余人在炮火掩护下，分两路向我第56团东南高地进攻，遭第56团迎头痛击，毙伤其400余人。此次战斗，打击了国民党军的嚣张气焰，粉碎了其从东南侧寻找弱点进占城区的企图。

至此，四平保卫战第一阶段战斗结束。

在第一阶段战斗中，国民党军集中力量先后从南、西、西北、东南多方面进攻四平，均遭到东北民主联军的沉重打击，初次尝到了“老八路”的厉害，以惨重之伤亡获得微小进展，只好转攻为防，固守待援。而在9天保卫战的同时，东北民主联军大部队已相继到达四平地区，从东至西组成几十公里防线，保障了四平侧翼安全，调整了部署，增加了守城部队力量。

4月26日，中共中央致电林彪、彭真：马歇尔已提出停战方案，有停战之可能。望加强四平守备兵力，鼓励坚守，挫敌锐气，争取时间。对四平守军望传令嘉奖。

就在同日，郑洞国指挥新1军向四平城东再次攻击。但在我军的顽强抗击下，丢下百余具尸体，退了回去。在城北三道林子，杨国夫指挥第7师对新1军的攻击进行反冲锋，这一战术在抗日战争中打日本人和打国民党杂牌军十分有效。然而，新1军这支装备精良、火力极强的“王牌”部队，在1944年缅北反攻作战中，就是使用美式装备及袭击战术打得日本最精锐的第56师团全军覆灭的。杨国夫的战术在新1军身上没能奏效，在新1军强大火力下，以双方伤亡500人告终。

在第一阶段的四平保卫战中，民主联军的成功经验和失利教训是很多的。第一阶段的较量成功地挫伤了进攻的国民党军锐气，使其再也不敢小视这些装备破旧的“老八路”了。但是经过第一阶段的作战，民主联军不善于打正规战、阵地战的弱点也暴露无遗。比如，不懂得正确的火力配置是普遍存在的问题。民主联军只知道向正前方射击，不知道组织交叉火力网；在防御时只管自己眼前的敌人，不知道照顾两侧的友邻部队。不懂得武器保养方法。民主联军只知道拼命使用武器，不知道枪筒温度过高就不能使用的道理。还有就是不注意及时抢修工事造成不必要的伤亡；部队换防不巧妙，结果国民党军摸到规律，因此常遭炮击。

∧ 20世纪40年代末的林彪。

对比之下，新1军则完全不同。新1军善于步炮协同作战，炮兵火力运用十分熟练，时而打在阵地上，时而打在民主联军纵深预备队头上。但是，通过第一阶段的较量，民主联军也抓住了新1军的致命弱点。这个弱点就是怕死，不敢近战，害怕白刃格斗。新1军步枪少，大多使用冲锋枪和机枪，只要面对面的干上了，新1军往往掉头就跑，根本不敢与民主联军刺刀见红。而恰恰相反的是，“老八路”英勇无畏，不怕牺牲的士气使得新1军这只“王牌军”官兵为之胆寒。

2. 四平弃与守

4月27日，四平保卫战进入第二阶段。此时的四平前线国共两军已形成对峙状态。双方都在进行新的战斗准备。

4月27日，毛泽东致电林彪，四平守军甚为英勇，望传令奖励；请考虑增加一部分守军，例如1至2个团，化四平街为马德里。

此份电报说明，毛泽东为了全国和战全局，决心将四平和长春变为马德里，坚决死守了。

毛泽东关于“化四平街为马德里”的口号，并非用在四平一地，也非他一人所提出，林彪也有一份。自1945年11月初后，毛泽东和林彪之间就曾3次研究关于“保卫马德里”的问题。

第一次是1945年11月4日，林彪即致电毛泽东为保卫沈阳拟以一部守城，将主力控制在适当位置，专打敌之攻城军队的“保卫马德里”式的作战。该电文说，昨发之作战意见谅达，兹补充如下，根据你的指示作内线作战的打算。第一期作战即我主力未到达，新部队尚不能作战时之作战，拟以四个环节组成。即第一个环节为坚守海口，但海口不止三个，还另有三个不知顽攻哪一个，故无绝对把握完全做到使他不上陆。故第二个环节为集中主力消灭其一路，但其他路则只有迟滞钳制。故第三个环节为迟滞敌人。第四个环节为进行沈阳大保卫战，故沈阳为马德里，以一部守城主力控制适当位置，打敌之攻城军，拟据此方针以布置一切工作，望中央速考虑批示电复。

同日，林彪又将这一设想告知彭真、陈云，并补充意见更加明确地提出准备保卫沈阳约两个月，该电指出，第一次作战计划，除原定的四个环节外，拟加上第四个环节，即决在沈阳进行坚持持久的约两个月保卫战，一部守城，主动野战，变沈阳为马德里，使每坚固房屋起堡垒的作用，此一点如你们同意，即请告城防给予帮助，对长春及其他大城市，亦当有守城思想与具体准备。

11月8日，毛泽东批准了林彪的设想和部署。后由于人民自治军放弃了沈阳，该部署未予实施。

第二次是1946年4月18日12时，由于长春地位突出，毛泽东于长春解放后第二天致电彭真，指出“应力争保持长春于我手中”。4月19日7时，毛泽东再电彭、林并转周、陈、高，指出：长春占领，对东北及全国大局有极大影响……用全力夺取哈、齐两市……用全力发动长、哈、齐三市及长、哈、齐线东西两侧各100公里左右地区的数百万群众，帮助他们组织起来与武装起来，作为控制全满之中心区域，迅速准备一切，为保卫长春而战。……

为全面实施以上部署，4月20日，毛泽东发出给东北局及林彪的指示。，要求：准备于必要时把长春变为马德里……

毛泽东以上两次“保卫马德里”部署，只是由于形势的变化而未能实施。只有第三次在保卫四平这一“马德里”式的保卫战中，才得到实施。

4月28日，毛泽东指示林彪：“我从长春及南满调来的主力军集中后，我们意见只有在有充分把握能击溃新1军并歼灭一大部，根本改变战争局面这样的条件下，才应当使用主力军，否则不宜轻易使用，留待将来使用为有利。”

从这份电报中，可以看出，毛泽东对于坚守四平的战略主张没有改变，还是要将四平变为马德里。但在使用力量问题上，希望林彪尽可能不要将主力立即全部投入战斗，以备下一步使用。

林彪对四平战地情况了解得最清楚，就民主联军的装备和战术技术水平而言，根本不具备和国民党王牌部队进行正规的阵地防御战的条件，于是他于29日致电毛泽东，委婉地向毛泽东反映了四平前线所面临的严重困难。

该电指出：28日亥时电悉。近十日内恰值夜间无月亮，不便于我大军的夜间进攻。又因地形平坦及新1军已构筑阵地，且71军及52军、60军各一个师已与该军靠拢，故在十日内歼灭或击溃该军可能性不大。进入东北之敌，为国民党最精锐的，新1军又为其最强者。故我军虽英勇奋战，伤亡重大，弹药消耗甚多，但只能作部分的消灭与击溃敌人，而难于全部击溃与消灭。四平仍在我方，敌攻势受挫，但正在调防，准备向我作新的进攻。以上情况供你们研究参考。

困难要反映，但仗还要准备打。29日这一天，东北局以林彪、彭真、罗荣桓名义通令嘉奖有功部队和将士。

此时，东北民主联军在四平地区作战部队，除原有的保安第1旅，万毅纵队，第1师，第2师和第3师第7、第8、第9旅，第7师第20、第21旅外，还有第359旅、第7师炮兵旅亦于解放长春、哈尔滨后先后赶到，总兵力在14个师（旅）。按照中共中央和中央军委指示，东总认真分析第一阶段战斗后国共双方态势认为，坚持死守四平可以求得在四平城下大量杀伤国民党军，造成今后作战之有利条件。故又调南满第3纵队第7、第8旅经四梅路车运北援，准备由四平东侧向昌图、开原间国民党军侧后开辟第二战场。保安第3旅则在沈阳、铁岭间向国民党军侧后袭扰，以牵制其兵力，掩护四平作战。

此时的四平一片寂静，战场基本上是平静的，国民党军暂时停止了大规模进攻。四平城内秩序井然，水电供应正常，部队中坚守思想树立得很牢。但是暂时的平静和胜利也助长了和平思想和轻敌的心态。许多人认为新1军也不过如此，我们守住四平不成问题，东北的和平很快就将来到了。

林彪比较善于独立思考，他不这样认为。为此，在梨树东北民主联军总部召开的东北第一次政治工作会议上，林彪说："全国有无和平，因为不了解情况，不敢说。但是东北肯定没有和平，和平是打出来的。我们现在的情况只是略好了一些，敌人给了我们一个喘息时间，使我们能在四平街守下来，我们决不能就因此产生错觉，敌人新的进攻还会到来的。当前最主要的是决不要为国民党的和平触角所麻痹，这纯粹是一种缓兵之计。只要南满他们一抽出手，四平前线更大的战斗就会爆发起来。"

果然不出所料，杜聿明自带病指挥后，首先部署攻占本溪，以图更好地进攻四平。当时负责守卫本溪的是萧华指挥的南满第4纵队3个团。以如此少的兵力防御这么大一座城市，实际上是防不胜防的。而进攻本溪的国民党军系"五大主力"之一的新6军，第71军第88师和第52军共5个师的兵力。新6军的武器在国民党军可谓一流水平，与新1军几乎不相上下，在装甲武器方面还略优于新1军。廖耀湘本人，亦属于蒋系少壮派军人，懂得现代军事知识。其部属大多在印度兰伽经过美军的严格训练，在反攻缅北的作战中，取得重要战绩，与新1军联手打得日军第56师团全军覆没。这次攻击本溪，该军及第71军88师、第52军赵公武部分在空军配合下对守军展开了猛烈的进攻。萧华所部第4纵队第30团、第31团打得十分英勇，其中第30团4个连的干部全部伤亡，每连仅剩下十余人，仍坚守着阵地。5月3日，萧华在寡不敌众的情况下下令放弃本溪。

本书第一章已经说过，民主联军政治委员罗荣桓在大连养病，听说四平吃紧后，便找到苏联方面请求援助。苏军即调拨了八列车的武器弹药和医药由海路运到北朝鲜，然后用火车经集安通化运到梅河口。由于在梅河口未及时抢运，4月28日，遭国民党军飞机轰炸，炸毁260节车厢，造成巨大损失。

林彪得到这一损失的报告后，感到情况严重，即向中共中央告急，认为“战争继续打下去，我们的困难与弱点将日益暴露。”

随着四平形势的日益吃紧，5月1日，毛泽东致电林彪，作出了一项重要决定：前线一切军事政治指挥，统属于你，不应分散。如果因工作繁忙需人帮助，则可考虑调高岗等同志来助你。如前线机关以精简为便利，则照现状为好。东北战争中外瞩目。蒋介石已拒绝马歇尔。民盟和我党三方同意之停战方案，坚持要打到长春。因此我们必须在四平本溪两处坚持奋战，将两处顽军打得精疲力竭，消耗其兵力，挫折其锐气，使其以6个月时间调集的兵力、武器、弹药，受到最大消耗，来不及补充，而我则因取得长、哈，兵力资源可以源源补充，那时便可能求得有利于我之和平。

毛泽东的这一重大调整，实际上是进一步加重了林彪的领导权力，特别是前线的党政工作权力，以保证四平作战需要。毛泽东为什么要坚持死守四平呢？

主要是为了以四平保卫战来争取重庆谈判桌上的有利地位，达到国民党占沈阳，

∨ 四平保卫战中，我军炮兵正向敌人猛烈轰击。

我方占长春、哈尔滨，以平分东北的目的。然而，平分东北又是蒋介石最不愿意的。因此，毛泽东和中共中央此时是从全局来考虑问题的。为了全局的利益而不惜多牺牲一些局部的利益，这是在四平坚持旷日持久作战的根本原因。在第二阶段之初，由于国民党军援兵未到，攻击力量薄弱，故大规模战斗较少，频繁的小接触则连续不断。国民党军经常于夜间对守城阵地进行袭击，企图寻机突破。4月30日，新30师一部利用雨夜向玻林子阵地及铁路以东第7旅第21团阵地袭击，并突破前沿阵地铁丝网，但被保1团和第21团急促火力击退。

5月6日24时，新1军分3路向守城部队进攻，一路向第56团阵地攻击，另两路沿铁路两侧向第21团及保1团阵地攻击，激战1个半小时，被打退。新1军采取夜袭战术仍不能得手，进而采取近迫作业，利用战壕工事逐段向守城阵地接近，或利用地形地物逐渐迫近，与守军近距离对峙，其最近处相距只有五六十米。新1军的这一战法，

缅北作战 

中美联军为收复缅甸北部，打通中印公路而发动的战役。1943年10月，中国驻印军进入缅北胡康河谷，于12月下旬歼灭于邦日军。1944年8月中国驻印军攻克缅北重镇密支那，12月15日在缅甸西远征军攻势配合下占领八莫。1945年1月中国驻印军攻占芒友，与滇西远征军会师。3月30日缅北战役结束。此役克复大小城镇50余个，毙伤日军3万余人，达到了打通中印公路的战略目的。

是其在缅北的丛林战中对付最擅长打丛林战的日本第56师团时学会的。这一着也确实奏效，给了四平守军以很大威胁。民主联军四平守军保1团和56团为防止其利用战壕渗入阵地，除在其所挖掘方向的空隙上连夜筑成阵地、填补空隙，还组织曲射火器打击其作业手。第21团则选择有利地形，控制新的交通壕以包围对方所构筑的交通壕。

5月6日，东北民主联军第7师炮兵旅第2团投入作战，加强了防御力量。黄昏，第2团以炮火轰击国民党军阵地，摧毁其纵深堡垒2座。

新1军炮兵多，立即展开炮战。但始终没有找到7师的炮兵阵地。

5月12日17时30分，守城部队铁路东7门炮与路西的2门炮配合轰击东南前沿红楼之国民党军，先后发弹400发，予其以重大打击。

新1军炮兵部队此后开始退入隐蔽地区，不敢像原先那样招摇了。

其间，民主联军也打了些莽撞仗。如7师试图乘38师立足未稳打它一下，但事先准备不充分，敌情地形也不够清楚，就在夜里发起攻击，结果受到新38师火力夹击，吃了大亏，伤亡了千把人。事后，林彪发了很大的火，说“这是小游击队袭击敌人的

> 抗战时期的孙立人。

国民党东北“绥靖”公署副司令孙立人 

安徽舒城人，国民党二级陆军上将。西点军校毕业。曾任中央政治学校训练主任，税务警察总团第4团团长。抗日战争时期，任新38师师长。1942年率部参加缅北作战并取得了仁安羌大捷，后任新1军军长。抗日战争结束后，任东北“绥靖”公署副司令，兼任新1军军长及长春警备司令。1949年8月，任国民党东南军政长官公署副长官兼台湾防卫司令，后去台湾。

办法。”此次失利教育了大家，打正规战不是一件简单的事，是需要认真准备和组织的。

5月3日，林彪致电毛泽东，汇报了东北民主联军不利的情况。电报指出：近一月来的战斗，每旅皆伤亡一千数百人，战前连队原不充实，目前缺额更大。现在部分进行缩编，因此先不要成立新的野战旅，应将新兵开来前方补充，且不必等待很大的数目时才开来，须随时集中，随时开来前方，以维持部队的源源补充。

林彪在这份电报中，还向毛泽东建议，乘国民党尚未集结完毕，派出部队深入敌后，开辟第二战场，切断敌人的运输补给线。毛泽东同意了林彪的建议，并指示南满部队迅速北上配合作战。程世才率南满3纵的两个旅连夜乘火车，到达四平右侧的哈福。第359旅也从北海南下，到达哈福以北的赫尔苏。

自本溪失守后，东北战场形势对民主联军也越来越不利：新6军正在向叶赫推进，迂回四平右侧；陈明仁的71军向八面城挺进，包抄四平左侧；新2军为中路，此时孙立人也从英国返回指挥部队。为防止国民党军迂回包抄，民主联军只好将防御正面再作延伸，整个防线长达50公里，有限的几支主力部队绝大部分用在第一线阵地上而

< 1946年5月，率中共代表团在南京与国民党谈判时的周恩来。

不断消耗。为弥补一线主力不足，林彪将二线部队都用上了。但仍感兵力不足，无法进行强有力的反突击，加上部队缺乏正规防御战经验以及武器装备落后，主动权难以掌握在自己手中，因此四平战场形势对民主联军十分不利。

此时，黄克诚的3师负责四平左翼防御。在对峙中，他认为这样死守不是办法，于是给林彪发了几次电报，建议不要与敌硬拼，打敌一下子，挫其锐气是完全必要的。但如今敌倾巢而动了，想与我决战，我们应当把四平及其他部分大城市让出来，我们则到中小城市和广大乡村建立根据地，积蓄力量。等到敌背上的包袱沉重得走不动了的时候，我们再回过头去逐个消灭它，那个时候就主动多了。

对于黄克诚电报，林彪并不作答。黄克诚不了解中共中央以打促和的决心，情急之中于5月12日越级给中共中央去了电报，就四平保卫战谈了自己的看法。电报说：由关内进入东北之部队，经几次大战斗，战斗部队人员消耗已达一半，连、排、班干部消耗则达一半以上，目前虽尚能补充一部分新兵，但战斗力已减弱。顽93军到达，如搬上大量炮兵及部分坦克用上来，四平坚持有极大困难。四平不守，长春亦难确保。如停战短期可以实现，则消耗主力保持四平、长春亦绝对必要。如长期打下去，则四平、长春因会丧失，主力亦将消耗到精疲力竭，不能继续战斗。故如停战不能在现状下取得，让出长春可以达到停战时，我意即让出长春，以求争取时间，休整主力，肃清土匪，巩固北满根据地，来应付将来决战。

对于黄克诚这一电报，中共中央还是不作答复。因为共产党此时正在同国民党进行激烈的和谈斗争，马歇尔作为美国特使和调解人，在偏袒蒋介石的前提下，也主张给中共部分利益，谈判的焦点在于东北地区如何分配？为此，5月13日周恩来致电毛泽东：在东北问题上，马歇尔与蒋介石双方意见已相去不远，在关内问题上美国与我党日趋对立。形势真正的好转绝无可能，全面破裂蒋尚有顾虑，但危险已经增长，半打半和也许可能性较大，最后要看力量的变化和对比来决定，必须动员群众，以待决战。

毛泽东对周恩来的分析是赞同的，他提出两条谈判条件：一是停战一周；二是长春国共双方不驻兵。

5月15日，毛泽东向各中央局发出电示："我方权利所在，必须力争，彼方无理要求，必须拒绝，但总的精神是求得在不吃亏的基础上解决纠纷，而不是使纠纷扩大。……东北方面是一方面坚决作战，四平街保卫战支持的时间愈长愈有利，另一方面是我对外谈判人员应强调停战与争取停战。"

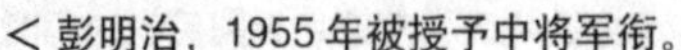
< 彭明治，1955 年被授予中将军衔。

彭明治 

湖南常宁人。土地革命战争时期，任红3军直属队连长、教导队队长，红一军团1师参谋长。抗日战争时期，任八路军第115师343旅685团参谋长，苏鲁豫支队司令员，新四军第3师7旅旅长等职。解放战争时期，任东北民主联军第3师7旅旅长，第四野战军13兵团副司令员兼参谋长，后兼任南宁警备司令员等职。

毛泽东这一指示，清晰地表达了此时他及中共中央的主张，四平决不可轻易放弃，因为这是共产党与蒋介石和谈的重要筹码。如谈判成功，中共必将取得在东北地区的部分利益，亦能多保持一部分人民和共产党的利益，为今后发展再创条件。既然中共中央、毛泽东都坚持死守四平，林彪就必须坚决执行中共中央的以上意图。

5 月上旬，国民党军集中主力以夺取四平。将其第 71 军第 88 师、新 6 军第 14 师、新 22 师由辽阳、本溪、大安平一带调出北上，同时，继续增兵东北。至 5 月初，其第 60 军已全部由越南海运抵达东北，第 93 军亦在 5 月内陆续运抵辽西、热河一带。

北进增援之国民党军前进甚速。至 5 月 12 日，新 6 军已进至铁岭以北，第 71 军第 88 师进至开原一带。至 5 月中旬，四平地区的国民党军已达 10 个整师并配有飞机、坦克和重炮。

5 月 12 日，毛泽东电示林彪："望将最主要力量放在开原、昌图地区，切断四平敌之后路，歼灭由沈阳北进之敌。"还要求南满部队积极行动，牵制本溪地区国民党军，使其不能调动或不能做大的调动。此时，东北民主联军除第 3 纵队在昌图以东活动外，仅有在公主内岭的第 359 旅及于四平以西休整的第 3 师第 10 旅可作机动。

5 月 14 日，中共中央又致电林彪，要求作战方面务望全力击溃新 6 军并坚守四平。按中共中央指示，5 月 15 日，林彪令南满部队乘新 6 军北上之际，攻占守兵少的城市，

> 国民党陆军中将廖耀湘。

国民党第9兵团司令廖耀湘

湖南邵阳人，国民党陆军中将。法国陆军大学毕业。1936年任连长，1937年升旅部主任参谋。1937年11月任军官训练总队大队长。1938年任第200师参谋长。1941年任入缅印远征军第5军第22师副师长。1944年任新6军军长，1947年任第9兵团司令，1948年任西进兵团司令，10月在辽沈战役中被俘。

以牵制北进之国民党军。他令程世才率南满3纵从昌图开原一带拦截新6军；彭明治的7旅和杨国夫的7师增加四平正面防御；黄克诚3师和梁兴初1师在四平以西八面城拦敌；万毅7纵增援塔子山防御。当新6军主力北进到达威远堡、莲花街时，林彪又令第3纵队和第359旅节节抗击。

应当说，林彪的这一措施是高明的。但是由于民主联军装备太差，此项战术难以有很大的收效。

3. 四平撤退

5月15日，四平决战进入第三阶段，也是最后阶段和最为惨烈的阶段。在杜聿明指挥下，国民党军各部分成3个兵团同时开始向四平发起疯狂攻击。

左兵团为第71军第87、第91师，向四平以西八面城、四平以北梨树进犯；中兵团为新1军3个师，仍向四平近郊进攻；右兵团为新6军第14师、第22师及第71军第88师，沿开原至西丰及开原至叶赫两条公路前进；第195师为预备队。

在进攻中，廖耀湘的新6军等部进攻最为得力。当新6军经莲花街北进时，遭到民主联军第3纵队有力杀伤。但新6军充分发挥机械化优势，只以小部队与第3纵队在阵地上厮杀胶着，大部队则依靠600辆汽车北进。由此冲破第3纵队防线，进入四平东侧，相继占领西丰、平岗、哈福车站，尔后直扑四平外围防御要地塔子山和三道林子。

中兵团分为两翼攻击。其右翼50师，15日以10倍于民主联军守军的兵力占领了四平以东的258高地。16日再度强攻万毅纵队扼守的315高地，冲锋7次均被击退，伤亡600余人，守军亦伤亡200余人。17日，第50师增调坦克，从正面再攻315高地，并以1个团侧翼迂回，终于占领该高地，从而威胁了四平守军外围制高点塔子山。

中兵团左翼新38师，在连续两天炮击三道林子、北山阵地后，又于17日上午，在7架飞机、20门大炮掩护下，以1个营的兵力向该阵地猛攻。高不及20米，宽不及100米的小山岗上，承受着平均每分钟落炮弹100发的轰炸。民主联军守城部队冒着强大炮火，待敌逼近阵地，即与之展开白刃格斗，国民党军在阵地前遗尸360余具，进攻受挫。

进攻四平的左兵团第71军于5月15日以两个团轮番向四平西北罐子洞、海清窝棚的民主联军第2师阵地进攻，发射炮弹3,000余发，冲锋10余次，均被第2师以少数兵力击退，毙、伤其300余人，击伤第91师师长赵琳。至此，塔子山阵地遭到国民党军西、南、东三面包围。

塔子山位于四平东南10公里处，居东部群山之首，为守城防线的最东端，可俯瞰四平守军东北方向全部阵地。塔子山的得失，关系到四平全局的安危，是四平外围最重要的制高点。为增强东线防守力量，林彪将第3师第10旅东调增援。

5月18日，新6军首先以极为猛烈的炮火向塔子山轰击，继以飞机反复扫射，然后以两个营在坦克配合下由东面发动进攻。守备塔子山阵地的第3师第7旅第19团沉着应战，打退其第一次冲锋。新6军继以更猛烈的炮火，从前沿阵地至山顶给以逐次炮击。方圆不过七八十米的山头，不到5分钟即落炮弹数百余发，阵地被炸平。第19团即以大石头为掩体，继续坚守，并打退对方第二次冲锋。上午，新6军集中全力对塔子山进行更大规模的攻击，守军奋勇拼杀，终因新6军兵力火力强大，东调增援部队一时赶不到，塔子山阵地失守。

塔子山的失守，不能怨部队打得不好，也不能怨林彪指挥的不妥。应当说，部队打得相当英勇，牺牲了许多老八路、新四军骨干，甚至还有老红军骨干，指战员们尽了力了。但终究因为实力不及国民党军而失利了。林彪明白，此时四平已不能再守了，应该考虑撤退了。还在17日他就预料到这一结果，于是把总部的陈正人和陈沂两位部门领导人找来，指示他们起草撤退的电报。林彪说：估计敌人明天就可占领塔子山，廖耀湘必定要以全力攻塔子山。塔子山如果失守，敌人就可以从我侧后迂回，封闭四平守城我军的退路，那时我们就完全处于被动，而且有被歼之危险。我们已经大量消耗了敌人，并赢得了时间。我们的保卫战是胜利的，特别是我们每一支部队，都在一定程度上得到了锻炼。……可惜我们后面没有好好珍惜和利用这个时间。……和平空气，在我们今天的东北是最害人的。我们对全部美械装备的敌人还是估计不足，3纵的防线被新6军迅速突破，影响保卫战的全局，这是最大的教训。

林彪17日的预料是正确的。果然，18日一大早塔子山便呈危急之势。林彪向毛泽东发出了告急电，告之中共中央情况危急。然而中共中央未及时回电。急切中的林彪，

陈　沂

贵州遵义人。土地革命战争时期，任北方文化总同盟党团书记，河北省反帝大同盟党团书记，上海大晚报“每周影坛”主编等职。抗日战争时期，任新华日报太南版社长兼总编，冀鲁豫日报社社长兼总编，中共中央山东分局、山东军区、第115师宣传部部长等职。解放战争时期，任东北民主联军宣传部部长，西满军区政治部副主任，第四野战军兼中南军区后勤部政治委员等职。

于18日下午6时，不等中共中央回电即果断决定：7师于三道林子北山，7旅于四平东南高地掩护全线撤退。

随着林彪撤退令的下达，四平地区民主联军立即行动。21时，市区部队开始后退，由于退得隐蔽，国民党军竟毫无察觉，仍在一股劲地往撤空的阵地打炮。林彪即致电毛泽东报告情况，电文说，中央、东北局：敌本日以飞机大炮坦克掩护步兵猛攻，城东北主要阵地失守，无法挽回，守城部队处于被敌切断的威胁下，现正进行退出战斗。

24时前，城区及外围部队全部撤完。至天明，部队已撤离四平20余公里，国民党军仍不断向市区射击。5月19日13时，被民主联军打怕了的国民党军才忐忑不安地进入市区。

中外瞩目的四平保卫战历时31天，以东北民主联军主动撤离宣告结束。国民党军被毙伤1万人以上。东北民主联军也付出了沉重代价，牺牲了8,000名壮士，而且他们多为参加过抗日战争的骨干；营团干部中，有相当部分人员是红军战士，参加过二万五千里长征。

❶我军突击队员登船。

❷ 渡船上的我军勇士们冒着敌人的炮火奋勇前进。
❸ 我军某部战士在追歼残敌。
❹ 我大军涉水过河，追击国民党军残部。
❺ 群众架好浮桥，帮助我军部队顺利通过。

[亲历者的回忆]

彭　真

(时任中共中央东北局书记)

1946年5月中旬，敌军进攻兵力增至十个师，从南满调新6军包抄前线我军之侧翼，先后攻占西丰、哈福等地，威胁我军腹背。

林彪在请示中央和东北局后，下令我军于5月19日夜撤出四平。

四平战斗前后历时一个月，毙伤俘敌一万余人。

打击了敌人的嚣张气焰。

——摘自：彭真《东北解放战争的头九个月》

★★★★★

郑洞国

(时任国民党东北保安副司令)

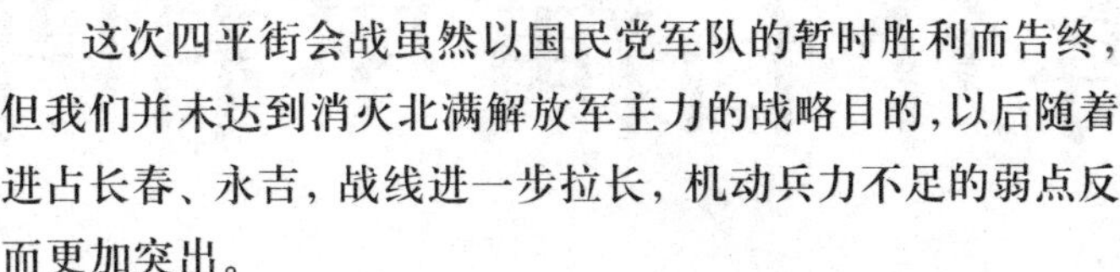

这次四平街会战虽然以国民党军队的暂时胜利而告终，但我们并未达到消灭北满解放军主力的战略目的，以后随着进占长春、永吉，战线进一步拉长，机动兵力不足的弱点反而更加突出。

此外，国民党军队不仅在此次作战中受到比较严重的损失，也暴露出许多弱点，诸如前线指挥不够果断，各部队及各兵种间的作战不能充分协调，官兵士气低落等等。

——摘自：郑洞国《我的戎马生涯——郑洞国回忆录》

第十一章

蒋介石演尽和平阴谋

∧ 陈诚陪同蒋介石视察国民党军。

“国军攻占四平！”，孙立人得意，廖耀湘怒吼。
鞍海战役，为北撤以有力援助。林彪拍案而起，敌方孤军深入，伺机将其歼灭。
毛泽东说，他再也不想看蒋介石演任何和平戏了。

1. 孙立人进入四平

5月18日晚，就在林彪带着民主联军暗含泪水、悄无声息地撤出四平的时候，国民党军中却有一位声名显赫的将领来到了四平。这就是素有“东方隆美尔”之称的新1军军长孙立人。

孙立人刚从伦敦回来，怀中揣着英国女王的授勋，余温尚存，便直接来到四平前线。

在蒋介石手下的众多将领中，孙立人最为与众不同的一点是他并非黄埔出身，而是毕业于美国西点军校，有着过硬的洋文凭。

孙立人毕业于美国，又为何独得英国女王的青睐？

英国女王之所以授勋给孙立人，是因为1942年中国远征军开入缅甸之时，孙立人正在杜聿明手下担任38师师长。当得知英军被日军围于仁安羌城中危在旦夕之时，他亲率部下不足千人的兵马，冒着炮火杀出一条血路，不仅击退了数倍于己的日军，而且救出了近十倍于己的友军，解了英军之围。此战当时即轰动全球，孙立人也因此扬名四海。后在中国远征军面临覆亡之险时，杜聿明力抗史威迪之令率众回国，而孙立人却坚决跟随英军，撤往印度。孙立人率部踏着尸骨穿过丛林，一路拼杀，深得英军的感激和

西点军校 

美国陆军军事学院。1802年创建，因校址位于纽约北部哈德逊河西岸的橙县西点镇，故亦称作西点军校。首批学生为驻扎在西点军事基地入伍的军人。考生要求有一名国会议员或陆军部官员推荐，年龄在17～22岁的男性青年，1976年以后招收女生。该校分为：文学、理科、工程和军事科学等专业，学习的课程经常改变，学制4年。学生毕业后，授予理科学士学位和美国陆军少尉军衔，并要求在部队当5年军官。

∧ 抗战时期，孙立人在缅甸。

＜ 美国陆军五星上将艾森豪威尔。

赞赏。1945年7月，二战结束前夕，盟军统帅艾森豪威尔请蒋介石组织一个三人军事考察组赴欧洲考察，指名要求孙立人必须参加。在孙立人游历欧洲之时，英国女王为感激孙立人对英军的帮助，亲自在伦敦为其授勋。孙立人更是名声大噪，无人比肩。

5月19日清晨，天色微明。孙立人刚从郑洞国手中接过新1军的指挥权，便亲自驾驶一辆坦克，率先向四平民主联军阵地冲去。

坦克编队轰隆隆发出巨响，新1军的士兵蜂拥其后，孙立人要在四平再展雄风。

不想其结果却如同一记重拳打在棉花上，孙立人未遇到任何抵抗。纵横交错的堑壕虽密如蛛网，却沉寂如水，空无一人。

艾森豪威尔 

美国陆军五星上将。1922年前均在美国本土的陆军部队供职。1922～1924年在驻巴拿马美军中任参谋军官。1933年任陆军参谋长麦克阿瑟的副官。第二次世界大战后，任战争计划处处长、作战处处长。1942年6月任驻欧洲美军司令。1943年起历任驻北非和地中海盟军总司令、最高统帅。1945年任美国陆军参谋长。

孙立人顿感不妙，加大马力，直入四平城。在市中心的广场上遇到带着71军从另一个方向冲进来的陈明仁。这才确定：林彪早已带着民主联军撤出了四平。

“国军攻占四平！”在孙立人和陈明仁相互庆祝之时，这条消息也迅速传遍全国。孙陈二人相逢四平的照片随着各种报纸走进无数人的视线。

此时，正在塔子山一带筹划下一步进攻计划的廖耀湘，闻知孙陈已进驻四平的消息后暴跳如雷。此次攻打四平，新6军无论伤亡和战功都是最大的，不想胜利果实却如此轻松地落到了孙陈两个人的手中，特别是那个傲气凌人的孙立人，连四平的一声枪响都没有听到过，居然也成了攻取四平的功臣！

“是可忍，孰不可忍！”廖耀湘狂吼道。

正在气愤之时，忽有报称：林彪总部高级官员王继芳前来投诚。

廖耀湘一愣，继而一喜：“赶快带进来！”

来人正是林彪总部的作战科副科长王继芳，随身还携带着一大批机密文件。

王继芳本是长征途中被大家轮流背过雪山草地的红小鬼。在延安学习后来到东北，跟随林彪在指挥所中工作。不想，林彪入住梨花镇之后，王继芳在这个梨花飘香的早春，与镇上国民党三青团的一个女区队长相识并坠入爱河。民主联军撤出四平时，王继芳以为林彪大势已去，自己又无法忍受离别之苦，遂于撤退途中悄悄溜回投向了廖耀湘。

廖耀湘马上向杜聿明请功。杜聿明闻听后，同样喜形于色，传令以贵宾礼遇迎接王继芳。

王继芳感激涕零，将民主联军的所有机密知无不言，尽悉告之。

杜聿明获益匪浅，当即提升王继芳为少将参议，推荐给沈醉、毛人凤等人继续为国民党效力。王继芳从此也死心塌地地跟随了蒋介石，直到人民解放军解放大西南时，在重庆被二野抓获。当四野知道此消息后，群情激奋，将其押解到武汉，经公开审判后枪毙。

杜聿明安排好了王继芳，顿觉心中开朗。

> 陈明仁，1955年被授予上将军衔。

国民党华中“剿总”副总司令陈明仁 

湖南醴陵人，国民党陆军中将。黄埔军校第一期毕业。1933年任国民党军第80师师长。抗日战争爆发后，任预备第2师师长，第44师师长，湘潭、株州警备司令，第71军军长等职。抗战胜利后，任第7兵团司令官，华中“剿总”副总司令兼武汉警备司令兼第29军军长，第1兵团司令等职。1949年8月与程潜率部在长沙起义，后编入中国人民解放军。

他面含微笑地找来了督战沈阳的“小诸葛”白崇禧：“现在林彪不知去向，你说我们是追呢，还是不追？”

白崇禧此时正在举棋不定，略作思考道：“攻下四平对蒋委员长已大有帮助，料共党在谈判桌上再不敢与我阔论。况且，我军四平一战，已损失严重。我想，暂不宜与共军再次对峙激战。”

杜聿明诡秘一笑：“现我已得到确切情报，我军损失严重，共军损失更为严重，根本无力与我再次对战。此外，共军去向，尽已在我掌握之中。此次，我军乘胜追击，可一举拿下长春。我可用生命担保。”

白崇禧又惊又喜：“真若如此，确可为之。若能攻下长春，估计委员长也不会不高兴吧！”

说到此，二人相对大笑。似乎长春已是探囊取物。

笑罢，杜聿明道：“我现在马上令各军向长春挺进，为资鼓励，先入长春者可获东北流通券100万元。”

V 抗战胜利后，白崇禧（前左三）与李宗仁（前左四）、孙连仲（前左五）、熊式辉（前左二）等在北平。

“好！”白崇禧笑容未消，“攻克四平后，这里就没有我的事情了。至于长春，我就先回南京为你请功了，让委员长预先有个心理准备，以免兴奋过度呀！”

二人又是一阵爆笑。

白崇禧未曾想到，杜聿明怕错失战机，早已私令廖耀湘先行向长春追击了。为表示自己对白崇禧这位督战大员的尊重，杜聿明又正式向四平各军下了一次命令。各军因知有金元奖励，纷纷向长春拥去。

此时，撤出四平后的民主联军也同样拥拥挤挤地走在通往长春的大路上。

2. 长春追击

19日，汽车开到公主岭的范家屯……林彪一路思考着毛泽东关于坚守公主岭和长春的命令，但终未想出如何坚守的办法。于是，他决定请彭真和罗荣桓同至范家屯，共商下一步的行动。

仍在大连养病的罗荣桓心急如焚，拖着病体当夜赶到。

星光洒满范家屯，如重霜在地。罗荣桓经过民主联军战士宿营地时，见到许多缠着绷带满面烟尘的士兵席地酣睡。他的忧虑又加深了一层。

东北局的紧急会议在暗淡的油灯下召开了。是守，还是走？林彪默然听着几人在这个问题上的意见。主张守的有守的理由，主张走的有走的理由。最后，罗荣桓发表了自己的意见，他从对敌我情况的分析说起，最后认为：“长春、吉林都是大城市，不利于防守，防线又宽，现在部队打得很疲劳，如果守长春，敌人从梅河口插到吉林，就会把我们的后方打得稀烂，不但长春守不住，非退到西满蒙古大沙漠不可。我赞成撤出长春，一直退到松花江以北。”

东北局通过了罗荣桓的意见：一直退到松花江以北。

天未亮，疲惫的民主联军再次上路，直奔松花江。

这是一次满怀伤痛的长途行军，不仅仅因为这是败退。由于王继芳的叛变，杜聿明很快就找到了林彪的位置，同时，国民党军更改了电台和电报的密码，民主联军无法侦获敌方情报。

敌强我弱，且敌在暗处我在明处。

松嫩平原上天昏昏，风萧萧。松花江水翻卷着寒气逼人的波浪，向很远的地方奔涌着。而林彪正带着民主联军向那里走去。四平失去了，长春也无法再守。

杜聿明知道林彪已无法再守长春。所以，他早就密令廖耀湘火速追击，以争先入长春之功。

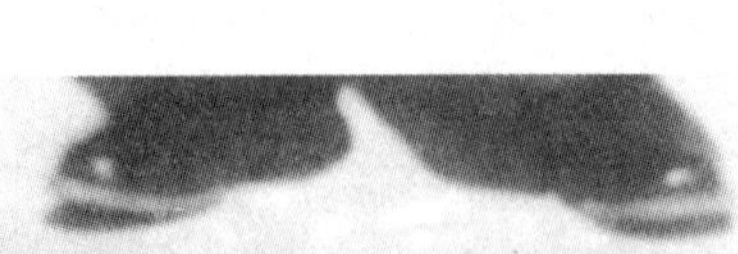

∧ 抗战胜利后，蒋介石与龙云在云南昆明。

国民党云南省主席龙云

云南昭通人，国民党二级陆军上将。曾任滇军第 5 军军长，昆明镇守使，国民革命军第 38 军军长，云南省政府主席，第十三路军总指挥，滇黔“绥靖”公署主任等职。抗日战争爆发后，任第 3 预备军司令长官，第 1 集团军总司令，昆明行营主任，同盟国中国战区中国陆军副总司令等职。1948 年策动云南省政府主席卢汉起义。1949 年在香港与黄绍竑等发表联合声明，表示与国民党政府决裂，归向人民。

廖耀湘正带着痛失四平之功的怒气，趁此机会率领新6军疯也似地疾奔。5月21日占领公主岭，次日占领范家屯，23日就进了长春。

“国军重新占领长春！”蒋介石在南京拊掌大笑。

这时，国共和谈仍在马歇尔的主持下进行着。周恩来根据东北形势的发展步步为营，最后坚决要求以长春为共管分界线，长春互不驻军，以北地区由共产党控制，以南归国民党管理。

长春共管是周恩来在国共和谈中的底线，无法再让了。

5月23日，蒋介石接到杜聿明已占长春的电报，顿时趾高气扬：“还谈什么谈？”

他一甩手，当日便携宋美龄乘飞机去了沈阳。

和平的大门砰然关闭。

“蒋委员长亲临东北！”国民党军将领奔走相告。

这些将领之所以如此兴奋，不仅仅是因为“蒋委员长亲临东北”，更重要的是因为“蒋委员长”在他们打了胜仗之际“亲临东北”。

沈阳一时成了各路将领聚集之处，他们纷纷当面向蒋介石表功，并力贬“共军之不堪一击”。

古人有诗：暖风吹得游人醉，直把杭州作汴州。

蒋介石到沈阳不足半日，已被各路将领的自我吹嘘吹得头脑昏昏。5月24日，他措词强硬地给马歇尔发了一份有关国共和谈的新条件：中共必须同意政府军有权接收东北主权并恢复交通。

言外之意是，共产党的军队已不被承认，国民党才是政府的代表，而且整个东北都已是国民党的，共产党不能有任何干预行为。

这哪是谈判的条件？这明摆着是宣布共产党非法的命令。看来蒋介石确实有些得意忘形了，民主联军应该让他清醒一下。

林彪带的民主联军退到松花江去了，可南满地区还有无数的民主联军呢。程子华、萧华指挥的4纵自从退出本溪后，一直在南满蓄锐待发。

就在蒋介石抵沈的当天，程子华、萧华趁着国民党主力全部在长春一带活动、各路将领又纷纷到沈阳请功之机，派出4纵副司令员韩先楚担任总指挥，发起了鞍海战役，向防守在鞍山、海城、大石桥至营口一线的国民党60军184师发起猛烈进攻。

60军本是“云南王”龙云的旧部，日本投降后，蒋介石让龙云的主力部队前往越南负责受降工作，随后派杜聿明以5个师的兵力将龙云挤出昆明。后又将60军从越南调往东北，置于杜聿明的手下。所以，大多60军将领都对杜聿明心怀不满，杜聿明更不敢重用，只好派他们守在已基本平定的南满地区。

5月23日晚，天降大雨，四处漆黑。韩先楚连夜向鞍山一带推进，次日天未大亮，

潘朔端 

云南威信人。1929年历任营长、团长、旅长、师长等职。抗日战争时期，任第六十军团军团长。1945年任国民党60军184师师长。1946年10月加入中国共产党，历任东北民主同盟军军长、东北嫩江军区副司令员、东北人民解放军第1兵团副参谋长、西南军政委员会委员、中共昆明市委常委、昆明市市长、昆明市革命委员会副主任等职。

鞍山外围已经枪声四起。民主联军奇兵突现，只用半天时间就已将所有敌军打入城中，龟缩不出。

敌184师师长潘朔端紧急向杜聿明求援。

“什么？鞍山危急？”正在洋洋得意中的杜聿明大吃一惊，急忙调动数十列火车，令孙立人率新1军星夜南下。

没想到孙立人心中对杜聿明不满，正四处找借口准备发泄呢，这下可得了机会。

∧ 国民党军184师师长潘朔端（左三）在海城率部起义。

孙立人何来对杜聿明的不满？原来，孙立人初到四平，无意中抢了夺取四平的头功。他自己也心中发虚，准备在攻打长春时立下一个实实在在的战功。不想杜聿明却私下里密令廖耀湘先期出发，随后又假惺惺地说谁先攻下长春就给谁100万金圆券，这不是明摆着的营私舞弊吗？

但孙立人表面却并不抗令。他乘着火车，一路紧急南下到了沈阳。可到沈阳后却没有找杜聿明，先去拜见了蒋介石。

蒋介石一见这员攻克四平的大功臣，不禁喜上眉梢，倍表关怀。孙立人乘机夸耀一番自己在四平的战绩，继而提出："新1军自3月中旬即已北上四平，征战两月有余，在攻占四平、夺取长春中都立有不朽战功，如今将士疲乏，亟待休整，可否小憩三日，再行出战？"

蒋介石满面笑容，立刻答道："应该，应该。"

孙立人心中暗喜，马上召集新1军大小官员："委员长有令，全军将士原地休整三日！"上上下下，欢声雷动。

杜聿明闻知此事，大吃一惊，忙改派52军第2师的1个营去增援，可惜未到鞍山即在中途被击退。

5月25日下午，韩先楚顺利攻下鞍山。然后挥师海城，于28日将海城完全包围。坐守城中的60军184师师长潘朔端本来就对蒋介石和杜聿明不满，如今又亲睹二人见死不救，自己却孤立无援，一气之下，率众起义。

海城起义使国民党军队上下震动。孙立人不敢再做推脱，闭口不提休整之事，急速发兵南下。韩先楚边打边走，以歼灭敌军有生力量为主，于6月2日攻下大石桥后率众撤出，转至草河口、通远堡一带休整，结束了鞍海战役。

整个鞍海战役，共毙伤国民党军1,200余人，俘获团长以下人员2,104名，迫使潘朔端率184师的2,700余人起义，吸引了新1军新30师、新38师，60军82师，93军暂编20师及52军195师等部被迫回援，无疑对林彪北撤给予了有力的援助。

但林彪所受的压力仍然很大。国民党新1军南下后，新6军、第71军以及第52军的余部依然先后开出长春，沿路紧跟。地上车炮轰响，空中飞机低翔。

林彪带领民主联军分路退却，靠着两条腿和敌人的汽车轮子赛跑。有时行军一夜，走得人困马乏，刚刚宿营，敌人便乘车追至；有时一路奔走，忽见附近人马晃动，走到近前，却发现竟是敌军。由于两军多路交错平行，互相情况不明，一路之上有若干营、团单位落于敌后不知去向，沿途又不断发生逃亡、叛变，造成部队大量减员。渡过松花江后，沿路减员已近5千余人。

杜聿明见新6军沿途占领小丰满和永吉，已将林彪彻底赶过松花江，初步形成了划江对峙的局面，这才松了一口气。

6月3日，蒋介石喜气洋洋地来到了长春。登城远眺，手舞足蹈。

当日，在前线将领的战况汇报会上，蒋介石突然拿过作战地图，端详了半天，忽指着松花江北岸的拉法说：这是一个战略要地，必须派一个加强团设法拦截！

杜聿明近前一看，暗吸一口凉气：拉法虽系战略要地，但位处江北，派兵驻守必成孤军，难以久留。固守拉法实在有失高明。

无奈的是，此命竟然是由蒋委员长亲自下达的，无法拒绝。

杜聿明只好让挺进到最北端的廖耀湘去部署。廖耀湘也早已看出了问题所在，忙摆出谦逊礼让之态，后见实在推不掉，转而心生一计，派仍受自己指挥的71军88师执行此命。

88师遂派263团于6月初占据了拉法，随后又推到了附近的新站。

此时的松花江北岸，已经是民主联军的天下了。

6月6日，梁兴初带着山东1师渡过松花江，撤到蛟河一带，远远地看到拉法地区有一支队伍正在构建工事，忙跑了过去。未到近前，大吃一惊，城头上插着的竟是国民党的军旗。

梁兴初立即向林彪报告。

杜聿明居然派兵渡过了松花江！林彪在屋子里踱来踱去。他一会儿看看梁兴初的这份电文，一会儿又看看中央军委刚刚发来的通知：国共双方协议在东北休战15天，6月7日起生效。

蒋介石占据松花江南岸后，谈判资本已牢牢在手，两个月来各军不断征战，急需休整。毛泽东获知林彪一路艰苦北行，撤退近千里，必定疲惫不堪，应该停战。国共双方代表借谈判之机一碰头，立即达成了停战协议。

林彪很清楚：此时自己处于劣势，如在停战协议生效之刻主动进攻，恐怕会引起国民党的继续追击，同时更担心进驻拉法的263团会有接应。

当晚，林彪回电梁兴初：绕开敌军，准备乘车去敦化。

电报发出了，林彪却没有停止继续思索此事。想自己一路被围阻追击，奔波近千里，一腔怒气难以发泄，杜聿明居然派兵渡江，这口气也要咽下吗？不能，一让再让，让到何时为止？林彪拍案而起，于6月7日清晨，再令梁兴初：原地不动，如探明敌方确是孤军深入，伺机将其歼灭。

梁兴初立即带人侦察，刚出发不久，正遇到从长春东北局机关里撤过来的陈光。陈

> 梁兴初，1955年被授予中将军衔。

梁兴初

江西吉安人。土地革命战争时期，任红一军团2师5团营长，红一军团2师2团团长等职。抗日战争时期，任八路军第685团副团长，苏鲁豫支队副支队长，东进支队支队长，115师教导5旅旅长，新四军独立旅旅长，滨海军区第1军分区司令员，山东军区第1师师长等职。解放战争时期，任东北民主联军第1师师长，第6纵队副司令员兼16师师长，第10纵队司令员，第四野战军38军军长等职。

光原是梁兴初在山东时的老上级，两人重逢，互问寒暖。真是不问不知道，陈光也是为了这263团而来的。

此前，陈光已令东满的周保中做了进一步的探明核实，这支国民党队伍的确是孤军深入。

"那还等什么？总司令已经指示，如探明敌方确是孤军深入，则伺机将其歼灭。"梁陈二人一拍即合，于7日黄昏向拉法发起进攻，4个小时即消灭守敌。9日凌晨，民主联军乘胜进攻新站，至10日拂晓大获全胜。

拉法、新站两次战斗中，民主联军共毙伤敌军1,000人，俘敌263团团长韦耀东等900人，缴获火炮10门，轻重机枪70余挺，枪支1,200余。

> 1946年6月，在枣庄战斗中，我军战士在机枪掩护下向敌冲锋。

∧ 1946 年，蒋介石 抵达东北视察。

3. 毛泽东拍案而起

此战虽然使林彪小小地解了一次气，但仍然无法让他打起精神。当他带着前指机关走到五常时，离哈尔滨只有 100 公里了，他拒绝再往前走。

林彪病倒了！见到他的人都说林彪脸色发黄，很难看。

他要在五常养病。已迁到哈尔滨的东北局机关焦急万分，一次又一次地派人迎接他前往。可他自称重病在身，不愿前往。

过了许久，大家才明白，林彪不是有病在身，而是有病在心。

毛泽东为保证与国民党和谈成功，一再令林彪守住四平、公主岭和长春，林彪却无力回天，一路北撤，败走千里，部队伤损 15,000 余人。不仅民主联军元气大伤，而且共产党在和谈中已失去了实力支撑。林彪自觉无颜见到别人的鄙视脸色，而且中央究竟接下来会如何处理自己，也尚且不知。所以，林彪宁愿自己先留在五常。

实际上，林彪实在是过于低估毛泽东的魄力和眼光了。毛泽东早就看穿了蒋介石不想真正和谈的实质了，只是想通过征战催醒蒋介石共创和平。但自四平失守后，蒋介石马上表现出不可一世的气焰，毛泽东已彻底对和平不抱希望了。

5月30日，蒋介石在巡视长春的当晚，即召开了高级将领会议，共同评估共产党的实力。众将一致认为：无论在四平还是本溪的战役中，共军战术与当年江西时代一样，没有多大增进。

蒋介石由此推论："林彪部乃江西残匪骨干，战力最强，经此次四平会战已十损七八，其他匪部实力远逊于彼，可见不难解决。由此可断定共党并无多大实力。"

会后，蒋介石转告马歇尔："只要东北之共军主力溃败，则关内之军事必易处理，不必顾虑共方之刁难与叛乱也。"

蒋介石"武力解决中共"的决心已定。

6月6日，蒋介石借发表东北休战协议之机，公然调运两个军，准备送入东北，一举消灭林彪余部。

闻知此情，毛泽东拍案而起："岂容蒋介石如此猖狂？令山东陈毅部狠狠咬住国民党，使其无力北上！"

6月7日，陈毅率山东主力向国民党发起大规模攻势，连克胶县、张店、周村、泰安、枣庄、德州、高密、即墨等城，歼敌3万。蒋介石惊恐万状，慌忙将准备调往东北的两个军投入关内战场。

"现在的蒋介石是连和平的面具都不想戴了！"毛泽东说，他再也不想看蒋介石演任何和平戏了。"虽然共产党的军队确实在实力装备上，与国民党还存在着很大的差距，但和平已经无望。我们必须与广大人民群众团结起来，靠自己的奋斗去换取真正的和平。"

6月16日，中共中央致电东北局：任命林彪为东北局书记、东北民主联军总司令兼政治委员。

江边的禾苗绿意盎然。林彪的身体也好了起来，他从中央军委来电中感悟到，党中央毛主席并没有责怪他的意思。他又抖擞精神，跨上战马，和前来五常接请他的高岗和谭政一起，驰往哈尔滨。此时，我东北民主联军主力部队已大踏步转移至松花江北岸，江水滔滔，杨柳依依，一个巩固的东北根据地，已经矗立在三江平原之上……

❶ 我军某部通过浮桥。

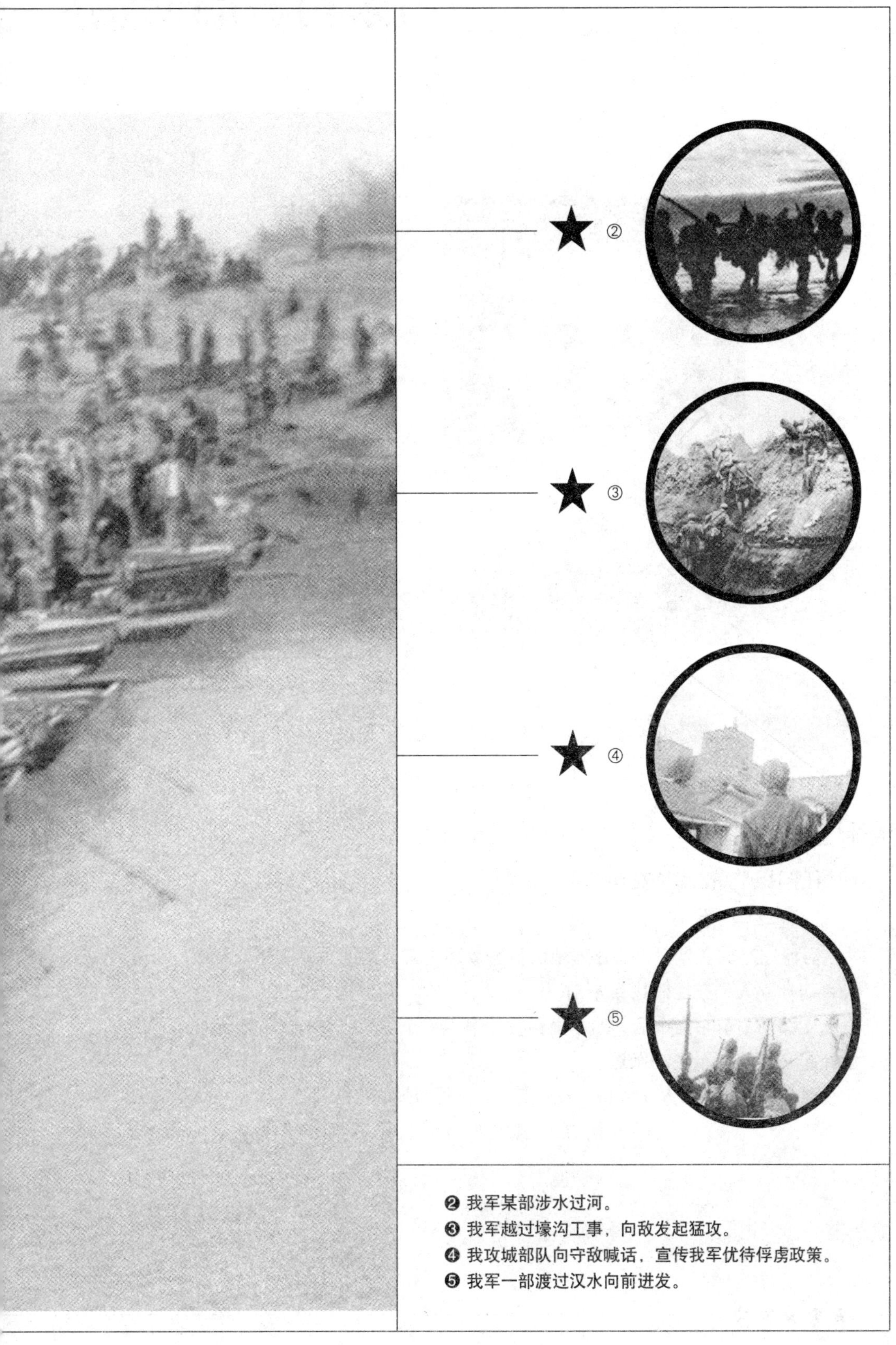

❷ 我军某部涉水过河。
❸ 我军越过壕沟工事，向敌发起猛攻。
❹ 我攻城部队向守敌喊话，宣传我军优待俘虏政策。
❺ 我军一部渡过汉水向前进发。

杜聿明

（时任国民党东北保安司令）

海城守军危在旦夕，部分阵地已被解放军突破，据说潘朔端还处分了一个官长，而孙立人仍在辽阳按兵不动。

及29日，全军集中后，孙才慢吞吞地派了一个师南进到鞍山，而海城潘朔端已经起义，解放军主动撤退。

到6月4日孙立人才大报"捷报"，说收复海城。

——摘自：杜聿明《国民党破坏和平进攻东北始末》

郑洞国

(时任国民党东北保安副司令)

84师的覆没，特别是潘朔端将军临阵起义，震撼了整个国民党军队。

熊式辉、杜聿明等一些在东北的将领借此指责孙立人将军，惟蒋介石先生缄口不言此事。

——摘自：郑洞国《我的戎马生涯－郑洞国回忆录》

《聚歼天津卫》　《解放大上海》　《合围碾庄圩》　《进军蓉城》
《保卫延安》　《血拼兰州》　《喋血四平》　《剑指济南府》
《鏖战孟良崮》　《席卷长江》　《攻克石家庄》　《总攻陈官庄》
《围困太原城》　《登陆海南》　《兵发塞外》　《重压双堆集》

1.部分图片由解放军画报社供稿

摄影作者(按姓氏笔画排列)：

于天为　于庆礼　于成志　于　坚　于　志　于学源　马金刚　马昭运　马硕甫　化　民　孔东平　毛履郑
王大众　王文琪　王长根　王仲元　王纪荣　王甫林　王纯德　王国际　王　奇　王学源　王　林　王述兴
王青山　王春山　王振宇　王晓羊　王　鼎　王　毅　邓龙翔　邓守智　丕　永　冉松龄　史云光　史立成
田　丰　田建之　田建功　田　明　白振武　石嘉瑞　艾　莹　边震遐　任德志　刘士珍　刘长忠　刘东鳌
刘　叶　刘庆瑞　刘寿华　刘保璋　刘　峰　刘德胜　华国良　吕厚民　吕相友　孙天元　孙庆友　孙　候
安　靖　成　山　朱兆丰　朱　赤　朱德文　江树积　江贵成　纪志成　许安宁　齐观山　何金浩　余　坚
吴　群　宋大可　张　平　张　宏　张国璋　张　举　张炳新　张祖道　张崇岫　张鸿斌　张谦谊　张　超
张颖川　张　熙　张醒生　张　麟　时盘棋　李　丁　李九龄　李久胜　李书良　李夫培　李文秀　李长永
李　风　李克忠　李国斌　李学增　李家震　李　唏　李海林　李基禄　李　清　李维堂　李雪三　李景星
李　琛　李　锋　李瑞峰　杜　心　杜荣春　杜海振　杨绍仁　杨绍夫　杨　玲　杨荣敏　杨振亚　杨振河
杨晓华　沙　飞　肖　迟　肖　里　肖　孟　肖　瑛　苏卫东　苏中义　苏正平　苏河清　苏绍文　谷　芬
邹健东　陆仁生　陆文骏　陆　明　陈一凡　陈书帛　陈世劲　陈希文　陈志强　陈福北　周有贵　周　洋
周　鸿　周　锋　周德奎　孟庆彪　孟昭瑞　季　音　屈中奕　林　杨　林　塞　罗　培　苗景阳　郑景康
金　锋　姚继鸣　姚维鸣　姜立山　祝　玲　胡宝玉　胡　勋　赵　化　赵　良　赵　奇　赵明志　赵彦璋
郝长庚　郝世保　郝建国　钟　声　凌　风　唐志江　唐　洪　夏志彬　夏　枫　夏　苓　徐　光　徐肖冰
徐　英　徐振声　流　萤　耿　忠　袁汝逊　袁克忠　袁绍柯　袁　苓　贾　健　贾瑞祥　郭中和　郭　良
郭明孝　钱嗣杰　陶天治　高　凡　高礼双　高　帆　高　宏　高国权　高洪叶　高　粮　崔文章　崔祥忱
常　春　康矛召　曹兴华　曹　宠　曹冠德　盛继润　章　洁　野　雨　隋其福　雪　印　博　明　景　涛
程　立　程　铁　童小鹏　董　青　董　海　蒋先德　谢礼廓　雁　兵　韩荣志　鲁　岩　楚农田　照　耀
路　云　熊雪夫　蔡　远　蔡尚雄　裴　植　潘　沼　黎　民　黎　明　冀连波　冀　明　魏福顺

(部分照片作者无记载：故未署名)

2.部分图片由gettyimages供稿